女人の秘事

天然流指南 4

大久保智弘

時代小説

二見時代小説文庫

目次

女人の秘事——天然流指南 4

第一章　新宿《しんじゅく》の投げ込み寺

一

内藤新宿《ないとうしんじゅく》の路地裏に、天然流道場を構えている洒楽斎《しゃらくさい》は、宵闇《よいやみ》が迫る表番衆町《おもてばんしゅうちょう》の一角《いっかく》に、野次馬たちが群れているのを見てふと足をとめた。

「何があったのであろうか」

すでに陽は落ちていた。

表番衆町には闇の訪れが早いと言われている。

それも道理で、甲州《こうしゅう》街道の旅籠《はたご》街から、わずか数町《ちょう》を隔てているだけなのに、ここは宿場街の雑駁《ざっぱく》さと無縁で、夕暮れ時になると急に人通りが絶えてしまう。

東西に延びる表番衆町の表通りを挟んで、北側には幕府番士の屋敷街が軒《のき》を並べ、通りを挟んだ南側には、新宿の夜を彩る女たちが、死ねば筵《むしろ》巻きにして投げ込まれる成覚寺《じょうかくじ》、その隣には、花街の女たちから「綿《わた》のおばば」と親しまれている奪衣婆《だつえば》の像で有名な正受院《しょうじゅいん》が、いずれも似たような地味な造りの山門を並べている。

陽が落ちると、このあたり一帯が闇の底に沈んでしまう。

光と闇が入れ替わる逢魔《おうま》が刻《とき》だというのに、どうしたことか今宵にかぎって、暇そうな野次馬たちが、人待ち顔をして蝟集《いしゅう》している。

不審に思った洒楽斎が、思わず立ち止まると、

「これはこれは。天然流の先生じゃあねえですかい」

見知らない男から声をかけられた。

「このにぎわいはなんであろうか」

思わず問いかけると、

「しらばっくれてもらっちゃ困ります。一年前に起こった美女殺し一件の、先生は大事な生き証人じゃあござんせんか。あっしらと同じで、殺されたお女中の命日ということで、駆け付けて来た口でしょうが」

男は揶揄《からか》うような口調で、親し気な笑みを浮かべた。

洒楽斎は辟易《へきえき》した。

こんな男が笑うと、かえって気色《きしょく》が悪くなる。

すると、どこで洒楽斎の姿を見つけたのか、

「先生、よくお出でくださいました」

横合いから声をかけてきたのは、町方同心の杉崎《すぎさき》だった。

あの暗い夜のことなら、洒楽斎は鮮明に覚えている。

天然流道場に押しかけ入門をした上村逸馬《うえむらいつま》の姉で、諏訪《すわ》藩江戸屋敷の奥女中を務める実香瑠《みかる》が、星明りもない暗い晩、鬼刻斎《きこくさい》という殺し屋に斬殺された夜だった。

「あれから、もう一年が過ぎたのか」

洒楽斎は裏番衆町に住む旗本の田村半蔵《たむらはんぞう》に招かれ、蝦夷地《えぞち》の北方から迫るオロシア国の脅威について、内密に意見を求められたことがある。

遅くなって帰路に就いた洒楽斎は、暗い通りを表番衆町まで出たところで、女の悲鳴を聞いたような気がした。

洒楽斎は半蔵の屋敷で酒を飲んでいた。

オロシアの件で悪酔いしたのか、量を過ごしたわけでもないのに、したたかに酔っぱらっていた。

幻聴かもしれない、と思いながらも、洒楽斎は思わず歩を早めた。

その夜は星明りもなく、視界はほとんど閉ざされていた。

土地勘を頼りに、闇の中を泳ぐようにして駆けつけたが、若い女は賊の一撃で絶命し、暗殺者は足音も立てずに消えていた。

あれからすべてが始まったのだ、と洒楽斎は思う。

若い女が斬殺された事件を、番屋に届け出た洒楽斎は、衣服が血に染まっていたことから、下手人ではないかと疑われ、たまたま辻番所に立ち寄った、町方同心の杉崎から尋問を受けた。

深夜の事件なので、闇の中では検死もならず、惨殺された女の遺骸は、見張りの目明しを残して、殺された現場に放置されていた。

まだ夜霧が残る早朝に、路上に放置された死骸を見た者がいる。

朝霧の底に横たわる妙齢《みょうれい》の美女。

内藤新宿の遊び人たちが、この絶好な話題を見逃すはずはない。

その場に駆け付けた野次馬たちは、殺された女の美しさに驚嘆した。

廓《くるわ》を抜けようとした花魁《おいらん》か、美貌を謳われた武家娘が、恋狂いした男から、可愛さあまって憎さ百倍、狂おしい情痴の果てに、逆恨みされて殺されたのだ、と勝手な噂が飛び交って、まだ夜も明けきらぬ薄暗いうちから、宿場中の野次馬たちが集まっていた。

噂が噂を呼んで、「投げ込み寺門前の美女殺し一件」は、内藤新宿の隅から隅まで知れわたった。

しかし、いくら調べが進んでも、惨殺された美女の身元は知れず、下手人のゆくえも分からない。

そのまま迷宮入りになるところを、初めからこの一件に関わってきた町方同心の杉崎が、木っ端《こ》《ぱ》役人の意地と誇りで、江戸中の目明しを総動員して聞き込みを続け、とうとう殺された女が、芝金杉《しばかなすぎ》の諏訪藩江戸屋敷の奥女中ではないか、というところまで突き止めた。

しかし町方同心に、大名屋敷を捜索する権限はない。

そこで杉崎同心が目を付けたのは、事件が縁で出入りするようになった天然流道場で、女師範代を務めている乱菊《らんぎく》だった。

殺された女に同情した乱菊は、奥女中に化けて諏訪藩邸に住み込み、事件の真相を探り出す役目を引き受けることになった。

そうなれば、天然流の高弟たちも、この一件に巻き込まれざるを得なくなる。

大名屋敷に潜入した乱菊と、洒楽斎の繋ぎ役として、抜け忍の甲賀三郎《こうがさぶろう》、いまは天然流の師範代を務める猿川市《さるかわいち》之丞《のじょう》が、むかし取った杵柄《きねづか》で邸内に忍び込み、さらに殺し屋から乱菊を護るために、塾頭の津金仙太郎《つがねせんたろう》が、芝金杉の諏訪藩邸に張り付くことになった。

道場主の洒楽斎は、これまでに蒐集《しゅうしゅう》してきた古文書を繙《ひもと》いて、古代から伝わる諏訪信仰や、生き神さまの末裔《まつえい》と言われる殿さまの系譜などを調べていた。抜け忍の市之丞に言わせれば、頼まれもしないのに、よその家のゴタゴタに首を突っ込んで、翻弄《ほんろう》されることになったのだ。

天然流道場の高弟たちは、下手人探しには協力したが、殺し屋の手にかかった謎の美女の名前や来歴は、町方同心の杉崎にも伏せている。

諏訪藩の下級武士として、父亡き後の家督を継ぐ上村逸馬には、殺された姉の身元を、明かせない事情があった。

諏訪藩の派閥争いは、暴発寸前の、危険な状態にあった。

藩内の派閥争いを幕閣に知られたら、廃絶の憂き目にも遭い兼ねない。

姉を殺された上村逸馬には、派閥内の任務が課せられていたので、藩の秘密を護るために、私情を捨てざるを得なかったのだ。

町方同心杉崎の気転と温情で、逸馬は姉の遺骸と対面することが出来た。

しかし逸馬は、理解ある杉崎同心にも、殺された女の身内であることを、最後まで隠し続けた。

それから早くも一年が過ぎたのだ。

洒楽斎の姿を見つけた杉崎同心は、沈痛な表情を浮かべて、

「下手人は成敗され、あやうく迷宮入りになる寸前に、美女殺し一件は天然流道場のお陰で落着《らくちゃく》いたした。ここに集まった野次馬どもは、律儀なことに、殺された女の命日を忘れず、供養のために駆け付けた気のよい連中です。よろしければ先生、今夜は喪主代わりになって、形ばかりの供養に立ち合っていただけませんか」

気安く洒楽斎に頼み込んだ。

すると薄闇の中から賛同する声が続いて、

「そうしてくだせえ。あの一件に立ち合いなされた天然流の先生から、命日の喪主を務めてもらえたら、娘盛りに殺された女仏《にょぼとけ》も、きっと浮かばれようってもんでござんすよ」

揉み手をしながら頼み込んだ。

野次馬どもは、見かけによらず情が深く、誰が誘うともなく集まって、殺された女の命日を弔《とむら》うつもりでいるらしい。

もし実香瑠の弟、上村逸馬がこの場にいたら、と洒楽斎はふと思う。

逸馬は派閥争いの尖兵《せんぺい》となっていることを隠し、成覚寺の共同墓地に、粗末な菰《こも》で包まれた姉の遺骸が、犬の死骸のように投げ込まれ、片隅を掘り返された子供塚（身寄りのない遊女たちの合葬墓）に埋められた、陰惨な埋葬に立ち合っている。

武家政権下における藩という組織の、しかもその末端に繋がる上村逸馬は、国元で起こっている派閥争いや、御世継ぎ騒動に、みずからの意志とは関わりのないところで関わらざるを得なかったのだ。

道場主の洒楽斎をはじめとする天然流の面々には、そのような理不尽さが、我慢出来なかったに違いない。

余計なお節介と思いながらも、よその家のゴタゴタに、嫌でも関わらざるを得なかったのだ。

二

この場に上村逸馬がいて、真っ先に派閥争いの犠牲になった姉の実香瑠を弔うべきだ、と洒楽斎は思う。

諏訪藩の派閥争いに巻き込まれ、剣術の腕を見込まれたばかりに、上村逸馬は三之丸派の尖兵となって、二之丸派の牧野平八郎《まきのへいはちろう》と斬り合った。

瀕死《ひんし》の重傷を負った逸馬は、全身に傷を負って身動きもならず、芝金杉の諏訪藩邸で、傷口の療養に当たっているという。

より惨めなのは、二之丸派の尖兵となって、上村逸馬と斬り合った牧野平八郎だろう。

平八郎も逸馬と闘って、全身に無数の刀傷を負ったが、派閥争いに敗れた二之丸派に属していたので、薄暗い獄舎に囚われて、傷口の治療もされてはいないらしい。

死を賭《と》して斬り合った逸馬と平八郎は、共に天然流の門弟で、ゆくゆくは流派の後継者として、将来を嘱望《しょくぼう》されていた若き逸材《いつざい》だった。

舞踏を武闘に取り入れた女剣士の乱菊や、「不敗の剣」の使い手とされる塾頭の津金仙太郎、旅役者に化けて逃避行を続けてきた抜け忍の猿川市之丞など、風変わりな特技を持つ天然流の高弟たちが、よせばいいのに、よその家のゴタゴタに関わってきたのも、若き後継者を失いたくない、という洒楽斎の思いに共鳴したからで、逸馬と平八郎が両派の尖兵となって、派閥を代表して命がけで斬り合う、という悲劇を避けたかったのだ。

二之丸派と三之丸派の暗闘が、沸点にまで達したとき、両派の尖兵となった逸馬と平八郎は、両派の争いに決着をつけるため、殿さまの御前《ごぜん》で死を賭して斬り合った。

塾頭の仙太郎に鍛えられたふたりは、急所を斬られる寸前に体《たい》をかわし、ほとんど紙一重の差で致命傷から免れている。

決着が付かないまま、御前試合は長引き、仲裁に入った塾頭の仙太郎から、手にした剣を叩き落とされるまで、血塗《ちまみ》れの斬り合いが続いた。

その場に駆け付けた猿川市之丞が、手早く甲賀流の荒療治を施し、かろうじて二人が命を取り留めたのは、不幸中の幸いと言うべきだろう。

政争に勝った三之丸派の尖兵だった逸馬は、藩医の手当を受けられたが、負け組の平八郎は、薄暗い獄舎に繋がれたまま放置され、

「あのままじゃ、傷口が腐って死んでしまいますぜ」

甲賀流医術に詳しい、師範代の市之丞を嘆かせている。

洒楽斎は芝金杉の諏訪藩江戸屋敷に赴《おもむ》き、留守居役の渋谷理兵衛《しぶやりひょうえ》に掛け合って、藩医の治療は許されずとも、せめて市之丞の手当だけでも、受けさせて欲しいと申し出た。

留守居役の渋谷理兵衛は、しばらく渋い顔をしていたが、

「やむをえませんな」

と嫌々ながら頷いた。

二之丸派の渡邊助左衛門《わたなべすけざえもん》が、殿さま（忠厚《ただあつ》）の権威を借りて、わがもの顔に藩邸を牛耳《ぎゅうじ》っていたころ、渋谷理兵衛はどちらとも付かない日和見《ひよりみ》で、優柔不断な留守居役と思われていた。

禁を破って出府《しゅっぷ》した謹慎中の元家老、千野兵庫《ちのひょうご》の密命を受け、藩邸に江戸勤番の藩士たちを集めて打った大舞台は、洒楽斎の介添え無しには、断行出来なかったはずだ。

洒楽斎のお陰で、留守居役の権威を取り戻すことが出来たのだから、恩を受けた後見人の頼みを、無下に断われない弱味が理兵衛にはある。

「この件はくれぐれも、内密にしていただきたい。拙者は派閥争いのとばっちりを受けやすい立場にいる。御家老に返り咲いた千野兵庫どのは、八年にわたって藩政を壟《ろう》断《だん》してきた二之丸派に、厳しい処分を考えておられるようだ。渡邊助左衛門の専横《せんおう》を、黙認してきた留守居役として、拙者は微妙な立場にあるのだ」

保身のために、旗幟《きし》を鮮明にしなかった留守居役は、これからも同じようにして世間を渡ってゆくのだろう。

酒楽斎は憤然《ふんぜん》として、

「しかし牧野平八郎は、二之丸派とは言っても物の数にも入らぬ下級藩士。またそれゆえにこそ、命がけの斬り合いを強《し》いられた犠牲者ですぞ」

派閥争いに利用された門弟を擁護したが、老獪《ろうかい》な留守居役は、表情を硬くして黙り込んでしまった。

どうやらわしはこの男から、邪魔者と思われ始めているらしい。

酒楽斎はその一瞬に、江戸留守居役の思惑を見抜いた。

よそ者から補佐されて、留守居役の威厳を取り戻した負い目を、秘密裏に葬ってしまいたいと思っているのだろう。

二之丸派の渡邊助左衛門が、殿さまを隠れ蓑に藩邸を牛耳っていたころは、二之丸派とも三之丸派とも付かず、無能に見えた留守居役は、側用人の渡邊助左衛門が国元に去った後の藩邸には、この男の頭を抑える者はいなくなった。

このままでは諏訪藩は廃絶し兼ねないと、半年以上にわたって義兄（忠厚）と交渉してきた和泉守《いずみのかみ》（乗寛《のりひろ》）も、忠厚の頑迷さに匙を投げ、今後は一切の関わりを断つ、と書いた決別状を、諏訪藩邸へ送りつけた。

これまで庇護してきた千野兵庫にも、鍛冶橋《かじばし》からの立ち退きを迫った。

庇護者を失った千野兵庫は、江戸藩邸に戻らなければならず、そうなれば肌合いの悪い殿さまから、有無を言わさず切腹を命じられるに違いない。

窮地に陥った千野兵庫は、鍛冶橋に諏訪藩邸の留守居役を呼びつけ、

「わしは死を厭《いと》わないが、収拾不能となったわが藩の騒動を、大目付が黙認しているはずはない。筆頭家老のわしが殺されたら、見て見ぬふりをしていた幕閣が動き、藩政不行き届きの故を以って、わが藩はお取り潰しになるだろう。そうなれば赤穂《あこう》藩の例（藩主切腹・赤穂藩廃絶・藩士は浪人）に洩れず、すべての藩士が職を失うのだ。そうなる前に、やっておくことがあるのではないか」

不甲斐ない留守居役を叱りつけた。

そこには渋川虚庵《しぶかわきよあん》（龍造寺主膳《りゅうぞうじしゅぜん》）の策謀が働いていた。

虚庵はあえて兵庫を追い詰め、窮鼠《きゅうそ》猫を嚙むように仕向けたのだ。

義弟に当たる和泉守乗寛の、粘り強い交渉が功を奏して、江戸屋敷から諏訪大助《だいすけ》と渡邊助左衛門は去り、留守居役の頭を抑える上役はいなくなった。

これを逃したら勝機はない。

虚庵は留守居役を励まして、非常に備えて洒楽斎と仙太郎を後見につけた。

洒楽斎の助言を得た渋谷理兵衛は、邸内の藩士たちを広場に集め、大演説（喧噪《けんそう》で

聞き取れない）を演出して君側の奸《かん》を糾弾《きゅうだん》（ほとんど口パク）し、大助と助左衛門が去った後も、藩邸に残っていた二之丸派の若手、近藤主馬《こんどうしゅめ》と上田宇治馬《うえだうじま》を捕らえて、殿さまの膝元から二之丸派の勢力を一掃した。

そのとき両派の尖兵となった平八郎と逸馬が、派閥の命運を賭けて真剣勝負をしていたが、凄惨な斬り合いを見た殿さまが、気分が悪くなって奥へ引っ込んだので、御前試合にはならなかった。

平八郎と逸馬の真剣勝負はその後も続けられたが、斬り合いは長引き、藩邸の奥庭へ移っていた。

そこへ鍛冶橋から帰った留守居役、渋谷理兵衛が藩士たちを集めて大演説（見かけだけ）をして、近藤主馬と上田宇治馬を捕らえたが、その寸前に安芸守《あきのかみ》忠厚は、気分が悪くなり、奥女中に支えられて奥へ引っ込んだので、いつもは殿さまを盾にして、専横を恣《ほしいまま》にしてきた佞臣《ねいしん》（近藤主馬・上田宇治馬）たちも、殿さまに助けを求めることは出来なかった。

留守居役はその間隙を突いて、藩邸内の二之丸派を一掃したのだ。

優柔不断に見えたのは、両派の勢力を見比べていた留守居役の擬態で、ここぞと思えば、いかにも能吏《のうり》らしく振る舞うことが出来る男だったのだ。

それらの対応を知り尽くしたよそ者の洒楽斎は、慎重に身を処してきたこの男から、煙たい存在と思われているに違いない。

そろそろ退け時かもしれぬ、と洒楽斎は思った。

しかしせめてもの手土産に、二之丸派に使嗾《しそう》された牧野平八郎の、身柄だけはもらい受けよう。

洒楽斎にしてはめずらしく、江戸留守居役に売った恩を利用して、重傷を負った牧野平八郎の身柄を引き取りたい、と無理を承知で掛け合ってみた。

「いかがでござろうか。牧野平八郎は二之丸派の尖兵として、三之丸派の尖兵にされた上村逸馬と、両派の命運を賭けた真剣勝負を強要されましたが、この勝負はいずれが勝ったわけでもなく、御前試合の勝敗は、双方とも重傷を負いながらも、引き分けに終わったのです。当人はいまも瀕死の状態と聞く。あの男をこのまま打ち捨てても、今後の政局を左右することはござるまい」

試合を見ていた殿さま（忠厚）は、途中から気分が悪くなったと言って奥へ引っ込んだので、両者が血塗れになって闘った凄惨な斬り合いを、御前試合と言うことは出来ない。

渋谷理兵衛にも、洒楽斎の腹の内は読めたはずだ。

「牧野平八郎を引き渡せ、と申されるか」

ますます渋い顔になって、渋谷理兵衛は唸った。

「そこまでは申さぬ。なれど牧野はわが門弟。内藤新宿の天然流道場に引き取って、傷の治療をしたいのでござる」

「お気持ちは分かるが、拙者の一存では決めかねる」

藩邸を預かる留守居役としては、そう答えざるを得ないだろう。

留守居役の顔を立てて、この場はひとまず譲り、搦手《からめて》から交渉して平八郎を引き取ろう、と洒楽斎は思い返した。

「よろしゅうござる。これは貴藩の裁定に関わること。よけいな口出しは、迷惑でござったな」

洒楽斎はあっさりと引き下がると、その足で雑司ヶ谷《ぞうしがや》の福山《ふくやま》藩下屋敷に廻った。

広い屋敷の一角には、お世継ぎ騒動に絡んで、諏訪安芸守（忠厚）から離縁された元御正室（福山殿）が、御老女の初島《はつしま》と一緒に籠居《ろうきょ》している。

離縁された奥方さまは、福山十万石を領する阿部伊勢守《あべいせのかみ》正福《まさよし》の息女だが、殿さま（忠厚）とのあいだに子はなく、代わって側室のトメ殿が生んだ軍次郎君《ぐんじろうぎみ》を、庶出《しょしゅつ》ながら嫡子として養育してきた。

しかし殿さまは、若い側妾のキソ殿が産んだ鶴蔵君《つるぞうぎみ》を寵愛していた。

これが藩内の派閥争いと絡んで、お世継ぎをめぐる政争の具にされた。

三之丸派は庶長子の軍次郎君を正統としていたが、二之丸派は庶次子の鶴蔵君を推し、殿さまの意を迎えることで、派閥の安泰を図ろうとした。

君側の奸と言われる渡邊助左衛門は、軍次郎君の毒殺や呪殺《じゅさつ》まで企むようになり、そのままゆけば、お世継ぎをめぐるお家騒動にもなりかねなかった。

奸計《かんけい》を察知した奥方さまと御老女の初島が、渡邊助左衛門の策謀に、敢然《かんぜん》として立ち向かった。

奥方さまは福山藩十万石の息女として、御老女の初島をはじめ、大勢の奥女中たちを連れて輿入《こしい》れしている。

江戸の諏訪藩邸に入った初島は、奥殿の女中たちを統括し、藩邸の留守居役や、側用人の渡邊助左衛門、近習の近藤主馬、上田宇治馬など、殿さま側近の口出しを許さなかった。

藩邸の侍長屋でも、姫君の護衛役として遣わされた山中左男路《やまなかそうじ》が、奥方さまが離縁された腹いせに、侍長屋で賭場を開いたり、嫌がらせに博徒たちを出入りさせても、側用人では取り締まることが出来なかった。

渡邊助左衛門や側近の近藤主馬が、折あるごとに殿さまを焚きつけ、奸計を企んで奥方さまを離縁させたのは、江戸藩邸から福山殿の勢力を一掃するためだったのだ。殿さまから離縁されたとき、奥方さまの父君（阿部正福）はすでに亡く、京都所司代を経て老中となった兄君の正右《まさすけ》も、この世の人ではなかった。福山藩十万石を継いだのは甥の阿部正倫《まさとも》で、奥方さま（福山殿）としては、実父の正福や実兄の正右と違って遠慮があり、庇護者として甘えることの出来る相手ではない。

奥方さまは、陰に陽に庇護されてきた、実家に頼ることは出来なくなっていた。そこに目を付けた渡邊助左衛門は、世間知らずの殿さま（忠厚）をそそのかして、奥方を離縁させることに成功したのだ。福山殿と御老女の初島は、奥女中の掬水《きくすい》（謎の女忍び）と三人で、雑司ヶ谷にある福山藩下屋敷に引き籠もっている。

しかし福山殿や御老女初島の気力が、萎《な》えてしまったわけではない。信頼している千野兵庫の頼みなら、奥方さまは渋川虚庵（龍造寺主膳）を迎え入れることにも躊躇しなかった。

福山殿と初島は、もともと天龍道人《てんりゅうどうじん》（虚庵）が描く精悍な鷹の絵を好み、わざわざ奥女中の実香瑠を、虚庵の隠宅まで遣わし、鷹の絵を買い入れさせるほど惚れ込んでいた。

あたかも下界を睥睨《へいげい》しているかのように、鋭い眼光を放っている鷹の絵。

鷹の眼を持つ女たちか、と洒楽斎は呟いた。

諏訪藩の派閥争いは、追い詰められた千野兵庫の反撃で、一応の決着がついたようだが、その背後に鷹の眼を持つ女たちが居るかぎり、このままでは収まりそうもないな、と思って洒楽斎は苦笑した。

三

洒楽斎が前触れもなく、雑司ヶ谷の下屋敷を訪れると、旅支度をした龍造寺主膳が、門前に待ち受けていて、気さくに洒楽斎を出迎えた。

「どういうことだ。いくら食い詰めたとはいえ、天下の龍造寺主膳ともあろう者が、門番に身を落とすとは」

意表を突かれた洒楽斎は、照れ隠しに主膳を揶揄った。

「そうか。そういう口もあったな」

と主膳は笑いながら洒楽斎の冗談に応じた。

「だが残念なことに、刀傷を負って寝込んでいる当家の門番は、よほど頑丈に出来ているとみえて、傷口が塞がるのも待たず、明日から門衛に立つらしい。この仕事には、わしが割り込める余地はなさそうだ」

洒楽斎は冗談口を叩くのをやめて、

「その旅支度はどうしたのだ」

真面目な顔に戻って問い直した。

「おぬしたちのお陰で、長らく藩政を壟断してきた二之丸派の首魁《しゆかい》を封じ込め、諏訪藩の騒動も一応の決着をみた。諏訪藩は廃絶を免れ、わしは安住の地と定めた湯之町《ゆのまち》で、安穏と暮らして行ける目途《めど》も付いた。新たに政権の座に就いた千野兵庫には、これからも政事の駆け引きはあるだろうが、世捨て人のわしとは関わりのないことだ。これ以上のゴタゴタには、付き合う気もなければ義理もない。わしの役割はこれで終わりだ。それよりも早く湯之町に戻って、ゆっくりと湯治《とうじ》でも楽しもうと思ってな」

主膳は屈託のない笑みを浮かべた。

「そうそう。諏訪藩邸に巣くっていた二之丸派を、一挙に捕縛出来たのは、おぬしの采配よろしきを得たからと聞いている。おぬしたちの働きに対して、わしからもお礼を致したい。そのことを伝えるために、こうしておぬしを待っていたのだ」

それでは洒楽斎が訪ねてくることを、主膳はあらかじめ分かっていたと言うのだろうか。

相変わらず勘働きの良いことだ、と思って洒楽斎は舌を巻いた。

「それは畏れ入る」

洒楽斎がそう言ったのは、主膳の返礼を遠慮したのではなく、歳月を重ねても衰えを見せない、勘のよさを讃えたのだ。

「なあに、お礼と言っても、貧乏絵師のわしには、せいぜい諏訪の温泉で、のんびりと遊んでもらうことくらいしか思いつかぬが」

主膳は温泉を口実に、洒楽斎たちを諏訪の地に招きたいらしかった。

「ほほう、温泉か」

そういえば、天然流道場に入門を望みながら、なぜか生まれ在所を明かさない逸馬の甲州訛《なま》りを追って、甲州街道を終着の下諏訪宿まで、一気に駆け抜けた師範代の市之丞も、内藤新宿に帰って来たときは、全身が垢だらけ泥だらけで、せっかく諏訪まで行ったのに、温泉に浸かる暇もなかった、と愚痴をこぼしておったな、とつい思い出し笑いを浮かべながら洒楽斎は言った。

「温泉とはありがたい。たまにはゆっくりと、長湯治でもしてみたいと思っていたところだ。温泉に行けると聞けば、師範代たちも喜ぶだろう。今回の一件では、諏訪に関わりながらも諏訪を見ず、折に触れて蒐集してきた古文書を読み解いて、つい知ったつもりになっていたが、ひょっとしたらそれは、思い込みや妄想と変わるところのない虚像であったかもしれぬ。折あらば諏訪の地を訪ねて、事の真偽を確かめてみたいと思っておったのだ」

「そうか。殊勝《しゅしょう》にもそう思っていたのか。ではあらためて、わしがおぬしたちを招待しよう。湯之町の天龍道人と言って訪ねて来れば、わしの居場所はすぐに知れるはずじゃ。師範代たちと来るとしたら、いますぐというわけには参るまい。どうせ諏訪に来るなら、紅葉の秋がよいかもしれぬ。楽しみにして待っておるぞ」

そう言って歩き出そうとする主膳を引き留めて、

「その前に頼みたいことがある」

洒楽斎は藩邸の牢に繋がれている牧野平八郎のことを話した。

「その若者はわしの門弟だが、今回の騒動では二之丸派の尖兵となって、同門の上村逸馬と斬り合い、全身に重傷を負っている。平八郎は派閥争いに敗れた二之丸派に属していたので、藩邸の薄暗い牢獄にぶち込まれ、傷口の治療もしてもらえぬという。

わしは留守居役の渋谷理兵衛どのに掛け合って、牧野平八郎を天然流道場に引き取り、刀傷の治療をしたいと申し出たが、おのれの一存ではどうともならぬと断わられた」

主膳は最後まで聞かず、

「わかった。おぬしの門弟である牧野某《なにがし》は、上司から使嗾されて、命懸けの斬り合いをさせられた、気の毒な下級藩士であろう。今後の政局に関わるような者ではない。政事とは別な話だ。おぬしが引き取りたいとあらば、わしから御家老の千野兵庫どのに頼んでみよう」

気軽に引き受けた。

「無理を言ってすまぬな」

洒楽斎が遠慮がちに言うと、

「なんの、これしきのこと。今回の騒動を鎮《しず》めたおぬしの功績と比べたら、褒賞と呼ぶにも値しない些事《さじ》ではないか。八年間の逼塞《ひっそく》から解き放たれて、政権の座に返り咲いた元家老だ。それくらいの返礼があってもおかしくはあるまい」

交渉する相手が主膳だと話が早い。

「そのまま放置して、もし刀傷が腐ったら、たとえ若い身であっても命は危《あや》うかろう。ことは急を要する。わしはこの足で芝の東禅寺《とうぜんじ》に向かい、鍛冶橋（松平《まつだいら》和泉守乗寛の上屋敷）から、藩主家の菩提寺（東禅寺）へ移った千野兵庫に会って、おぬしの門弟の身柄を、急ぎ下げ渡すよう掛け合うつもりだ。よかったらおぬしも同行してくれ」

四

内藤新宿の投げ込み寺、成覚寺の境内には、はやくも濃い闇が流れていた。

「一年前も、やはりこんな夜だったんですかい」

多助《たすけ》と名乗った遊び人が、漬物石に似た楕円形の墓石を、踏まぬよう躓《つまず》かぬように避けながら、先を行く洒楽斎に声をかけた。

「もっと遅い刻限であった。あの夜は星明りもなく、闇はさらに深かった」

洒楽斎の脳裏には、実香瑠が骸骨のような男に殺された、一年前の情景がまざまざと蘇った。

それを聞いた多助は、そのセリフのどこに怯えたのか、わざとブルブル震えて、

「おどかさねえでくだせえよ。あっしは夜の墓場ってえのが大の苦手でね。浮かばれねえ霊魂が、夜な夜な彷徨《さまよ》っているのかと思えば、それだけで足がすくんでしまいますよ」

墓地には所どころ、夜露がついた木々の葉が垂れている。

夜風が吹くたびに水滴が散って、首筋のあたりを冷たいものに襲われると、大袈裟な悲鳴を上げてしまう臆病な遊び人たちもいる。

それでも恐いもの見たさに、野次馬たちは湿った墓地を埋めつくすほど集まり、互いに脅し合ったり、わざと恐がってみせたりしている。

遊女たちの死骸を投げ込んだ「子供塚」は、沢庵石《たくあんいし》のような質素な墓標が、不揃いに並んでいる奥にあって、やや高く盛り上げられた土饅頭は、しばしば掘り返されるためか、いつも表面が濡れているように見える。

「ここだ。土を盛り上げたばかりのこの塚に、何人の遊女たちが投げ込まれたのか、その数を知る者はたぶんおるまい」

野次馬たちを先導してきた町方同心の杉崎は、巨大な土饅頭の前に跪《ひざまず》いて、携えてきた香を焚いた。

「今宵は一年前に殺された、名も知らぬお女中の命日でござる。ふだんは顔を合わせることもないわれらが、今宵この場に集《つど》うも他生《たしょう》の縁。これも一年前の今月今夜、無惨にも生を絶たれた女仏のお導きと言えよう」

杉崎同心はいつになく殊勝なことを言って、

「それでは先生、喪主として何か一言。ここに葬られた無縁仏に、供養の言葉をかけてもらえませんか」

低い声で促されたが、洒楽斎はなぜか気が進まなかった。

両隣にいた野次馬たちは、

「お役人さまがあおっしゃるんだ、何も遠慮することはありませんぜ」

口々に囃《はや》し立てながら、夜露に濡れた土饅頭の前まで、洒楽斎を順送りにして押し出した。

「急に喪主と言われても、わしは故人を知る者ではないが」

と言いながら、洒楽斎は無縁墓の前で瞑目《めいもく》した。

たしかに生前のことは知らない。

しかし、殺された若い女が、諏訪藩邸の奥女中で、天然流道場に押しかけ入門した上村逸馬の姉、実香瑠であることは、奥女中に化けて藩邸の奥勤めに出た乱菊が確めている。

さらに、騒動の陰に龍造寺主膳あり、と言われた宝暦《ほうれき》以来の同志が、いまは渋川虚庵と名を変えて、下諏訪の湯之町に隠棲していることも知っている。

実香瑠は龍造寺主膳、すなわち旅絵師の天龍道人から気に入られ、孫娘のように可愛がられていたとも聞いている。

しかも実香瑠は、諏訪藩のお家騒動に巻き込まれ、君側の奸と言われる側用人、二之丸派の渡邊助左衛門と敵対する、御老女の初島に見込まれて、その右腕となって働いていた奥女中だった。

実香瑠が、渡邊助左衛門の放った殺し屋、鬼刻斎に暗殺されたのは、蟄居《ちっきょ》閉門中の国家老、千野兵庫を蹶起《けっき》させるため、密使となって諏訪へ向かおうとしたからだった。

弟の上村逸馬は、幸か不幸か剣術の腕を見込まれ、三之丸派の尖兵に仕立てられていた。

姉と弟はいずれも諏訪藩の機密に関わっていたので、姉を殺された逸馬は噂を聞いて駆け付けたが、その場で弟と名乗ることが出来ず、最愛の姉が身元不明の死者として、菰包みにされた遺骸を荒縄で縛られ、遊女たちが埋葬されている、暗い墓穴に投げ込まれるのを、黙って見守るほかはなかったのだ。

むごいことだ、と洒楽斎は思う。

人が人らしく生きることが出来るよう、世の仕組みを変えようとした若き日の思いは、何ひとつ成就しないまま歳月だけが流れた。

その後の洒楽斎が、絵画や学問芸術を捨てて剣を選んだのは、しゃらくさいと切り捨てたはずの世間に、いまだに未練がましい思いを残しているからだろう。暴虐《ぼうぎゃく》を跳ねのけるには、理不尽さに屈することなき「武」を身につけることだ、と洒楽斎は「宝暦の一件」から学んだと言ってよい。

個として生き、孤として闘う。

そのための剣だと思っている。

龍造寺主膳のように、世を捨てて遊芸に遊ぶという手もあるが、洒楽斎にはそのような器用な立ち回りが出来ない。

洒楽斎は胸のうちにあふれる思いを声に出して、投げ込み寺に集まってきた遊び人たちに語りかけていた。

「無縁墓に葬《く》られた女仏とわれらは、無縁の衆庶《しゅうしょ》とはいえ、ここに集まってきた者たちは、奇しき仏縁で結ばれていたのだ。われらは離合集散して、明日あることを知らない。しかし、今ここに在るということだけは、誰しも疑うことは出来ないのだ。一年前に惨殺された女人は、われらをこの場に導いてくれた女人菩薩なのではなかろうか。明日のことは知らぬ。昨日のことは忘れた。しかし今日の縁《えにし》を縁として、いまの思いを明日に繋げることで、日々に感じる生々流転《せいせいるてん》の虚しさを、乗り越えてゆくことが出来るかもしれぬ」

闇に向かって喋りながら、どこかに違和を感じて、洒楽斎は言葉を切った。

土饅頭を囲んでいた野次馬たちは、ポカンと口を開けたまま黙り込んで、気は確かなのかという顔をして、洒楽斎の口元を眺めている。

洒楽斎は思わず赤面した。

何をどう勘違いしたのか、洒楽斎は宝暦の若き日に戻って、あのころと同じ思いを、遊び人たちに向かって、語りかけていることに気が付いたのだ。

夜の闇は怖ろしい。

無縁墓地の闇には、いまだ成仏出来ない遊魂《ゆうこん》が彷徨い、あらぬ妄想や錯覚が、時空を超えて浮遊しているのではなかろうか。

夜の瘴気《しょうき》に当てられたのかもしれぬ。

洒楽斎は思わず苦笑した。

あれはまだ洒楽斎が、鮎川数馬《あゆかわかずま》と名乗っていたころのことだった。

竹内式部《たけのうちしきぶ》が処罰された「宝暦の一件」に連座し、危ういところを龍造寺主膳の手引きで、仲間たちと一緒に京《きょう》を脱出した鮎川数馬は、その後は若き日の思いを封印して、さすらいの武芸者として諸国を遍歴した。

敢《あ》えて韜晦《とうかい》していたはずの二十数年前の思いが、なぜ今になって蘇ったのか、当の酒楽斎にも分からなかった。

　一年前に殺された美女を追慕するために、投げ込み寺へ集まってきた野次馬たちに、酒楽斎の思いが伝わるはずなどあるはずがない。

「先生、先生、ここはあんたの道場じゃあねえんだ。あっしら頭の空っぽな遊び人相手に、訳の分からねえことを宣《のたま》われても困りますぜ」

　多助は馴れ馴れしい口を叩いて、この場にそぐわない酒楽斎の言葉を遮った。

「いやいや、そうではない」

　町方同心の杉崎は、この場を丸く収めようと、

「天然流の先生は、一年前の今月今夜、投げ込み寺で殺された女人菩薩が、こうしておまえたちを引き合わせてくれたのだと、死者への感謝を述べられたのだ。女仏の一周忌を供養するには、何よりもふさわしいお言葉ではないか」

　わざとらしい笑みを浮かべて、のっぺりとした多助の肩を、いかにも親し気にトントンと叩いた。

「旦那にそう言われちゃ、あっしにゃ返す言葉がねえや」

　多助は照れくさそうに笑うと、

「あっしら遊び人には、一年前に殺された美女のことを忘れられねえ、という未練が

ましいところがある」

　いきなり居直って、

「一周忌の供養を終えたら、厄落《やくお》としに内藤新宿へ繰り出して、景気よく一杯いきてえところだが、残念なことに先立つものがねえ。誰か持ち合わせはねえかい」

　野次馬どもから小銭を集め、女菩薩を肴に酒宴でも開こうと焚きつけた。

　すると遊び人たちは口々に、

「それがあったら、こんなところに燻《くすぶ》ってはいねえよ」

　不平そうな声で騒ぎ出した。

　これではせっかくの供養が台なしになる。

　酒楽斎はその浅ましさに耐えかねて、

「待て待て。仏の一周忌に、墓前で騒いでは仏罰《ぶつばち》があたろうぞ。わずかではあるが、ここに拙者の持ち合わせがある。無縁仏への供養として、財布ごと墓前に捧げるから、墓参と供養が済んだ後は、この金で飲むなり食うなり、おぬしらの好きなように使うがよかろう」

　貧乏が看板の道場主としては気前よく、懐中《かいちゅう》から取り出した縞《しま》の財布を、実香瑠が眠っている土饅頭に供えた。

これは実香瑠への供養料だ、と洒楽斎は思っている。

藩内の派閥争いに巻き込まれて、残忍な殺し屋の手にかかって死んだ奥女中の実香瑠。

三之丸派の尖兵となって、同門（天然流道場）に学ぶ二之丸派の尖兵、牧野平八郎と芝金杉の藩邸で死闘し、全身に傷を負って半死半生になった弟の上村逸馬。

世に知られることもなく、派閥争いの犠牲となった姉と弟を、たまたま事情を知った洒楽斎の他に、誰が弔ってやれるのか。

それを見た野次馬どもが、場所柄もわきまえずワッと沸いた。

「さすがに天然流の先生、気っ風《ぷ》のいいところを見せてくれるぜ。あっしも言い出しっぺとして、あの女人菩薩を弔いてえ」

洒楽斎に釣られて、多助もなけなしの銭を投げ出した。

だが土饅頭に捧げられたバラ銭は、残念ながら二十文《もん》にも満たない。

「なるほど、貧者の一灯というわけか」

町方同心の杉崎は、懐《ふところ》の中でモゾモゾと銭勘定をしていたが、

「わしは役柄上、こういうことは固く禁じられているが、うちのかみさんに叱られぬ程度の香典は、他生の縁を結んでくれた女人菩薩に捧げよう」

土饅頭の前に供えた豆板銀《まめいたぎん》が、闇の中で鈍く光った。

「やっ、旦那。気前がいい」

それを見た野次馬たちが騒ぎ出した。

「お上《かみ》だのお役人てえものは、おれたち貧乏人から巻き上げるばかりだと思っていたが、旦那のような気っ風のいいお役人さまは初めてだ」

町方同心から豆板銀を寄進されては、磨り減ったビタ銭では気が引けるのか、多助は居心地悪そうに、モゾモゾと懐の中を探っていたが、

「おっ、まだ選《よ》り残しの銭があったようだ。思い切ってこれも出すぜ。杉崎旦那の足元にも及ばねえが、宵越しの金は持たねえ、てえのが江戸っ子の心意気だ。あるものを出し尽くしてしまえば、かえってすっきりするってもんだぜ」

便秘と同じか、とすかさず揶揄する声もあったが、多助に先を越された遊び人たちは、思いついたように着物の袖を裏返して、

「おっ、こんなところにビタ銭が隠れていやがった。こんなハシタ銭だが、女人供養の足しにしてもらおう」

青錆びが出ている寛永通宝《かんえいつうほう》を投げ出した。

「そのくれえの銭なら、あっしらにも持ち合わせがあるぜ」

未練がましく懐中を探っていた遊び人たちは、互いに競うようにして、夜露に湿った土饅頭の上に、なけなしの小銭をばら撒いた。

五

「では一周忌の供養に、みなで念仏を唱えよう」

騒ぎが収まったと見て、洒楽斎は野次馬たちに声をかけた。

「それじゃあ、先生。先導をお願《ねげ》えします」

多助が音頭を取って、遊び人たちが唱える読経会《え》が始まった。

「摩訶般若心経《まかはんにゃしんぎょう》」

低い声で洒楽斎が口火を切った。

洒楽斎に唱和して、遊び人たちも念仏を唱えたが、どうしてどうして、音律は見事で声もよく通り、これを音曲《おんぎょく》として聴けば、先導する洒楽斎よりも堂に入っている。

一切苦厄《いっさいくやく》
舎利子《しゃりし》

色《しき》不《ふ》異《い》空《くう》
空《くう》不《ふ》異《い》色《しき》
色《しき》即《そく》是《ぜ》空《くう》
空《くう》即《そく》是《ぜ》色《しき》
受《じゅ》想《そう》行《ぎょう》識《しき》
亦《やく》復《ぶ》如《にょ》是《ぜ》
舎利子
是《ぜ》諸《しょ》法《ほう》空《くう》相《そう》
不《ふ》生《しょう》不《ふ》滅《めつ》

般若心経を唱えながら、洒楽斎はどこかに違和を覚えていた。

実香瑠の一周忌を忘れずに、投げ込み寺へ集まってきた遊び人たちが、般若心経の真髄を、奥の奥まで理解しているとは思えない。

しかし、遊び人たちにしてみれば、経文を唱和する慣習は、日々の暮らしと密着しているのかもしれなかった。

若き日の洒楽斎が、竹内式部の私塾で学んでいたころは、事あるごとに念仏を唱える慣習を、安易な逃げ口と侮蔑していたが、いまとなってみれば、それはそれでよいのではないか、と思うようになっている。

色即是空、空即是色とは、煩悩《ぼんのう》に囚われる生のありかたや、定めなきこの世の姿を、端的に言い表していると洒楽斎は思う。

投げ込み寺に集まってきた遊び人たちは、みずから悩まず苦しまず、日々をのらくらと暮らしながらも、洒楽斎が修行の果てに到達した境地に、難なく達しているのではないだろうか。

まさしく空即是色だ、と洒楽斎は苦笑せざるを得ない。

気が付くと読経の声は絶えて、闇に閉ざされた墓地は静寂に包まれている。

「先生、終わりやしたぜ」

多助に声をかけられて、洒楽斎はわれにかえった。

「さあ、これで女人菩薩の供養は終わった。あとは内藤新宿に繰り出して、おれたち遊び人の供養でもしようじゃねえか」

殊勝な顔をして念仏を唱えていた多助が、土饅頭に捧げられた浄財《じようざい》をかき集めながら、一変して元気のよい声を張り上げた。

「それ、それ、それよ。思ったよりお布施《ふせ》が多いから、軍資金に不足はねえや。今夜は久しぶりに、反吐《へど》を吐くまで飲み明かそうぜ」

投げ込み寺の土饅頭の前で、黙禱《もくとう》していた遊び人たちが、多助の景気のいい声を聞いた途端に、一転して活気づいた。

墓場の闇を恐れる者など誰もいない。

「内藤新宿に繰り出すのはいいが、出来るだけ分散して穏やかに飲め。徒党を組んで狂乱したとあっては、わしは町方を取り締まる役目柄、おまえたちを縛らなければならなくなる。それだけは勘弁してくれよ」

町方同心の杉崎が釘を刺した。

「えっ、旦那も御一緒するんじゃねえんですかい」

多助が不満そうに言った。

「じゃあ、天然流の先生はどうなんです」

酒楽斎は苦笑を浮かべて、

「わしも遠慮しておこう」

それを聞いた多助は気分を害し、ネチネチとした口調でからんできた。

「そうかい、そうかい。先生までがそうだったんですかい。おさむれえってのはみんな同じだ。おれたち遊び人と飲むのは、沽券《こけん》に関わる、とでも思っているんですかね」

酒を飲む前から酔っぱらっているらしい。

この場が険悪になりそうなのを察して、

「そうではない。恥をさらすことになるから、黙っていようと思っていたが、このままでは誤解を招きそうだから言ってしまおう」

酒楽斎は鷹揚《おうよう》に口をはさんで、

「実を申せば、わしは酔狂道人《すいきょうどうじん》と言われる大酒飲みでな、わしがグイグイと機嫌よく飲めば、同席する者たちには酒が行きわたらなくなる。その上、酔って狂えば、相手かまわず乱暴を働くらしいが、酔いから醒めたときには忘れている、という困った癖があるらしい。わしと呑むのは危険だ。血を見るのが嫌なら避けたほうがよい」

たわごとを言って空とぼけた。

「しかし巷の噂では、天然流道場の奥座敷からは、いつも楽しそうに飲む先生の笑い声が、聞こえてくるそうじゃありませんか。街中に道場を構える剣術の先生が、酔って乱暴狼藉《ろうぜき》をはたらくとなりゃあ、毎晩のように怪我人や死人が出ても、決しておかしくはありませんぜ」

多助はなおも食い下がった。

「だからわしは、腕の確かな師範代たちとしか飲まぬのだ。酔えば粗暴化するというわしを、押さえ込める相手と一緒でなければ、安心して酔っぱらうことが出来ぬからな」

わざとらしい豪傑《ごうけつ》笑いをして、洒楽斎はどうにかその場を切り抜けた。

それで遊び人たちが引き下がったのは、酒癖が悪いらしい洒楽斎と一緒では、反吐を吐くまで飲み明かすことなど、とても出来なくなると思ったからだろう。

酔って荒れ狂う大酒飲み、などと偽悪的なことを言ったのは、世をすねた洒楽斎らしい韜晦だった。

酔狂というのはそういう意味ではない。

実香瑠が殺された成覚寺の門前に、あの晩たまたま行き合わせたことから、その後もズルズルと、諏訪藩の騒動に関わってしまったように、洒楽斎の別称である酔狂道人とは、世を捨てたつもりでも、いつの間にか世事《せじ》に関わってしまう困った体質を、みずから揶揄した名乗りなのだ。

「もうこれっきり、てえことはねえでしょうな。あっしらと他生の縁があるかぎり」

機嫌を直した多助が、未練がましく念を押した。

洒楽斎は笑顔で応じた。

「明日のことは誰も知らぬ。しかしどれほど離れていようとも、われらはどこかで繋がっている、と思っていたほうが気が楽になる」

これは仏法の教えとは違っているかもしれないが、そう思うことによって救われることもあるだろう。

洒楽斎は諧謔《かいぎゃく》と自嘲が入り混じった笑みを嚙み殺した。

しかし今宵は、と洒楽斎は思った。

人知れず殺された実香瑠への、よき供養となったに違いない。

名も知らぬ美女が投げ込まれた、夜露に湿った土饅頭の前で、奇妙な節をつけて経文を唱和していた野次馬たちの、神妙な顔を思い浮かべながら、洒楽斎はなぜか救われたような思いに満たされて、天然流道場へと向かう暗い路地裏に入っていった。

第二章　信玄《しんげん》の隠し湯

一

「あとはよろしく頼む」

すっかり旅支度を調えた洒楽斎は、不満そうな顔をしている師範代の猿川市之丞に、天然流道場の留守を頼んだ。

「任しておいてください。いつものことで慣れておりますから」

市之丞はチクリと嫌味を言った。

近ごろの洒楽斎は、同じ屋根の下にある道場へも顔を出さず、奥座敷に籠って煤れた古文書ばかり読んでいる。

門弟たちの指南は丸ごと師範代に任されていた。

さらに洒楽斎は、刀傷の治癒が思うように進まない牧野平八郎を、諏訪の秘湯に連れてゆく、と言い出したのだ。

上村逸馬との死闘では、斬られた瞬間に体《たい》をひねって、寸前で急所をはずしたとはいえ、数刻に及ぶ決闘で全身を斬り刻まれ、生死の境を彷徨っていた牧野平八郎は、傷口の治療はしたものの、まだ体力の恢復からは遠かった。

諏訪藩の家老に返り咲いた千野兵庫に掛け合って、牢獄に繋がれていた瀕死の牧野平八郎を、道場預かりという名目で引き取ったが、傷口の恢復が思うようにならないので、甲信《こうしん》の各地に伝説が残る「信玄《しんげん》の隠し湯」で湯治させよう、と思っているらしかった。

「わしはその足で諏訪に赴き、この眼で確かめたいことがあるのだ」

二之丸派の諏訪大助と渡邊助左衛門を、江戸屋敷の殿さま（忠厚）から引き離し、その隙に乗じて、諏訪藩邸に残っている君側の奸、近藤主馬と上田宇治馬を捕らえて、江戸屋敷から二之丸派の勢力を一掃した。

これより先、両派閥の争点となっていた家督争いで、庶長子の軍次郎君が、守役の上田宇治馬に毒を盛られるという事件があった。

そのときは御老女初島の気転で、間一髪のところで若君は毒殺から免れた。

一方の信州では、高島城《たかしまじょう》の三之丸に蟄居謹慎していた千野兵庫が、手長神社八朔《てながじんじゃはっさく》の宵祭《よいまつり》に乗じて、厳重に警戒されている城中から脱出し、江戸府内に潜入して駆け込んだ先は、殿さまの妹婿、松平和泉守乗寛の上屋敷（鍛冶橋）だった。

和泉守乗寛は、三河国西尾《みかわのくににしお》六万石の城主で、幕閣の奏者番を務める二十九歳の俊《しゅん》英《えい》だった。

そのときから諏訪藩の騒動は、和泉守乗寛の介入によって、芝金杉から鍛冶橋へと表舞台が移っていた。

江戸藩邸の二之丸派は、脱藩して来た千野兵庫が、殿さま（忠厚）の妹婿（松平和泉守）の上屋敷に駆け込んだと聞いて、もはや兵庫は袋の鼠、これで三之丸派の首魁は、わが手中に落ちたも同然、と思って安心し、禁を犯して出府してきた元家老を甘く見て、敵方の動きに対抗するための、有効な手を打とうともしなかった。

それは二之丸派の実権が、一旦は失脚した諏訪大助から、老獪な渡辺助左衛門の手に移り、さらに殿さまに近侍《きんじ》する寵臣《ちょうしん》の、近藤主馬や上田宇治馬に移ったことから、もともと二之丸派には希薄だった大局的な見方を、持てなくなっていたからだろう。

殿さまのご機嫌を取り結ぶことに汲々《きゅうきゅう》として、政事的な視野を持てなかった近藤主馬や上田宇治馬とは違って、若くして幕閣に連なる和泉守乗寛には、奥方（忠厚の妹本了院《ほんりょういん》）の実家である諏訪家が、危急存亡に瀕していることを、十分すぎるほど分かっていた。

派閥争いと家督問題が、複雑に絡み合った諏訪藩の騒動は、このときから殿さまの妹婿、和泉守乗寛の手に委ねられることになったわけだ。

和泉守乗寛の動きは慎重だった。

まず蟄居謹慎中でありながら、君命を破って江戸へ出奔《しゅっぽん》してきた千野兵庫の身柄を、鍛冶橋の上屋敷に匿《かくま》うと、乗寛は諏訪姓を名乗る江戸表の親戚衆十八家（いずれも旗本）を糾合《きゅうごう》して親族会議を開き、諏訪藩の派閥（二之丸派と三之丸派）争いから派生したお家騒動（嫡子争い）を、どう裁くべきかと協議した。

乗寛は親族会議で定めた三箇条（前巻「あるがままに」参照）を、芝金杉の諏訪藩邸に突きつけたが、これを受けた殿さま（忠厚）は、日頃から付き合いのない遠縁の親戚衆が、いまさら本家の行政に口出しすることを好まず、諏訪藩の存続を危ぶむ乗寛の、懇切な交渉にも応じようとはしなかった。

諏訪藩邸に潜入した猿川市之丞（抜け忍の甲賀三郎）が、情勢がごちゃごちゃとして、なんだか訳が分からなくなった、と途中から投げ出したのも、床下や天井裏に忍んで聞き耳を立てたところで、鍛冶橋の動きまでは掌握出来なかったからだ。

乗寛と忠厚の交渉は数ケ月に及んだ。

世間知らずの殿さまを擁する二之丸派の首魁、諏訪大助と渡邊助左衛門を国元に帰すこと、庶長子の軍次郎君を後継者と定め、幕府に嫡子願いを提出して、お家騒動に決着を付けることまでは、安芸守（忠厚）も渋々ながら承知したが、藩主は騒動の責任を取って隠居せよ、という忠告に、烈火のごとく怒り出し、頑として聞く耳を持たなかった。

和泉守（乗寛）が理を説いて説得すると、鍛冶橋に匿っている千野兵庫を、即刻に引き渡してもらおう、それと引き換えに考え直してもよい、と交換条件を持ち出した。よその家の事情に口を出す親戚衆と、おのれ（忠厚）をここまで追い詰めた千野兵庫への憎しみは、時が経つほど激しくなり、安芸守の胸中に炎のように燃えさかっているらしい。

兵庫を引き渡せば、理非《りひ》も問わず死を命じられるに違いない、と和泉守は思った。そうなれば、仲介役を引き受けた和泉守の面子《めんつ》は丸つぶれだ。

千野兵庫から学問の友として紹介された、渋川虚庵（龍造寺主膳）に相談すると、

「これを切っ掛けにして、ことが動くかもしれませんな。ひとつ博打《ばくち》でも打つつもりで、この機に賭けてみたらどうでしょうか」

と不気味なことを言いだした。

「拙者は千野兵庫という男のことを、よく分かっているつもりでござる。あの男の悪い癖で、逃げ場のないところまで追い詰められないと、動き出すことが出来ない駄目なところがあります。しかし万事に窮して死を覚悟すれば、思いがけない働きをすることが出来る男です。安芸守との交渉がここまで膠着《こうちゃく》してしまえば、もう仲介役は出来ないと断言して、優柔不断な千野兵庫を突き放し、その後は切羽《せっぱ》詰まったあの男が取るだろう、起死回生の働きに賭けるほかはありますまい」

渋川虚庵はさらに、

「こうなれば、千野兵庫の庇護を打ち切り、もはや手切れだ、鍛冶橋の上屋敷から出て行け、と脅しをかけてみることですな」

と悪魔のようなことを言って、若くして幕閣に連なる和泉守をそそのかした。

二

あるいは長旅になるかもしれぬ、と言う洒楽斎を見送るために、留守を任された市之丞は、にわかに天然流道場の門弟たちを招集して、みすぼらしい裏店《うらだな》が続く路地沿いに整列させた。

「大袈裟なことを」

と言って洒楽斎は照れた。

形ばかりの粗末な門前に、二十数人の門弟たちが並んでいる。

見送るのは師範代の市之丞と乱菊で、旅支度をしているのは、道場主の洒楽斎と塾頭の津金仙太郎、その他に戸板に乗せられた牧野平八郎と、それを運ぶ数人の門弟たちが従っている。

つまり天然流道場の主力が、そっくり旅立とうとしているのだ。

「先生、お元気で。行ってらっしゃいませ」

数人の女弟子たちが、黄色い声を張り上げて唱和した。

奇妙なことに、変人道場と陰口を叩かれている天然流に、入門を許された弟子たちの半数は、まだうら若い娘たちだった。

娘たちは剣術の稽古ではなく、優雅な身のこなしや、無駄のない挙措《きょそ》を身につけるため、女師匠（乱菊）が考案した「乱舞」と呼ばれる独特な舞踏を習っている。

ここは雑駁《ざっぱく》な気風が横溢《おういつ》している内藤新宿とはいえ、多摩《たま》の百姓が通う垢《あか》ぬけない剣術道場に、箱入り娘を預けることには親たちも躊躇して、数年前に洒楽斎が道場を開いたころは、娘たちの入門など予想もしていなかったのに、近ごろの入門者を見れば、町家の娘たちのほうが、男弟子よりも多くなっているらしい。

それというのも、優雅で毅然とした女師匠の挙措を、跳ね返り娘に見習わせたいと願う、商家の母親たちが増えたからだろう。

女師匠の乱菊から、舞踏の所作を学んだ娘たちには、降るように縁談が舞い込むという評判も立っている。

年頃の娘を持つ母親たちは、天然流道場は変人奇人の集まり、という世間の風評をものともせず、若い女師匠を無理やり拝み倒しても、跳ね返り娘の入塾を頼み込むようになっていた。

乱菊は町娘たちを相手に、初めから独自な舞踏や礼儀作法を教えていたわけではない。

数年前に道場が開かれたころは、師範代の市之丞と手分けして、門弟たちの剣術指南に当たっていた。

しかし、男の門弟たちは女師範代を侮《あなど》って、ただ剣の「型」を教えるだけの脇役と思っていたらしい。

師範代の猿川市之丞は、旅芸人をして食い繋いできた甲賀の抜け忍だった。

市之丞は言葉遣いこそ下卑《げび》ているが、本場の歌舞伎役者も及ばないほどの色男なので、どこか頼りなく見えるらしく、新入りの門弟たちのほとんどは、武芸者らしい風格をもつ大先生（洒楽斎）から、じかに稽古を付けてもらいたがっていた。

塾頭の津金仙太郎は気まぐれな男で、道場に顔を出すも出さぬも勝手気まま、かつて不敗の小天狗と言われた、知る人ぞ知る剣客らしいが、まともに稽古をつけてもらえる門弟は稀だった。

新来の弟子たちは、競って大先生の指南を望んだので、さすがの洒楽斎も、息を継ぐことも出来ないほど忙しくなった。

これでは拙《まず》いな、と洒楽斎が思ったのは、師範代の市之丞が、道場の片隅で手持無沙汰をかこっていたからだ。

乱菊は若くて綺麗なので、手合わせを望む門弟たちは殺到したが、剣術の指南を受けるとなれば女と侮って、稽古らしい稽古にはならなかった。

「生ぬるい。そのようなことで、剣の修行は出来ぬぞ。師範代が婦女子であろうがなかろうが、稽古となれば遠慮はいらぬ。もっと本腰を入れて撃ち込んでみろ」

師範代の乱菊に稽古を付けてもらいながら、明らかに手抜きしている門弟たちを見て、洒楽斎は癪《しゃく》に障《さわ》ったように叱咤した。

「乱菊も遠慮はいらぬ。師範代が婦女子とみて、頭からなめてかかる生半可《なまはんか》な弟子どもを、容赦なく叩きのめしてやるがよい」

乱菊は笑みを含んで、

「いいんですか」

と稽古をつけていた新弟子に念を押した。

「いいですとも」

新たに入門した梶川雄之進《かじかわゆうのしん》は、女師範代の優雅な動きをもっと見たい、と思っているので気軽に応じた。

雄之進は乱菊の身ごなしに魅了されていたが、その動きが攻撃に転化する瞬間の厳しさを、まだ見たことがなかったからだ。

「それでは、乱舞の所作に速さを加えます。思い切って撃ち込んでいらっしゃい」

乱菊が遣うのは受け身の剣なので、相手の攻撃がなければ成立しない。

「ほんとうにいいんですか。遠慮はしませんよ」

意気込んだ雄之進は、つつつと素早く前方に足を運ぶと、上段に構えた竹刀を、乱菊の頭上めがけて撃ち下ろした。

下段の構えを取っていた女師匠は、その衝撃で吹っ飛んでいるはずだった。

しかし乱菊の姿はそこになかった。

小娘のころから、先読みのお菊、と呼ばれていた乱菊は、相手の眼を見れば次の動きが分かり、さらにその先の動きまで予測することが出来た。

洒楽斎によって開花した乱菊の剣技は、幼いころからの習性を、自在に応用転化した特殊な技《わざ》と言ってよい。

相手の動きに同調すれば受け身の剣となり、さらにその先を読んで素早く動けば、攻めの剣となって敵を撃破する。

乱菊の遣う先読みの剣が、武技でありながら殺伐とは無縁で、終始一貫して優美さに徹しているのは、深川《ふかがわ》で舞妓をしていたころに考案した「乱舞」が、体捌きの基本となっているからだろう。

乱菊と雄之進が激しく交叉した瞬間、体《たい》を入れ替えて吹っ飛んでいたのは、乱菊ではなくて雄之進だった。

女師匠の所作を、見極めたいと望んだ雄之進は、柔から剛に転ずる女師匠の鋭い動きを、最後まで見切ることが出来ずに昏倒した。

それを見ていた女弟子の結花《ゆか》は、乱菊の流れるような身ごなしと、皮包みの竹刀を自在に扱う優美な所作に驚嘆した。

乱菊に憧れている結花は、四谷《よつや》の大木戸《おおきど》の先にある忍町《おしまち》の生まれで、その地で三代続いた糸屋の娘だった。

女師匠から特別に許されて、男弟子たちに混じって剣術の稽古をしているうちに、結花はめきめきと腕を上げて、模擬試合でも三本に二本は、男弟子たちを打ち負かすまでに上達した。

「結花さんの実力は、並のものではありませんよ」

乱菊はそっと洒楽斎に告げたことがある。

「男弟子たちの面子を潰さないよう、三度に一度はわざと負けているんです」

道場に姿を見せなくなった洒楽斎に、乱菊は弟子たちひとりひとりの進境を報告している。

「あの小娘が、そのような小癪《こしゃく》な気遣いをしておるのか」

それはやめさせたほうがよい、と洒楽斎は言った。

「忖度《そんたく》は相手の思いを言外に受け止める、この国に伝わるある種のゆかしさと言えるかもしれぬが、受け止める側がこれに慣れたら、腐敗堕落した虚偽の温床になりやすい。優しさと思いやりとは微妙に違うのだ。まだまだ世間知らずの小娘が、相手の面子などを気にすべきではない」

酒楽斎はめずらしく苦々しい表情をしている。

乱菊は結花に同情して、

「でも、道場の先輩たちに対する結花さんの忖度は、それほど非難すべきことなのでしょうか」

酒楽斎は優しい顔に戻って言い添えた。

「たとえ美しい心情から出たものであろうとも、送り手と受け止め手がそのことに慣れてしまえば、やがて双方に虚偽と憶測を生むだろう。慣れてよいことではないのだ」

乱菊は嬉しそうに応じた。

「結花さんの将来を思って、心配されておられるのですね」

酒楽斎は照れくさそうに、

「いや、それよりも、小娘に勝ちを譲られる門弟たちのほうが心配なのだ。そのままゆけば彼らは、天然流の極意から、永遠に遠ざかってゆくことになるだろう」

天然流のゆくえを心配しているらしい。

「そうなれば、道場に掲げた天然流の看板が、虚偽になってしまうわけですね」

乱菊も納得したようだった。

「わかっておるではないか」

酒楽斎は満足そうに笑った。

「わが道場にも、乱菊に継ぐ女剣士が育ちつつある、という兆《きざ》しかもしれぬ。それゆえ結花には、悪しき旧弊《きゅうへい》と無縁でいて欲しいのだ」

三

小娘の結花が、男弟子たちと一緒に剣術の稽古に励んでいると知って、他の女弟子たちも稽古に加わるようになった。

変人たちの溜まり場と思われていた天然流道場に、若々しい娘たちの嬌声《きょうせい》が響いて、活気と華やぎが増した。

その噂を聞いて、新来の入門者も増えるようになって、赤字経営に悩んでいた天然流道場も、なんとか持ち直したようだった。

それにもまして酒楽斎がホッとしたのは、江戸一番の色男と自称していた、旅役者あがりの猿川市之丞に憧れる町娘たちが、争うようにして入門してきたので、気をよくした市之丞がやる気を起こし、これまで以上に熱を入れて、道場の経営に取り掛かったことだった。

「これで先生も、少しは肩の荷が下りましたね」

と言って乱菊は喜んだ。

暮らしに余裕が出来た洒楽斎は、諏訪藩の派閥争いの犠牲になって、全身に傷を負いながら治療もされず、藩邸の牢獄に繋がれていた牧野平八郎を道場内に引き取り、療養のために信玄の隠し湯に連れてゆきたいと言い出したのだ。

大丈夫かしら、乱菊は危惧した。

二之丸騒動と呼ばれる諏訪藩の騒動は、千野兵庫を盟主と仰ぐ三之丸派が勝利したものの、まだ騒動への裁定は下りていない。

牧野平八郎は二之丸派の尖兵として、三之丸派の尖兵上村逸馬と死闘し、互いに重傷を負いながらも、どちらも生きているのだから勝敗を決したわけではない。

「裁きを前にして道場を離れたら、問答無用で逃亡と見做され、諏訪藩から刺客を送られるんじゃないかしら」

派閥争いの決着は付いているのだから、敗北した二之丸派に属する牧野平八郎の逃亡は、極刑にされても文句は言えない。

「そこは話が付いておる」

と洒楽斎は言った。

千野兵庫との協定で、身元引受人の洒楽斎と一緒なら逃亡とは見做されず、諏訪藩から罪を問われることもないという。

「そこでわしも湯治客となって、平八郎に付き添うことにしたのだ。わしも怪我人と一緒に、ゆっくりと湯治が出来る。真面目だが堅苦しい御家老、と言われている千野兵庫にしては、粋な計らいをしてくれたものよ」

平八郎の傷は癒えたわけではないので、傷口が開かないよう、怪我人を戸板に乗せて運ぶしかない。

戸板を担ぐために数人の門弟たちが付き添い、甲州街道の案内役として、甲斐生《かい》まれの津金仙太郎が同行するとなれば、天然流道場の主力が江戸を離れることになる。

「市之丞と乱菊がいるから心配はない」

洒楽斎は二人の師範代を、信頼し切っているようだった。

「それに雑司ヶ谷の掬水さんが、ときどき様子を見にきてくれますから」

と言って乱菊が微笑んだ。

市之丞がなぜか照れくさそうに、

「余計なお世話だ、と言っているんですがね」

鼻の下を長くしてやに下がっている。

「では、行って参る。そなたたちも健勝でな」

変人道場の門弟たちが集まって、いったい何が起こるのやら、と思ったのか、野次馬たちが集まって来るので、噂が噂を生んで、狭い路地裏は人群れで埋まった。

野次馬たちの中には、投げ込み寺で実香瑠の一周忌を供養した連中もいるらしく、

「変人道場などと言って、馬鹿にしちゃあいけねえよ。ここの先生は太っ腹で情に厚いお人だ。おめえら、いつもだらしなく、へらへらしているが、投げ込み寺門前の美女殺し一件を覚えているか。先夜おれたちは、誰が言うともなく一周忌の供養に集まり、先生は義理堅くも喪主を務められ、気前よく大枚《たいまい》のお布施を下された。先生、先夜は御馳走になりやした。あの晩は先生とお約束したとおり、反吐を吐くほど飲み明かしましたぜ」

と言って嬉しそうにお辞儀している。

「しばらく内藤新宿を離れるが、あとのことはよろしく頼むぞ」

洒楽斎は鷹揚に手を振って、野次馬たちにも別れを告げた。

しかし、旅先で何が起こるかは分からない。

四

洒楽斎は多摩の生まれなので、沿道に広がる武蔵野《むさしの》の風景には慣れていた。

しかし亡き父の意向で、若くして京へ遊学した洒楽斎に、いまは郷里と言えるような繋がりはない。

宝暦の一件に連座した洒楽斎は、遍歴の武芸者として世を送ってきたが、内藤新宿に天然流道場を開いてからも、歩いて一日余りの近場なのに、里帰りすることはなかった。

それでも日野宿《ひのじゆく》を過ぎたときには胸が痛んだ。

日野宿から多摩川を渡って南に出れば、低く続く多摩丘陵を越えたところに、小野《おのの》小町《こまち》伝説がいまも残っている小野路宿《おのじじゆく》がある。

そこが、当時は鮎川数馬と呼ばれていた洒楽斎の生誕の地だが、初老を迎えた武芸者の胸が痛んだのは、望郷の思いに駆られたからではない。

生前は土豪たちのあいだに勢力を張っていた父、鮎川仲右エ門《なかえもん》の死後、土蔵の中には借財の束しか残らなかったことから、鮎川家の田畑や屋敷はすべて親戚の手で処分された。

郷里を失った鮎川数馬は、遊学先の京都で竹内式部の門に入り、幕政の壟断を批判する尊皇斥覇《そんのうせきは》を学んだが、東国の多摩に生まれ育った洒楽斎には、どこかしっくりこない思いが残った。

式部の私塾で知り合った龍造寺主膳と、理不尽な世の仕組みを変えようと、夜を徹して議論したこともある。

宝暦八年（一七五八）師匠の竹内式部が、危険思想の種を蒔いたという罪状で、京都所司代の手で捕縛された。

鮎川数馬も式部に連座して、奉行所の手で捕らえられるところを、龍造寺主膳の気転に助けられ、鴨川の流れに身を投じ、捕り方たちを振り切って京を脱した。

その晩の同日同刻に、数馬は恋人のお蘭《らん》と、聖護院《しょうごいん》の門前で落ち合う約束をしていた。

恋人は数馬の子を身籠っていたが、京舞の家元をしていた養母から、子持ちとあっては宗家は継げぬ、お願いだから腹の子を堕胎して欲しい、と泣いて迫られ、屈強な弟子たちの手で舞い屋敷の奥の間に幽閉された。

小娘の一途さで、養女となって鍛えられた京舞の宗家を捨て、何があっても腹の子の父親と駆け落ちしよう、とお蘭は覚悟を決めていたらしい。

お蘭は数馬と出奔する覚悟を固め、聖護院の門前で落ち合う約束をしていたが、暮れ六つの鐘が鳴っても、先斗町《ぽんとちょう》の屋敷から出ることが出来なかった。

やっと見張りの娘を籠絡《ろうらく》し、必死の思いで聖護院の門前まで駆け付けたが、恋い焦がれていた数馬の姿はそこになかった。

それでもお蘭はなおも半刻（一時間）ほど待ってみたが、闇はますます深まるばかりで、妊娠したことを打ち明けるはずだった待ち人が来る気配はない。

旅姿に身をやつした若い女が、深夜まで薄闇の中に立ち尽くしている姿は、さぞかし異様に見えたに違いない。

物の怪《け》でも見たかのように、背筋が凍るほどに怖れる者もいれば、お蘭をわけありの娘と見て、卑猥《ひわい》な声をかけてくる男たちもいる。

お蘭はなおも一刻（二時間）ばかり、この居たたまれなさに耐えていたが、とうとう我慢出来なくなって聖護院の門前を離れた。

そのときのお蘭は失神寸前で、立っていられないほど疲労困憊していたという。

聖護院の門前を離れたとき、あたしたちの繋がりはこの瞬間に断たれるのかしら、と胸を抉《えぐ》られるような痛みが走ったという。

お蘭は数馬との再会を諦めなかった。

こうなれば、鮎川家があるという多摩の小野路宿を訪ねて、あの人の消息を聞こう。

お蘭はそう思って、東海道《とうかいどう》を東に向かった。

女の一人旅には誘惑が多い。

お蘭は行きずりの男たちに、何度か犯されそうになったが、そのたびに持ち前の気丈さを発揮して、好き者たちのあからさまな欲望を退けた。

身重になっていたお蘭は、沼津《ぬまづ》港の釣り小屋を借りて女児を分娩し、産後の肥立ちを待ってさらに東へ向かった。

多摩まで辿り着いたころには、京を出奔してから、すでに一年有余が過ぎていた。

京舞の宗家で大事に育てられていたころの、夢見がちな小娘の面影はもう片鱗《へんりん》もなかった。

長旅には思いがけない苦も楽もあって、良くも悪しくも人を育てるという。

人情の機微に触れることもあったし、紆余曲折する水の流れにも似た、人と人との関わり方も覚えた。

そして何よりも、その中で逞しく生き抜くための、巧妙で単純なやり方を会得していた。

嬰児《えいじ》を抱いたお蘭が、多摩にあると聞いた鮎川数馬の生家を尋ね当てたのは、奇跡に近いことだったろう。

小野路宿に着いてから数日後に、お蘭は数馬が語ってくれたとおりの風情を残す、茅葺《かやぶき》の屋根を持つ冠木門《かぶきもん》の前にいた。

ところが、お蘭の前に姿を現したのは、恋しい鮎川数馬とは似ても似付かない、卑しい顔をした初老の男で、数馬の名を出した途端に、罵詈雑言《ばりぞうごん》を放って旅の女を脅しつけ、疫病神でも追い払うようにして、苦しい長旅をしてきたお蘭を、無慈悲にも門の外へ突き出した。

ここは来るべきところではなかったのだ、と覚《さと》ったお蘭が、深々とお辞儀をして去ろうとすると、物陰に隠れてようすを窺っていたお竹《たけ》という老婆が、いかにも気の毒そうな顔をして、遠慮がちに声をかけてきた。

その名は数馬からも聞いている。

幼少の数馬を育ててくれた乳母だった。

お蘭が抱いている嬰児が、わが手で育てた数馬の子だと知ると、お竹は思わず抱き寄せて頬ずりをした。

あの人もこの児と同じように、愛情たっぷりに育てられたのね。

お蘭はそう思って涙ぐみ、大丈夫、この児はあたし一人で立派に育てて見せる、と意を決すると、他人の手に渡ったらしい鮎川家の屋敷を、二度と振り返ることなく、さらに東に向かって旅を続けた。

これはずいぶん後になって、再会したお竹から聞いた話のあらましだった。

可愛らしい嬰児を抱いていたお蘭の消息も、その後は聞かない、と切なげに語りながら、お竹は老いた眼に涙を浮かべた。

甲州街道の日野宿を通り過ぎたとき、南に迂回して郷里に帰ろうという気は、洒楽斎には皆無だったが、お竹から聞いたお蘭のゆくえを思って、不意にキリキリと胸が痛んだ。

お蘭のことは誰にも話していない。

五

それまで平坦に続いていた道中も、八王子《はちおうじ》を過ぎたころから、街道は嶮しい山道へ入って、ときには狭隘《きょうあい》な渓谷を辿ることもある。

「甲斐や信濃《しなの》には、縁の深い山々に囲まれて、天空の城を思わせる村落があり、絶景が続く山峡には、刀傷を癒やす温泉が湧く秘湯もあるという」

酒楽斎は同行する津金仙太郎に、信玄の隠し湯について尋ねた。

「わたしは甲斐の生まれですが、若くして郷里を離れて江戸へ遊んだので、信玄の隠し湯と伝えられる秘湯について、あまり詳しいことは知らないのです」

仙太郎は照れくさそうに笑った。

「では、いつも控えめな仙太郎が、甲州ならわが生まれ在所、と自信ありげに案内役を買って出た裏には、どのような魂胆《こんたん》があったのかな」

酒楽斎は揶揄い半分に訊いてみた。

「魂胆なんてありませんよ。ただ、旅に出る口実が欲しかっただけです」

そういえば、投げ込み寺門前の美女殺し一件以来、仙太郎は諏訪藩の騒動に掛かり切りで、息を抜く暇もない日々を送ってきたのだ。

「仙太郎らしくもない一年だったわけだ」

たしかに、奇妙な日々であった、と酒楽斎は思う。

たまたま数日前に、実香瑠の一周忌に出合って、一応の締め括りは付いたと思っていたが、三之丸派の勝利に終わった諏訪藩の「二之丸騒動」は、まだ実態が摑めたわけではない。

牧野平八郎が負った刀傷を養生するために、保証人の洒楽斎が未決囚（平八郎）に付き添うというのは旅の口実で、甲州からさらに足を延ばして諏訪に入り、よく分からない「二之丸騒動」の真相を知るために、熾烈《しれつ》な派閥争いがあったという、国元の実態を確かめてみたい、というのが本音だった。

急転直下した騒動の結末は、よそ者にすぎない洒楽斎にとって、しっくりと胸に落ちる形ではなかった。

物好きもいい加減にしてくださいよ、と師範代の猿川市之丞なら言うだろう。

どうでもよいことではないか、世を捨てて風雅に遊ぶ身としては、野望とか野心などという生臭い俗事とは、出来るだけ無縁でいたいのだ、と龍造寺主膳なら韜晦するだろう。

洒楽斎が天然流の高弟たちと一緒に、諏訪藩の騒動に関わってしまったのは、かつて「騒動の陰に必ず主膳あり」と言われた龍造寺主膳との絡みで、わけの分からない騒動に巻き込まれてしまったからだった。

他ならぬ主膳の口から、それだけは言われたくない、と洒楽斎は思っている。

「そうおっしゃる先生も、長い旅に出るのは、久しぶりなのではないですか」

めずらしく仙太郎が揶揄い返した。

たしかに洒楽斎も、旅に明け旅に暮れた若き日々を、懐かしく思わないでもない。

「しかし、明日をも知れぬ旅というものは、老いが迫る身には厳しいものがある。若き日に横溢していた期待と喜びも、老いを迎える身には、不安と困窮の紙一重と言ってよい。どこへ旅しようと、もはや若いころのような高揚はない。寂しいことだが、それがいまの心境なのだ。長旅などというものは、歳を取ってからすることではない」

すると、揺れる戸板に横たわっていた牧野平八郎が、痛む身をわずかに起こして、

「先生方のおっしゃっていることは、死に損なったわたしとは遠すぎます」

不満そうな声で抗議した。

「聞いておったのか」

洒楽斎は憔悴した平八郎の顔を覗き込んだ。

芝金杉の諏訪藩邸から、内藤新宿の天然流道場に運び込まれたとき、平八郎は牢に繋がれたまま、治療さえ受けられなかった刀傷が化膿して、全身から腐臭を放っていた。

市之丞が冷水で傷口を洗浄し、甲賀流の練り薬を塗り込むと、傷口の奥から新しい肉が盛り上がって、どうにか人らしく見えるようになってきた。

「まだ動いてはならぬ。さらに傷口が開けば、刀傷の恢復は難しくなる」

酒楽斎は身を藻掻《もが》く弟子を叱りつけた。

「わたしたちは、何のために斬り合ったのでしょうか」

平八郎は低い声で呟いた。

傷の痛みに耐えながら、平八郎はうわ言のように、そのことばかりを考えていたようだった。

「それはこちらが訊きたいことだ」

いまさら何を言っておるのか、と酒楽斎は思う。

「多くの藩士の中から、特別に選ばれたのですから、当然のことだと思っておりました」

まだ物心も付かない少年のころから、そう思い込まされていただけなのではないのか。

「何をどう選ばれたのか、考えたことはないのか」

酒楽斎に問われるまでもなく、当時の平八郎に迷いはなかったらしい。

「武士であるかぎり、剣術の腕が認められるのは、名誉なことではないでしょうか」

そう思い込ませることで、無知蒙昧《むちもうまい》な若い者を、思うがままに使嗾してきたのは誰だったのか。

「おまえと命がけで闘った上村逸馬も、やはり同じように思っていたのであろうな」

悲惨だ、と洒楽斎は思う。

「わたしも逸馬も、武士とは言っても最下層で、わずか三石取りの平藩士です。剣術の腕を競う他には、どう勤めても出世とは縁のない家の子なのです。派閥争いの尖兵に選ばれたのは、この上もなく名誉なことだと思っておりました」

これはかなり根が深い、と洒楽斎は慨嘆《がいたん》した。

「逸馬との死闘は、いつから命じられておったのだ」

いまの世に無用となった、剣の腕を煽《おだ》てられた果ては、逃れようのない死に向かっている。

そのことを誰も教えてはくれなかったのか。

「二之丸派の尖兵に選ばれたのは、逸馬が天然流道場に入門する前からです。逸馬に先を越されて、わたしはかなり焦っていました。ひそかに聞き知った『不敗の剣』を、どちらが先に修得するのか、わたしと逸馬は激しく争っていたのです」

ほとんど相前後して、天然流に入門してきた二人が、あたかも宿敵であるかのように、ことあるごとにいがみ合っていたのは、そうなるべく刷り込まれていたからなのか。

　すると、

「そのような剣など、どこにもありませんよ」

　いきなり仙太郎が口を挟んできた。

「えっ」

　と叫んだまま平八郎は絶句した。

「塾頭は名のある剣客に試合を挑み、負け知らずであったと聞いております」

　どこでそのような噂を聞き付けたのか。

　仙太郎は軽くかわした。

「それも嘘です。わたしには、どう足掻《あが》いても勝てない、と思っている剣客が幾らでもいますよ」

　意外なことを言う。

「それはどなたですか」

　平八郎は真顔になって聞き返した。

　仙太郎も真顔で答える。

「たとえば、ここにおられる洒楽斎先生とは、毎日のように稽古を重ねてきましたが、試合して勝てた、と思ったことは一度もありませんでした」

えっ、と驚きの声を上げて、平八郎は絶句した。

これまで聞いていた話とは違う。

「おいおい、待ってくれ」

いきなりおのれの名を出されて、洒楽斎は慌てて噴き出した。

「若き日の仙太郎を誘って、春夏秋冬を深山幽谷《しんざんゆうこく》に籠り、ひたすら剣術の修行に励んだことがある。そのときの話なのであろうが」

事情を知らぬ平八郎に向かって、洒楽斎は過ぎし日のことを語った。

「あのころの仙太郎は、誰と試合をしても負け知らずで、それゆえに剣の道に迷っておった。剣術とはこの程度のものかと思って、やる気を失いかけていたのだ」

そうでした、と言って仙太郎は懐かしそうに頷いた。

「剣の修行と称して、仙太郎と深山幽谷に籠ったのは、人里との関わりを断って、自力で厳しい山中を生き抜くことが、おのれを生きることに繋がると思ったからだ。雨露をしのぐために洞窟を探し、あるいは身を横たえる仮小屋を造り、木の実、草の根、川魚や野に生きる小獣を捕らえ、毛皮を剝いで焼き、煮て食うための火と水を確保するには、知恵と工夫と体力と気転が欠かせない。むろん修行のために山に籠ったのだから、日々の労働に疲れたり、たとえ空腹に苦しんでいても、毎日の稽古は欠かさなかった。互いの太刀筋を見極めるために、わしらは木剣で撃ち合ったが、仙太郎が遣う絶妙な剣の速さに歯が立たず、ついに一本も撃ち込めないまま一年が過ぎた。試合に勝てなかったのはわしのほうで、剣の腕は仙太郎の足元にも及ばなかったのだ」

洒楽斎の話を聞いているうちに、小天狗と言われていたという仙太郎の不敗伝説は、ひょっとしたら、先生が広めたのではないだろうか、と平八郎はふと思った。

仙太郎は気恥ずかしそうに、洒楽斎の話を補った。

「あのころのわたしは、他流試合を挑んで負けを知らず、不敗の小天狗などと煽てられていましたが、そのころは勝敗という上っ面をなぞっていただけのことで、剣の真髄に触れることはなかったのです」

洒楽斎と出会ったのは、仙太郎が江戸の道場剣法に幻滅して、あれほど打ち込んできた剣術そのものに、手応えを失いかけていたころのことだった。

闘って勝つのは当たり前で、その先がないとしたら、剣の修行を続ける張り合いもなくなってしまう。

いわば自暴自棄になって、他流試合の相手に手心を加えず、寸止めにすべきところを、一撃で叩きのめしてしまったとき、たまたま試合の場に居合わせた洒楽斎の取りなしで、その場を丸く収めてもらったことがある。

「惜しいかな。おぬしには迷いがある。多分それは試合の勝ち負けとは別のものだ。いまのおぬしは、たとえ試合には勝っても、心は剣から離れてしまっている」

そう喝破《かっぱ》された仙太郎は、これから山に入るという洒楽斎に誘われて、得体の知れない山中の修行に同行した。

「百数十年前の元和偃武《げんなえんぶ》このかた、刀剣はすべからく鞘のうちに納められ、殺戮《さつりく》の剣が遣われなくなって久しい。いまや剣の精髄は、武力とは別のところに移っているのかもしれません」

経文でも唱えるような口調で仙太郎は言った。

平八郎は驚いて、戸板の上に起き上がった。

「あぶないぞ。戸板を担いでいる身にもなってみろ」

内藤新宿から平八郎を担ってきた門弟たちが、腹を立てて怒鳴りつけた。

入門して一年足らずの平八郎からみれば、担ぎ手の四人はいずれも兄弟子に当たる。

信玄の隠し湯と聞いて、喜んで付いてきたこの連中は、生意気な新入りを戸板で運ぶ毎日に、うんざりしているらしかった。

「急ぐ旅ではない。この辺ですこし休憩を取ろう」

兄弟子たちの不満ももっともと思い、洒楽斎は風の通る木陰を選んで休むことにした。

戸板を担いできた兄弟子たちは、ホッとしたように汗をぬぐっている。

道端に転がっていた手頃な岩に腰を下ろすと、仙太郎は途切れてしまった話を続けた。

「そう思えるようになったのは、生涯の師と定めた洒楽斎先生と、春夏秋冬を深山幽谷《こ》で過ごす修行をしてからのことです。わたしの剣技は、目に見える敵を想定した小技《わざ》にすぎない。そのことに気が付くまでは、おのれの剣に自惚《うぬぼ》れて、名を知られた剣客に挑んで勝つたびに、剣術とはこの程度のものなのかと、剣を交えた相手にも、安易に勝ってしまった自分にも失望し、先が見えてしまった虚しさに、危うく剣を捨ててしまうところでした」

いつもとは話し方が違う。

仙太郎は誰に向かって語っているのだろうか、と洒楽斎は訝った。

洒楽斎に話すとしたら、言わずもがなのことだが、もし語りかける相手が平八郎だとしたら、これまでの仙太郎には見られなかった、新弟子を育てようという気持ちが、芽生えてきた証《あかし》かもしれなかった。

内藤新宿の道場は、師範代の猿川市之丞と女師匠の乱菊によって、なんとか赤字から脱したようだし、小柄ながらも冴えた剣を遣い、男たちを圧倒している結花に影響されて、初めは行儀見習いのために入門してきた小娘たちまでが、乱菊流の華麗な剣技（乱舞）を学ぶようになってきたという。

お陰で道場は華やぎを加え、そのせいか男弟子の入門者も増えたらしい。

初老を迎えた洒楽斎としては、道場に出る必要がなくなったのだから、弟子たちの成長が嬉しくもあり、また一方では、無用の人となってしまったことが寂しくもあった。

天然のままに生きてきた仙太郎に、後継者を育てようという気持ちが芽生えたとしたら、喜ぶべきことなのかもしれないが、気まぐれな男のことだから、今後も当てになるかどうかは分からない。

仙太郎は例外としても、市之丞や乱菊の来歴も特殊に過ぎて、彼らが自得した剣を教えようにも、境遇の違う弟子たちには、そのまま伝わらないだろうし、市之丞や乱菊の独特すぎる剣技は、おそらく一般には向かないだろう。

特殊な境遇の中で自得した、それぞれの天然流を、あり触れた境遇で育った弟子たちに、そのまま伝えるのは無理だろう。

天然流の伝承は、貧しくとも当たり前の家庭に育った、上村逸馬や牧野平八郎に託する他はないのかもしれない、と洒楽斎は思っている。

それにしても、生死を賭して闘った逸馬と平八郎が、全身に負った刀痕を癒して、自在に剣を振るえるまでに、立ち直ることが出来るのだろうか。

こうなれば頼るところは、信玄の隠し湯で療養することだが、たとえ傷口が治癒したとしても、両腕と両脚の腱を断ち斬られていたら、剣士としての再生は難しいかもしれない。

道場の赤字は、どうにか解消したとしても、牧村平八郎と上村逸馬の治療費が掛かるので、山林地主の実家を持つ津金仙太郎や、洒楽斎の心意気に共鳴する浅草蔵前《あさくさくらまえ》の札差《ふださし》、尾張屋吉右衛門《おわりやきちえもん》の手を煩わせることになりそうだ。

気にすることはありませんよ、と言って、仙太郎と吉右衛門はいつも快く喜捨《きしゃ》してくれるが、受け取る洒楽斎としては、単純に喜んでばかりはいられない。

重いな、と思って洒楽斎は黙って腹の底に納めている。

喜びも苦の種、苦もまた喜びの種、と洒楽斎は思い定めることにしているのだ。

六

甲斐や信濃には秘湯と呼ばれる山峡の温泉がある。

たとえば甲州の湯村《ゆむら》、下部《しもべ》、赤石《あかいし》の湯、信州の白骨《しらほね》、横谷《よこや》、澁《しぶ》の湯、別所《べっしょ》、角間《かくま》の温泉など、薬効のある鉱泉として知られていた。

人里離れた山峡には秘湯も多く、そのほとんどは隠し湯と呼ばれ、一般の湯治客からは隔離されていた。

それは刀傷を治癒する鉱泉として、その土地の有力者によって囲い込まれていたからで、戦国最強の武将と言われた武田《たけだ》信玄は、戦闘で傷を負った武者たちを、薬効の高い隠し湯に送り込んで、治癒させていたと伝えられている。

とりわけ八ヶ岳《やつがたけ》や霧ヶ峰《きりがみね》の山麓《さんろく》には、信玄の隠し湯と伝えられる秘湯が多い。

武田信玄と上杉謙信《うえすぎけんしん》が、十余年にわたって、戦闘を繰り返した川中島《かわなかじま》の合戦《かっせん》でも、戦傷を負った将兵たちを、信玄の隠し湯に送って治癒させたので、騎馬武者隊で知られた武田軍の兵力は、さしたる損傷もなく、保持されていたとも伝えられている。

武田家の滅亡後は、信玄の隠し湯も秘密の湯治場ではなくなったが、中には在所も分からないまま、忘れられてしまった秘湯もあるという。

「とりわけ薬効が高い隠し湯は、甲斐信濃を領する武田家が、天下取りを目前にした織田信長《おだのぶなが》に滅ぼされたとき、主家の再起を図る武田遺臣によって隠蔽《いんぺい》され、そのまま忘れられたとも言われている。仙太郎にはどこか心当たりがあるか」

酒楽斎が調べた古文書には、信玄秘蔵の隠し湯があるとは書いてあっても、秘湯の名や在所は記されていなかった。

「さあ、信州のことは分かりませんが」

仙太郎はしばらく考え込んでいたが、

「温泉は地底の鉱脈に沿って湧くと聞いていますから、ここは取り敢えず、湧出する湯量の多い下諏訪の湯之町まで出て、そこから鉱脈を辿って山峡を遡ってみたら、信玄公の隠し湯に行き当たるかもしれませんね」

なんとも迂遠《うえん》で頼りないことを言った。

「それでは間に合わぬ」

酒楽斎は苦り切って、

「薬効のある隠し湯を捜すのに手間取って、平八郎の恢復が遅れたら、それだけ旅費も宿代も嵩もう。わしが用意した所持金では間に合わなくなる」

言いたくないことを口にした。

「ご心配なく。そんなこともあろうかと、ちゃんと用意してきましたから」

仙太郎は腰につけていた腹巻から、重そうな巾着袋を取り出した。

世に信玄袋と言われている、口を絞って出し入れする自在袋で、大となく小となく幾らでも収納出来る。

仙太郎から無造作に手渡された信玄袋はずっしりと重い。

中身は銅銭ではなく、黄金色をした小判だろう。

「このような重い物を身につけて、よくまあ平気な顔をして歩いて来たものだな」

酒楽斎が驚いてみせると、仙太郎はさり気なく笑った。

「わたしは怠け者のように思われていますが、それでも足腰を鍛えるために、わが身に負荷をかけているのです」

そうか、あの龍造寺主膳も、若いころから重い鉄球を弄びながら、常にわが身を鍛えていたな、と酒楽斎は思い出した。

「しかし、刀傷のある病人を戸板に乗せたまま、諏訪の領内をまかり通るのは差しさわりがあろう」

言いながらも平八郎を気遣って、酒楽斎がつい口ごもると、

「わたしが二之丸派に使嗾されていることは、国元でも知られていますから」

平八郎は自嘲するように言った。

父親の代から江戸在番を命じられ、平八郎も幼少時から郷里を離れていたが、名もなき下層藩士とはいえ、諏訪に親戚縁者がいないわけではない。

天明《てんめい》元年（一七八二）の政変で二之丸派は敗れ、諏訪大助、渡邊助左衛門、近藤主馬、上田宇治馬、小喜多治右衛門《こきたぢえもん》など、派閥を組んで藩政を壟断してきた首魁たちも、いまは諏訪に護送されて、柳ノ辻《やなぎのつじ》の牢獄に繋がれているという。

二之丸派の尖兵として、藩邸内に捕らわれているはずの平八郎が、戸板に乗って諏訪藩の領内に入ったら、すぐさま捕縛されるに違いない。

「待ってください。先輩たちのご厚意に甘えて、ここまでは戸板で運ばれて参りましたが、歩いて歩けないことはないと思います」

平八郎は必死の形相になって、立ち上がろうとしている。

洒楽斎は無言のまま、平八郎の動きを見ていた。

「もうよい」

しばらく経ってから洒楽斎は言った。

「それ以上動いたらまた傷口が開くぞ」

立ち上がろうとして立ち上がれず、歯を食いしばって足掻いている平八郎を諭すように、

「だいぶ恢復してきたようだが、昨日まで瀕死の病床に伏せっていた者が、いきなり歩けるはずはない。諏訪まではあと三日の行程だ。だが戸板を担いでの旅では五日を要しよう。おとなしく養生を続けていれば、諏訪の領国に入るまでには、おのれの足で歩けるようになるかもしれぬぞ」

洒楽斎は焦《じ》れている若者を励ました。

平八郎が藻掻くのを諦めておとなしくなると、

「ところで」

　ふと思いついたように仙太郎は言った。

「渋川虚庵（龍造寺主膳）どのは、下諏訪の湯之町に帰っておられるはずです。刀傷を癒す効力がある秘湯なら、甲信の温泉場に詳しい虚庵どのに、尋ねてみられては如何でしょうか」

「やめておこう」

　洒楽斎は左右にゆっくりと首を振った。

「平八郎を湯治させるついでに、諏訪まで行こうと思い立ったのは、わし自身があの

地に立って、確かめてみたいことがあるからだ。そうする前に主膳と会えば、わしの判断も主膳の色に染まる。主膳には会わぬほうがよいだろう」

「なぜです」

「二之丸派の敗北に終わった諏訪騒動に、まだ判決は下されておらぬ。判決がどう出るか分からぬが、どこか承服し兼ねるところがわしにはある。それが何であるかを確かめるには、わし自身の足で、彼の地を踏んでみることが肝要なのだ。諏訪を訪れて主膳に会えば、わしの見方も主膳の色に染まる。そうなっては、わざわざ彼の地まで出向く意味がなくなるではないか」

仙太郎も同じことを考えていたらしい。

「そうですね。あの件に関するわたしたちの働きには、どこかに偏《かたよ》りがあったかもしれません。如何に火急のときとはいえ、千野兵庫と近しい虚庵どのや、離縁された奥方さまや御老女から、是非にと懇願されて動いたのですから」

三之丸派の盟主、千野兵庫に蹶起を促したのも、身の危険を承知で江戸に出て、裏方で陣頭指揮を取っていたのも、世を捨てた旅絵師、天龍道人と称する龍造寺主膳だった。

奥女中に化けて、諏訪藩邸に潜入した乱菊が、詳細に知り得た情報は、殿さま（忠厚）に離縁された奥方さま（福山殿）付きの御老女初島が、長い歳月をかけて調べ上げた、諏訪藩の秘密に関わっていた。

いずれにしても、公平な判断を下すためには、情報の入手先が偏り過ぎている。

「待ってください」

戸板の上に頽れていた平八郎が、半身を起こして訴えた。

「逸馬とわたしは、対立する派閥の上士に命じられ、理由を問い返すことも許されぬまま、死を賭して斬り合わなければならなかったのです」

洒楽斎は慨嘆した。

「それをおのれの宿命として、受け止めていたわけか」

平八郎はいきなり激昂《げっこう》して、

「ところが、宿命などというものはなかったのです」

洒楽斎は頷いた。

「そう思ったのは、いつからのことなのだ」

「逸馬と斬り合って全身に刀傷を受け、ほとんど身動きも出来なくなっていたときでした」

仙太郎がその後を受けた。

「その場に駆け付けたわたしは、ふたりが発する凄まじい闘気《とうき》を、全身にビリビリと感じたのです」

仙太郎は迷うことなく、闘気が充満している中心部に踏み込んだ。

その途端に、凄まじいまでの殺気が、左右から同時に襲い掛かってきた。

仙太郎は咄嗟《とっさ》に剣を抜いて、左右に迫る闘気を叩き落とした。

逸馬と平八郎の手から、血に染まった刀剣が弾け飛んだ。

「まさか、そんなことが」

平八郎は驚いて問い返した。

「ほんとうに、逸馬とわたしが、左右から塾頭に斬りつけたのですか」

仙太郎は笑みを殺して断言した。

「そうだ。なかなかに凄まじい太刀筋であった」

平八郎は茫然として、

「わたしたちはあのとき、現実とは別のものを見ていたのです」

いまも悪夢を見ているような表情になった。

「それは何か」

平八郎はいまだに、悪夢の中にいるような面持ちをして、

「たぶんそれが、塾頭の言われる闘気なのかもしれません。わたしは人としての逸馬ではなく、人を離れた剝き出しの闘気と、悪夢の中で斬り合っていたのかもしれません。しかも、闘気によって生じた磁場の中に、さらに強烈な闘気が乱入してきたのを感じ取って、それを跳ね退けようとして斬りつけたのです。あとのことは何も覚えておりません」

酒楽斎は渋い顔をして言った。

「覚えてなどいるはずはない。仙太郎から真剣を叩き落とされた途端に、おまえたちは昏倒した。つまりあのときは、闘気を帯びたおのれの剣によって、辛《から》うじて生かされているような、朦朧《もうろう》とした状態にあったのだ。手早く甲賀流の治療を施した市之丞が、もしもあの場に居なければ、おまえたちは昏睡したまま、あの世に送られていたかもしれぬのだぞ」

酒楽斎の言葉を受けて、

「おのれの意識から離れて剣を遣う。それは夢想剣《むそうけん》の境地かもしれません。あのときのふたりは、天然流の極意に達していたのではないでしょうか」

仙太郎が平八郎と逸馬を誉めると、酒楽斎は吐き捨てるように言った。

「危険な剣だ」

　洒楽斎はさらに語気を強めて言った。

「そのときの平八郎と逸馬は、斬り合いによって作り出された、闘気という磁場に感応し、みずからもまた闘気と化して、おのれが張り巡らした磁場の中に、突如として侵入してきた強大な闘気、すなわち塾頭の仙太郎に、左右から同時に斬りかかったのだ。これは盲目と化した殺人剣《さつじんけん》で、真っ当な剣客が遣うべき活人剣《かつじんけん》ではない。わが天然流とは対極にある邪剣《じゃけん》だ」

「確かにそうです」

　慚愧《ざんき》の思いに駆られて、平八郎は低く呟いた。

「あのときわたしが向き合っていたのは、人としての逸馬ではなく、わたしを圧倒しようとする凄まじい闘気でした。わたしたちは長い斬り合いの果てに、疲労困憊のあまり意識朦朧として、誰と闘っているのかも分からなくなっていたのです。そのときいきなり、さらにそれを圧倒する巨大な闘気が、いきなり横合いから踊り出たのです。わたしは恐怖のあまり、その巨大な闘気を遮ろうとして、夢中で斬りかかりました。わが剣を弾き飛ばされた瞬間に、わたしの意識はこの世から離れて、気がついたときには、薄暗い牢内に幽閉されていたのです」

　平八郎の話を黙って聞いていた洒楽斎は、しばらくしてから、呟くような声で言った。

「おまえと逸馬が生を繫ぐことが出来たのは、甲賀流の医術を施した師範代の、緩急自在な治療があったからじゃ」

平八郎はいたく恥じ入って、

「そしていまは、あのとき凄まじい闘気としか見えなかった塾頭から、逸馬と死闘して負った刀傷を癒すため、秘湯探しの旅に付き添ってもらっているのですね」

平八郎は落ち込んでいた。

「いまの世で真剣を振るって、数刻に及ぶ斬り合いを制した武芸者は他にあるまい。得難い働きをしたと思うがよい。おまえたちが苛酷な闘いに堪えられたのは、仙太郎に鍛えられた絶妙な体捌きを、ほぼ完璧に修得していたからであろう。おまえたちの傷口を調べてみたが、ことごとく急所を外している。見た目には酷い傷だが命に別条はないだろう」

洒楽斎は平八郎の体術を褒めた。

平八郎は打ち沈んで、顔を上げる気力もないようだった。

困った奴だと思いながら、洒楽斎は話題を戻した。

「五日後に諏訪へ出たら、その足で秘湯探しの山歩きを始めねばならぬ。如何に若いとはいえ、これほどの深手を負った平八郎に、嶮しい山道を登ることが出来るだろうか」

　仙太郎は陽気さを取り戻して、

「たぶん大丈夫です。平八郎の若さなら、ここまで来れば恢復は早いでしょう。それより先生のほうこそ、足元に気をつけてくださいよ。急斜面の坂道が続く山歩きで、足を踏み外して捻挫でもしたら、武芸者として命取りになりますからね」

　洒楽斎も負けずに切り返した。

「わしは武芸者になりたくて、武芸に励んできたわけではない。わしが望んでいる天然流は、世にある武芸とは別のところにある」

第三章　女忍《にょにん》の秘技

一

「いまごろ先生たちは、どうされているんでしょうね」

内藤新宿の天然流道場では、留守を守っている師範代の乱菊と市之丞が、甲州街道を諏訪へ向かった洒楽斎や、仙太郎たちの噂をしていた。

「平八郎を戸板に乗せて、長旅に出たはずの門弟たちが、意外に早く帰って来たところをみると、平八郎が平癒するのは、思っていたよりも早くなりそうですぜ」

同じころ入門した上村逸馬と牧野平八郎は、諏訪藩を二分した派閥争いの尖兵となって、御前試合という名目のもと、芝金杉の藩邸で審判なしの死闘を強いられた。

ふたりの腕はほぼ互角で、そのため容易に勝敗は決せず、死を賭した斬り合いは数刻に及んだという。

諏訪藩のお家騒動も土壇場で終局を迎えた。

殿さま（忠厚）の頑固さにも限界がきて、妹婿（和泉守乗寛）が仲立ちとなって、親戚会議の総意を突きつけた条件を呑まざるを得なかったのだ。

未遂には終わったものの、軍次郎君の毒殺や呪殺まで企てられたお家騒動も、幕府に軍次郎君の嫡子願いを提出することで決着が付いた。

殿さまに近侍していた筆頭家老の諏訪大助と側用人の渡邊助左衛門を、千野兵庫が出奔して、国元の家老不在を理由に諏訪へ帰した。

二之丸派の両首魁を、殿さまから切り離すことには成功したのだ。

しかし、親戚衆の口出しに不快感を隠さない安芸守は、隠居勧告には頑として応じようとしなかった。

粘り強く掛け合いを続けてきた和泉守（忠厚の妹婿）も、忠厚の頑固さにとうとう匙を投げ、今後は諏訪藩との交渉役を下りる、と宣言して絶縁状を送りつけた。

諏訪藩と縁を切るからには、鍛冶橋の上屋敷に匿っていた千野兵庫も退出してもらう他はない。

退去を迫られた千野兵庫は、いきなり土壇場に追い詰められてしまった。

交渉が長引いたのは、安芸守が千野兵庫の引き渡しを迫ったからで、引き渡せば切腹を命じられることは分かっている。

和泉守の上屋敷から退去する前日、兵庫は日和見を決め込んでいた江戸留守居役を、鍛冶橋に呼びつけ、諏訪大助が退去した諏訪藩邸から、二之丸派を一掃せよと命じた。

芝金杉の諏訪藩邸に戻った留守居役は、巧みな演説で藩士たちを説得すると、安芸守の寵臣となって権力を恣にしてきた近藤主馬と上田宇次馬を捕らえ、諏訪藩邸から二之丸派の勢力を一掃した。

突然の政変で二之丸派が失脚したことから、両派の尖兵として決闘した逸馬と平八郎の扱いも一変した。

上村逸馬は藩医の手当を受けて、決闘で斬られた傷口もふさがり、いまは快方に向かっているという。

一方の牧野平八郎は、政争に敗れた派閥の末端として、邸内の牢獄に繋がれたまま、傷口も洗ってもらえなかったらしい。

さらに悲惨なことに、薄暗い牢内に放置されていた平八郎には、刀傷の腐敗が始まっていた。

獄舎に籠る腐臭に辟易した藩邸では、罪人を引き取りたい、と申し出た洒楽斎に、平八郎の身柄を委ねて、天然流道場の預かりとした。

その裏には龍造寺主膳の働きがあったからだが、釈放の理由も曖昧《あいまい》なまま、全身から腐臭を発している平八郎が、天然流道場に下げ渡された。

「ひでえことをしやがる」

傷口から黄色い膿汁《のうじゅう》を垂れ流し、意識朦朧としている平八郎を見て、師範代の猿川市之丞は激怒した。

市之丞が応急手当をして以来、治療らしい治療が施されていないのは一目瞭然で、膿汁で汚れて赤黒く変色した包帯も、一度として取り替えられていなかった。

派閥の命運を賭けて、命懸けで闘った平八郎は使い捨てにされ、罪を問う価値もない小物として、腐臭に悩む牢内から厄介払いされたのだ。

「平八郎を下げ渡されたからといって、奴らに恩を感じることなんぞ、これっぽちもありませんぜ。あっしも甲賀三郎と言われた抜け忍だ。詰まらねえ派閥争いで使い捨てにされた平八郎を、甲賀忍びの秘術を尽くして、意地でも生き返らせてみせますぜ」

平八郎の恢復が、思いのほかに早かったのは、雑司ヶ谷の福山藩下屋敷に隠棲している福山殿（離縁された御正室）に仕える奥女中（掬水）の介護があったからだろう。

諏訪藩の騒動に決着が付き、もう用がなくなっているはずなのに、雑司ヶ谷の下屋敷に仕える掬水は、頻繁に天然流道場を訪れるようになった。

「今日も来ている」

と門弟たちが噂するのも、掬水が見栄えのよい女だったからで、中には自惚れて、おれと逢うために通ってくるのではないか、と思い違いをする者さえ出るほどだった。

「門弟たちの気が散って困る。迷惑な女ですな」

師範代は掬水を避けようとするが、掬水の来訪を誰よりも喜んでいるのは、他ならぬ市之丞であることを、乱菊はいちはやく見抜いていた。

「いいじゃありませんか。掬水さんが来てくれるだけでも、殺風景な道場が華やぐわ。怠け者の弟子たちも、その日に限って張り切って、剣術の稽古にも活気が出るみたいよ」

掬水が女忍びであることを、前々から乱菊は知っている。

それを一目で見抜いたのは、かつて甲賀三郎と呼ばれていた、抜け忍崩れの市之丞だった。

あのふたりには、人知れぬ秘密があってもおかしくはない、と乱菊は思っている。

天然流道場預かり、となった平八郎の症状は一進一退を繰り返していた。

傷口に溜まった膿を絞り出し、刀傷を焼酎で洗って殺菌しても、火を吐くような高熱を発したり、ときには全身が氷のように冷たくなったりする。

平八郎は意識朦朧として正体を失い、いよいよこの男の最期が来たか、と思われるほど衰弱するときもあって、甲賀流の秘術を尽して治療にあたっている市之丞は、そのたびにキリキリと歯を噛み鳴らして悔しがるが、いくら焦っても手の施しようがない。

たまたまその場に訪れた掬水は、平八郎の容体を見るなり決然として、

「これは市之丞さんでは無理ね。あたしに任せて」

と言うなり、いきなり帯を解き始めた。

「冷えてゆく肌を温める特効薬は、なめらかな女の肌しかないの。このまま冷え切ってしまえば、この人は死んでしまうわ」

帯を解き終わった掬水は、市之丞に眼で合図を送ると、人目を憚ることもなく肩を脱いで素っ裸になった。

掬水は音もなく病床へ近寄ると、悪寒に震えている平八郎の病衣を手早く剝いだ。

「この場は掬水さんに任せて、病室には誰も残らねえほうがいいですぜ」

めずらしく狼狽《うろた》え声で訴えると、市之丞は真っ先にその場を離れた。

きめ細かな肌をした掬水は、裸に剝かれた傷だらけの平八郎に覆いかぶさり、やさしく肌を密着させて抱擁すると、

「あたしの施す治療は、みなさんには眼の毒です。施術を行うあたしが、人目を気にして注意を怠ったら、秘伝の療法も効き目を失ってしまいます。この人の命を助けたいとお思いなら、どうかお引き取りくださいませ」

と穏やかな声で懇願した。

呆気に取られていた洒楽斎は大慌てで、

「これは気が付かぬことを。まことに失礼いたした」

と言って早々に席を立った。

全裸になった男女の抱擁を見て、思わず眼を逸らしていた乱菊と結花も、むしろ救われたような顔をして後に続いた。

部屋の外で、所在なげに三人を待っていた市之丞の顔は、どうしたことか、いつになく蒼ざめている。

「あれは女忍びが遣う究極の秘術です。平八郎は蘇るかもしれません」

そう断言する市之丞の、いつになく荒い息遣いに気付いたのは、乱菊だけではなかっただろう。

「どんな術なの」

結花が無邪気そうに訊いた。

「そなたはまだ知らなくてもよいことだ。やがて分かるときがくる。それまで待ったほうが喜びも大きかろう」

そう言ったまま、市之丞は急に口ごもった。

結花の不満そうな顔を見て、乱菊が助け舟を出した。

「でも、人助けのためには、知っておいても無駄にはならないでしょ。さし障りのないところだけでも教えて欲しいわ」

乱菊の声に、市之丞はさらに慌てて、

「よしてくだせえよ、乱菊さん。あっしを揶揄っていなさるんですかい」

ムキになって言い返したのだから、やはり尋常とは思えない。

酒楽斎は仕方なく口をはさんだ。

「市之丞が言いづらければわしが代わろう。そもそも人の体内には、いつも一定の熱量が保たれている。われらが生を繋いでいるのは、体内を流れる熱が一定の温度に保たれているからで、その熱が高くなっても低くなっても、人は活力を失って、安穏な日々を過ごせなくなる。それを病《やまい》と言い、病が嵩じれば死に至る。刀傷の治療もされず、薄暗い牢獄に繋がれていた平八郎は、傷口が腐る病を得て死に近づき、一方でそうはさせじと、熱を発して死に抵抗する活力が発生する。病を得て高熱に苦しむのは、人の身体には死に逆らおうとする、おのずからなる働きがあるからじゃ」

酒楽斎は言葉を休めて一座を見廻した。

退屈している者がいないことを確かめると、安堵したようにその先を続けた。

「ところが、死に抵抗する活力が負けてしまえば、体内の熱は急激に冷えてゆく。生の活力を失って死に近づいてゆくのだ。これを食い止めるには、一定の熱をとり戻すこと、そして生きんとする活力を誘発させることじゃ。女忍びの掬水どのは、そのことを心得ておられるのだ。高すぎる熱を冷やすには、冷水や氷でも効果はあるが、消えてゆく熱を一定量に保つことは難しい。火を焚いて暖をとっても、湯を沸かして温めても、本来の活力が衰弱していれば、一定の熱量を得ることは出来ないからだ」

酒楽斎はまた言葉を切った。

この場には妙齢の乱菊もいれば、まだ小娘の結花もいる。この先の話を納得させることは難しいぞ、と酒楽斎は思った。

市之丞が説明を拒んだのも無理はない。

「生命を繋ぐとは、体内の熱量を一定に保つことだ。一定の熱を保てなくなった身体は、すでに死と向かい合っていると言えるだろう。患者の身体は常よりも繊細過敏になっているので、激しさや荒々しさに堪えられない。つまり氷で冷やしたり、熾《おき》や炎で温めても、過ぎたるは及び難し、という結果になってしまうのだ」

酒楽斎の説明は同じところを行き来している。

「どうすればいいんですか」

結花は臆さずに尋ねた。

小娘の知るところではない、と思いながらも、酒楽斎は仕方なく答えた。

「生きてゆくために必要な熱量を保つためには、同じだけの熱量を持つ者と、同化するより他はあるまい。つまり、人肌のぬくみを保つには、同じ熱量を持っている人肌で、ゆっくりと温めてやるに如《し》くはないのだ。さらに、それを受け止める条件を満たすためには、一定の熱量を保てなくなった病者の、失われた活力を蘇らせなければならぬ。掬水どのはいま、平八郎に困難な施術を試みているのだ。手間のかかるやり方かもしれぬ。心身共に消耗も甚《はなは》だしかろう。体内の熱量を失って、死の領域に引き込まれようとしている者に、みずからの生命を注ぎ込むことによって、共に死の領域から蘇ろうとする試みなのだからな。下手をすれば、術を施している者の熱量までが奪われて、ふたりとも死に接近してゆくことになるやもしれぬ」

それなり洒楽斎は口を噤《つぐ》んだ。

重い沈黙があたりを覆った。

掬水が平八郎に施しているのは、失われてゆく生命の帰還を促す秘術なのか。

息苦しいばかりの時が流れた。

しばらくすると、その場を和《なご》ませようと思ったのか、

「施術に疲れた掬水さまに代わって、冷え切った平八郎さまを、誰かが温めてあげることは出来ないんですか」

結花が無邪気な顔をして問いかけた。

「やめておけ」

いつもは能天気な市之丞が、めずらしく激しい口調で遮った。

「まだ小娘にすぎねえ結花には、たとえ冷えた肌を温めることは出来ても、失われた男の活力を蘇らせることなど無理なことよ。死の領域から蘇るには、それを跳ね返すだけの活力が欠かせねえ。そうは言っても、ここまで弱りきってしまった男の身体に、死さえも超克する活力を、蘇らせるのは容易なことじゃあねえぜ。はたして掬水にその力があるのかどうか。こいつは随分な見ものというものだぜ」

なぜか理由は分からないが、自暴自棄になっているような言い方だった。

二

掬水の施術は成功して、瀕死の状態で担ぎ込まれた牧野平八郎は、ギリギリのところで生の領域に戻ってきた。

市之丞の喜びようは尋常ではなかった。

抜け忍として刺客に追われていた不安な日々の、意趣返《いしゆがえ》しでもしているつもりか、理不尽な扱いを受けた者への同情ぶりも半端ではない。

「市之丞も一皮むけたようだな」

と洒楽斎は言った。

「それとも、抜け忍となって逃げまわっていた昔を取り戻して、意地でもおのれを貫こうとしているのか」

ときには掬水も顔を見せたが、なぜか以前ほど頻繁ではなかった。

天然流道場に訪ねて来ても、掬水はなぜか寛《くつろ》げないらしく、とりわけ市之丞と眼を合わせることを、避けているようだし、遠慮しているようでもあり、あるいは恐れているようにさえ見えた。

しかし、チラチラと市之丞を盗み見る掬水の、訴え掛けるような眼差しの強さに、乱菊はなぜかハッとして、思わず眼を逸らしてしまうことがある。

同じ眼差しの強さは、掬水を見つめる平八郎にもあった。

しかし、平八郎は横臥したまま、どう足掻こうにも身動きは取れず、寝返りを打つのさえ苦しそうだった。

掬水を見つめる平八郎の眼には、天然流道場に入門してきた当初の、小生意気な若者には見られなかった、やさしさと憧れがあるように思えた。

先生はこの人に期待しているようだけど、この若さで厳しさを失ってしまうような男に、天然流を伝えてゆくことが出来るだろうか。

取って付けたようなこのやさしさは、剣術の修行にはむしろ邪魔で、途中から駄目になってしまいそうな弱さなのかもしれない、と思って乱菊は天然流のゆく末を危惧した。

しかし考えてみれば、掬水を前にしたとき、平八郎の眼に溢れ出るこの弱さは、洒楽斎とも、どこか通じるところがあるのかもしれなかった。

先生のことは、いまだによく分からない、と乱菊は思う。

誰よりも分かっている、と強く思うときもあるが、勘の鋭いはずの乱菊にも洒楽斎の心だけは読めず、すべてが謎の人、という気がすることもある。

ひょっとしたら洒楽斎の分からなさは、先読みのお菊と呼ばれて、大人たちから気味悪がられていたころの乱菊と、どこか共通する体質なのかもしれなかった。

三

奥座敷に引き籠もっていた洒楽斎が、刀傷に苦しむ平八郎を、信玄の隠し湯に連れて行こうと思い立ったのは、掬水の施した生命の秘法によって、瀕死の若者が死の領域から蘇ったからで、気長に養生さえすれば、恢復する見通しも立つようになった。

「傷だらけの平八郎を戸板に乗せて、甲州街道を練り歩いてきた連中は、帰ってくるなり不平タラタラ、ちょっと始末に負えませんでしたぜ」

市之丞は額の汗を拭った。

「どうしてかしら」

結花が無邪気そうに問い返した。

「なにしろあの連中は、ゆっくりと温泉に浸かれるつもりで、怪我人を乗せた戸板担ぎという、あまりパッとしねえ人足仕事を、喜び勇んで引き受けたんだ。奴らにしてみれば、たっぷりと遊ばせてもらえるつもりで乗った口です。ところが、平八郎の治癒が思いのほか早く、まだ温泉地まで行かねえうちにお役御免となって、長湯治も酒宴もなく追い帰されたんだ。誰だって文句のひとつも言いたくなりますぜ」

市之丞は額の汗を拭いながらも、期待外れの目に遭った門弟たちの肩を持った。

「あの連中が言うには、先生は湯之町に流れ落ちる砥川《とがわ》の上流に続く、奥山の谷間に分け入って、信玄の隠し湯を探したようです。武田信玄の率いる甲斐信濃の将兵たちが、そこで戦傷を治癒した秘湯なら、平八郎の刀傷にも効くだろうと、わざわざ山襞《やまひだ》深くまで分け入ったそうです。あっしも山奥にあるという信玄の隠し湯へ行きたかったなあ。まだ残暑が続いている内藤新宿で、出来の悪い弟子たちを相手に、剣術の稽古をつけているだけという、退屈極まる毎日には、ほとほと嫌になってしまいますよ」

市之丞から久しぶりに愚痴が出た。

するとどうしたことか、

「行ってもいいわよ」

明るい声で乱菊が言った。

「あたしと結花ちゃんで、道場はなんとかやっていけそうだから。あなたにも息抜きは必要よ。行ってらっしゃいな」

市之丞は目を白黒させて、

「これはこれは、藪から棒になんとおっしゃる。ほんとうにいいんですかい。あっしは正直者だから、うまい話なら、なんでも本気にしてしめえますぜ」

乱菊は気の毒そうに、

「でも、市之丞さんには、かえって御苦労を押し付けることになるかもしれなくってよ」

そう言いながらも微笑を絶やさない。

「何ですかい。脅かしっこなしですよ」

退屈な日々を愚痴ったら、打てば響くように、旅に出てもよい、と言われた市之丞は、他ならぬ乱菊の頼みなら、何でも引き受けてやろうという気になっている。

いつも優しい乱菊が、意地の悪い無理難題を、吹きかけてくるはずはないと信じているからだった。

「あたしはね、先生のことが心配なの。もう済んでしまったことなのに、諏訪藩のゴタゴタを調べ直そうと、甲斐生まれの仙太郎さんに案内させて、いにしえから続いている精霊の地、と言われている諏訪へ向かったのよ」

戸板に乗せた平八郎を担ぐ門弟達と、それを先導する洒楽斎の一行を見送ってから、乱菊は先読みのお菊と呼ばれていたころの小娘に戻ったかのように、先生に降りかかる危難を予知したらしかった。

「何も心配することはありませんよ。不敗の剣を遣う塾頭が一緒なんですから。それに先生は、痩せても枯れても天然流の開祖ですぜ。どんなときにも対応出来る、知恵と剣技をお持ちの方じゃありませんか」

陰では乱菊を相手に、先生への不平や悪口も言うくせに、洒楽斎に対する市之丞の信頼には、揺るぎないものがあるらしい。

市之丞は寂しそうな笑みを浮かべる乱菊を気遣って、

「そう言う乱菊さんこそ、ちょっと心配が過ぎやしませんかい」

先生から内藤新宿に取り残されたので、ちょっと寂しがっているだけなのではないだろうか。

乱菊は眉をひそめた。

「市之丞さんも薄々と感じているでしょうけど、先生もそろそろお歳なのよ。弱味を見せることが嫌いな人だから、ご自分では若いころと変わらないと思っているらしいけど。一年前にあたしの身を案じて、内藤新宿から芝金杉の諏訪藩邸まで、途中で休むこともなしに駆け付けたとき、ゼイゼイと息を乱していたことに気が付いたでしょ」

もちろん市之丞が知らないわけはない。

あれは側用人渡邊助左衛門の讒言《ざんげん》で、殿さまに離縁された奥方さま（福山殿）が、側近く召し使っていた奥女中だけを供に連れて、住み慣れたお屋敷を出た晩のことだった。

あのとき洒楽斎は、さり気ない濃紺の着物の下に、ご丁寧にも鎖帷子《くさりかたびら》を着込んでいた。

そんな物々しい恰好をして、甲賀忍びの市之丞と並んで走れるものではない。

町方同心の杉崎から、奥方さまの一行が藩邸を出るという報告を受けている。

側用人に雇われた殺し屋が、女ばかりの行列を狙っている、という知らせもあった。

離縁されたとはいえ、背後に福山十万石が控えている姫君を、そう簡単に暗殺出来るはずはないから、殺し屋から標的にされているのは、乱菊さんに違いない、と市之丞は即座に覚った。

乱菊は御老女の初島に信頼され、軍次郎君の毒殺を未然に防いだり、二之丸派の陰謀を邪魔したので、側用人の渡邊助左衛門から、かなり恨まれているらしい。

助左衛門に雇われた殺し屋が、狙った獲物を闇夜に襲うのは、実香瑠を殺した手口から見ても予想出来る。

お屋敷を出たら乱菊さんが危ない。

市之丞は焦っていた。

しかし町方同心の杉崎は、殺し屋が乱菊を襲う、まさにこのときを狙っていたのだ。

投げ込み寺門前の美女殺し一件は、渡邊助左衛門に雇われた殺し屋、鬼刻斎と名乗る骸骨男の仕業、と藩邸に潜入していた乱菊の働きで判明したが、下手人が大名屋敷を出ないかぎり、町方役人としては手も足も出せない。

乱菊が奥方さまのお供をしてお屋敷を離れたら、側用人から雇われた殺し屋も、命じられた標的を狙って藩邸から出るだろう。

いよいよ迷宮入りか、と思われた美女殺し一件を追って、やっとのことで判明した下手人が、大名屋敷に居たのでは、町方同心風情では踏み込めない。

切歯扼腕《せっしやくわん》していた杉崎同心にしてみれば、これは待ちに待った千載一遇の好機だった。

事の発端は、二之丸派と三之丸派という藩内の派閥争いにあり、奥方さまが離縁されたのは、嫡子争いが絡んだお家騒動に関わっているからだった。

この裏では派閥をめぐる藩士たちが、暗躍しているに違いない。

そう思った洒楽斎は、乱闘を覚悟して鎖帷子を身に着けたが、走ればジャラジャラと鎖が鳴って、鉄の擦れ合う音が煩《うるさ》いし、何よりも重くて息切れがする。

大汗を掻いて走る洒楽斎に、市之丞は途中まで歩調を合わせてきたが、ふと気が付くと、奥方さまの供揃いが諏訪藩邸を出る刻限を過ぎている。

マゴマゴしていては乱菊さんが危ない。

焦った市之丞は、息切れしている洒楽斎を途中に置き捨て、殺し屋から狙われている乱菊のもとへ走った。

「あのときは嬉しかったわ。あたしが決死の覚悟を固めていたところに、汗だくになった先生をはじめ、天然流のみんなが駆け付けて来てくれたんだもの」

乱菊は当時を思い出して微笑んだ。

「しかしあれからあっしらは、諏訪藩の騒動に巻き込まれることになったんですぜ。まったく迷惑な話でさ。それというのも乱菊さんが、殺された実香瑠さんに同情して、下手人探しのために一肌脱ごうと、あっしらが止めるのも聞かず、無理と我儘を押し通し、諏訪藩邸の奥女中に成りすまして、よその家のゴタゴタに首を突っ込んでしまった報いなんですからね」

また市之丞さんの愚痴が出たわ、と思って乱菊は苦笑した。

「乱菊さんが言われることも分かりますがね」

心配性の乱菊を慰めるように、市之丞は言った。

「江戸にいる乱菊さんが、旅先の先生を心配するのは、立場こそ逆になりましたが、あのときと同じですよ」

たとえ立場は入れ替わっても、お互いを思い遣ることに変わりがない。

安心出来る仲間がいて、安心出来る場所がある。

これこそ天然流道場の仲間たちが、互いに確かめ合ってきた絆《きずな》ではないだろうか。

いまは天然流道場の師範代を務めているが、甲賀者として生まれた市之丞は、理不尽な下忍《げにん》の扱いに憤って抜け忍（甲賀三郎）となり、見えぬ追手の影を恐れて、旅役者（猿川市之丞）に化けて逃げまわっていたころ、たまたま旅先の芝居小屋で、可愛い小娘（乱菊）を連れて旅する武芸者（洒楽斎）と知り合い、忍びの術と歌舞伎の芸を組み合わせた特異な武術を工夫して、天然流の認可を受けてから、やっと安心出来る場所（内藤新宿の天然流道場）を得たという来歴がある。

「だからお願いしたいの。これから諏訪へ行って、危なっかしい先生たちを見守ってあげて。とにかく案内役が、昼になってもぼんやりと夢でも見ているような、世間知らずの仙太郎さんでしょ。それに先生ときたら、何を考えているのか分からない人だし、何かに取り憑かれるんじゃないかと心配なの。あの二人が一緒では、また面倒な事件に巻き込まれてしまうかもしれないわ」

よく言うよ、と思って市之丞は可笑しかった。

市之丞からみれば、勘がよすぎるくせに無防備で、好んで危ないことに関わってしまう乱菊こそ、いつまでも先生を悩ませてきた小娘だったのに、いつから立場が逆転したのか、まだまだ元気な先生を年寄り扱いにして、どうでもいいことに気を揉んでいる。

「はいはい。おっしゃるとおりに致しますよ」

市之丞は軽い気持ちで請《う》け合った。

「あなたにお願いしたいことは、それだけではないの」

乱菊の言うお願いとは、市之丞からみれば、どれもこれも他愛ないことでしかない。

このうえ何をお願いするつもりなのか。

「先生のことだから、山峡に湧き出た隠し湯を尋ね当てると、刀傷の治療をする平八郎さんを湯宿に預け、その足で諏訪の御城下に出て、由緒ある神社仏閣に秘蔵されている古文書を、手当たり次第に読み漁《あさ》ったり、二之丸派と三之丸派の実態を、地元の人たちに尋ね廻ったりするでしょう。でも先生という人は、初対面の相手と馴染むのが上手ではないから、思うことを訊き出すことが出来るかしら。いつも飄々《ひょうひょう》としている仙太郎さんは、良くも悪しくも独立独歩。人付き合いなどしなくても、平気でこの世を生きてゆける人だから、先生の手助けにはならないと思うの」

思い遣りが深すぎる乱菊の手にかかったら、文武両道を兼ね備えた大先生や、不敗の剣を遣う塾頭も、欠陥だらけの未熟児扱いにされてしまう。

この伝だと、欠陥だらけのあっしなんぞは、どう思われているか分らねえなと思って、市之丞は先読みのお菊が口にする次の言葉が怖くなった。

ところがそのあとに乱菊から言われたことは、市之丞にとっては心外で、

「そこへゆくと、旅役者として世を渡ってきた市之丞さんなら、相手が誰であろうとも、話題豊富で扱いは自由自在、いくら困ったことに出遭っても、うまく立ち回ることが出来るでしょ」

妙な期待が掛けられているらしい。

そんなことを言われても、褒められたような気がしない。

市之丞は苦笑した。

「小屋掛けの田舎芝居じゃねえんですぜ。そう上手く事が運ぶものですかい」

酒楽斎や仙太郎のことを、世間知らずと貶《けな》すけれど、そう言っている乱菊さんのほうが、よっぽど世間知らずのお人好しだ、と市之丞は思ってしまう。

乱菊は少し語調を変えた。

「どこか危なっかしいあの二人だけど、そこに市之丞さんがいれば安心だわ」

このセリフは前にも聞いたことがある。

「そいじゃ、あっしら三人で、やっと一人前の働きが出来る、という意味ですかい」

市之丞が臍《へそ》を曲げた。

「あたしもそうよ」

乱菊は微笑んだ。

「だって、市之丞さんが居ると、なぜか安心するもの。どうしてなのかあたしにも分からないけど」

このセリフが、ふたりだけのときに囁かれたのだから、気の早い市之丞が、乱菊から言い寄られたのかと、早合点しても無理はないだろう。

「分かりましたよ。さっそく先生たちのあとを追って、せいぜい役に立つように務めますから」

市之丞は照れくさそうな返答をした。

四

乱菊が先読みしていたように、湯治に入った平八郎を山峡の湯屋に置き捨てると、洒楽斎は仙太郎と連れだって、中山道《なかせんどう》の和田峠《わだとうげ》から草深い杣道《そまみち》を南下し、平坦な丘が連なる霧ヶ峰高原へ出た。

「この杣道は、和田峠の星ヶ塔《ほしがとう》で黒曜石を採掘した狩猟の民が、諏訪の神への感謝を込めて、狩猟祭祀を行った御射山《みさやま》に続いているはずだ」

自信なげに呟くところを見ると、洒楽斎もこのあたりの地理には暗く、蒼天《そうてん》に輝く陽の動きを見て、およその方向を定めているらしい。

人跡未踏な深山に分け入って、洒楽斎と修行を重ねてきた仙太郎だが、草深い杣道に踏み迷えば視界は閉ざされ、迷路にでも踏み込んでしまったような、居所の知れない不安に駆られる。

這松の林を抜けると、突然に眺望《ちょうぼう》が開けた。

「ここは霧ヶ峰と呼ばれる山上の高原だ。ゆるやかに見える丘陵は、高所にあるために霧が湧きやすく、ひとたび濃霧の中に迷い込めば、白骨になるまで出られない、といまも恐れられている。幸いなことに、今日は雲一つなく晴れ渡って、四方八方に眺望が利く。ここから東に続く蓼科山《たてしなやま》、その先に岩肌を見せる八ヶ岳、さらに遠い南方には。長い裾を引く富士山が聳《そび》えている。その北西には木曾《きそ》の御嶽山《おんたけさん》、さらに北方へ眼を転じれば、飛騨《ひだ》の山々が聳えている」

洒楽斎は流れ出る汗を拭いながら言った。

「よく御存じですね」

仙太郎は感心したように言った。

日頃から鍛えられているので息も乱していない。

「わしは諸国を遊歴したとはいえ、暮らしのために剣術指南を売り込んで歩いた田舎渡《わた》らい。物見遊山《ものみゆさん》などしたこともないわ」

洒楽斎は胸元を寛げて、気持ちよさそうに風を入れた。

しばらくゆくと、広々とした湿原に出た。

「湿原の中に大きな池があります。澄みきった綺麗な湧水ですね」

めずらしく、仙太郎が感嘆の声を上げた。

「これがたぶん、七島八島《ななしまやしま》と呼ばれる高原の湿原じゃ。山頂に近い窪地に霊水を湛えた、太古から変わることのない聖地らしい。しかし水辺には近寄らぬほうがよい。流れ入る水も流れ出る水もない八島ヶ池は、昔から底なし沼と呼ばれ、ひとたび水中に沈んだら、繁茂《はんも》する湖底の水草と、太古の泥土に絡みつかれて、どう藻掻いても脱け出すことは出来ぬ、と言われている。穏やかそうに見える水の底には、泥中に沈んだ獣や人の死骸や骸骨が、いまも生けるが如き姿で眠っているという」

酒楽斎は不気味なことを言ったが、これも例によって、紙くず同然の古書に書かれていた与太話《よたばなし》だろう。

つゆ草が繁る平坦な島々も、水面《みなも》を漂流している浮島で、風に吹かれてわずかに移動しているらしく、七島かと思えば八島、八島かと思って数えれば七島しか見えない、と言われる不気味な小島だった。

「これが旧御射山《もと》と呼ばれる聖地であろう」

八島ヶ池の縁辺を、小半刻（約三十分）もかけて廻り込んでしばらく行くと、銀色の穂が風に靡《なび》いている広々とした窪地に出た。

「旧御射山に着いたようですね」

さすがに額の汗を拭いながら、ホッとしたように仙太郎が言った。

そのようだな、と酒楽斎も頷いて、

「諏訪は森と湖の国と言われてきたが、よく考えてみれば不思議なところだ」

頭の中に詰め込んだ雑多な蘊蓄《うんちく》を、あれこれと整理し直しているらしい。

内藤新宿の道場では、洒楽斎は例によって奥座敷に籠り、物好き半分に蒐集してきた古文書を読み漁っていたが、あれはいわゆる下調べで、そのころから諏訪を訪れる用意をしていたのだろう。

「諏訪から見れば隣国の、甲州で生まれた仙太郎に、よそ者のわしが説いて聞かせるのも烏滸《おこ》がましいが」

照れくさそうな苦笑を浮かべて、洒楽斎は仙太郎を相手に語り始めた。

五

古くからある諏訪信仰は、甲斐や信濃の国衆をはじめ、弓馬の国に育った坂東《ばんどう》武者や、奥深い山間に暮らす杣人《そまびと》たちと、ゆるやかな絆で繋がれていた、と洒楽斎は言う。

東北は蝦夷地に繋がる山塊から、西北は荒海に向かう北陸の僻地まで、南は広々と続く坂東平野にかけて、悠久の時をかけて諏訪信仰圏が形成された。

古くから続く諏訪信仰は、諏訪湖を中心にして、北東に位置する霧ヶ峰の御射山（下社《しもしゃ》）と、西南に連なる守屋山《もりやさん》（上社《かみしゃ》）を神体山《しんたいさん》として、里人たちが奉じてきた素朴な自然崇拝と言ってよい。

森と湖の精霊を祭ってきた諏訪社が、軍神として広く世に知られるようになったのは、蝦夷地に赴く坂上田村麻呂《さかのうえのたむらまろ》将軍が、諏訪大明神に戦勝を祈願（八〇一）し、弓馬に優れた神党《みわとう》の武士《もののふ》たちを戦力に加え、蝦夷地平定に向かってからのことだろう。諏訪や信州の高原、それと峰伝いに繋がる甲州の草原は、寒冷な高地で馬の餌となる牧草が豊かだった。

この地に名馬が育ったので、ゆるやかな草原が広がる八ヶ岳の山麓には、乗馬を得意とする牧人たちも集まってきた。

御射山で巻き狩りが行われたのは、弓馬の道に優れた牧人たちが、絶妙な秘技を競ってきたからだろう。

時は降って、坂上田村麻呂からおよそ三百年後に、宋《そう》との交易で富を得た平清盛《たいらのきよもり》は、大化の改新（六四五）以来、公卿の上席を独占してきた藤原《ふじわら》氏（摂関家）を凌駕し、平家に非ざる者は人に非ず、と言われた栄耀栄華《えいようえいが》を極めたが、清盛の勢力に陰りが見え始めた治承《じしよう》四年（一一八〇）、以仁王《もちひとおう》の令旨《りようじ》を受けた源氏の残党たちが、平家討伐を旗印にして一斉に蜂起した。

木曾の山中に潜んでいた木曾義仲《きそよしなか》もその一人で、諏訪社下宮《しもみや》の大祝《おおほうり》金刺盛澄《かなざしもりずみ》の娘婿に迎えられた。

舅の大祝盛澄に庇護された義仲は、越後《えちご》で勢力を張っていた平家方の城資茂《じょうすけもち》の大軍を、北信濃の横田河原《よこたがわら》に迎え撃って殲滅《せんめつ》すると、電光石火の勢いで北上し、北陸一帯に広がっていた諏訪信仰圏を掌握した。

勢いを得た義仲は、源氏追討に押し寄せて来た、平維盛《これもり》を総大将とする平家の大軍十万余騎（平家が擁する全兵力）を、巧みな騎馬戦術で倶利伽羅谷《くりからだに》に追い落とし、敗走する平家軍を追って、京に迫る勢いを見せた。

頼む兵力を失った平家一門は、戦おうにも従う軍勢はなく、みずからの手で六波羅《ろくはら》を焼き払うと、燃えさかる都を捨てて西海へ逃れた。

しかし、源氏も一枚岩ではなかった。

従弟の義仲に功を奪われ、京入りの先を越された源頼朝《よりとも》は、後白河法皇《ごしらかわほうおう》の宣旨《せんじ》を受けると、弟の蒲冠者範頼《かばのかんじゃのりより》と源九郎義経《くろうよしつね》に命じて義仲を討たせた。

平家追討の軍勢を西に送っている義仲は、都を護る兵力が手薄だった。

大軍を擁する範頼は、瀬田大橋《せたおおはし》の攻防と、宇治川《うじがわ》の合戦で、寡勢《かぜい》に苦しむ義仲軍を撃ち破った。

北陸に逃れて再起を図ろうとした義仲は、最後には主従五騎となり、追いすがる敵勢を斬り払い振り払い、近江《おうみ》の粟津《あわづ》まで逃れたが、薄氷が張った泥田に嵌《は》まったところへ、遠矢《とおや》を射かけられて討ち取られた。

木曾義仲は滅びたが、辛うじて生き延びた平家の公達《きんだち》も、範頼の率いる鎌倉《かまくら》勢の追撃を受け、八島、壇ノ浦《だんのうら》と転戦するが、義仲に敗れた倶利伽羅峠で、主力となる軍勢を失っているので、勢いに乗った坂東武者には歯が立たない。

幼帝安徳《あんとく》を抱いた二位《にい》の尼《あま》（清盛の妻）をはじめ、上臈《じようろう》、公達、軍兵、ことごとく西海《さいかい》に沈んで、栄華を誇った平家一門もここに壊滅《かいめつ》した。

木曾義仲は滅んだが、軍神としての諏訪大明神の威光が損なわれたわけではない。

義仲を擁立した諏訪神社下宮の大祝、弓馬共に神技に達していた金刺盛澄に代わって、頼朝の戦勝を祈願した諏訪社上宮《じようぐう》大祝篤光《あつみつ》の系統が、執権となって鎌倉政権を確立した北条《ほうじよう》氏の信任を得て、鎌倉幕府の中核に食い込んでゆく。

さらに二百年の歳月が流れた。

南北朝期に『諏方大明神画詞《だいみようじんえことば》』を執筆編纂した諏訪円忠《えんちゆう》は、執権の北条氏に仕えて官僚化していった諏訪総領家の庶流で、鎌倉幕府滅亡後は、足利尊氏《あしかがたかうじ》にも重用《ちようよう》された能吏だった。

そもそも諏訪信仰が諸国に広まったのは、人々がまだ石や棒で狩猟をしていた大昔、貴重な黒曜石を求めて、各地から和田峠に集まってきた狩猟の民が、星ヶ塔で採掘した黒曜石を細工して鋭利な鏃《やじり》を作り、入らずの神野《こうや》と呼ばれていた高原の狩場で、土地の神に感謝するための鹿狩りを催した祭祀に始まるという。

狩猟神事の晩は、中央に焚かれた大きな篝火《かがりび》を囲んで、美しい黒曜石を与えてくれた土地神に感謝し、鹿狩りの豊穣を祝って饗宴を開いた。

その日ばかりは、たとえ相容れない部族であっても、日頃の諍いを忘れ、神聖なる神と人との会食を、夜を徹して楽しんだと伝えられている。

そのとき行われた祭祀を称して『御射山神事《しんじ》』という。

洒楽斎に言わせれば、御射山で行われた狩猟神事が、諏訪信仰の始まりではないかということだった。

「わしがそう考えるようになったのは、南北朝のころ（延文《えんぶん》元年・一三五六）諏訪円忠によって書かれた『諏方大明神画詞』を読んでからのことだ。残念なことに豪華絢爛だった『画詞』の原本は早くから失われ、権祝本《ごんのほうり》と呼ばれる写本が、塙保己一《はなわほきいち》という盲目の碩学《せきがく》が編纂した『群書類従《ぐんしょるいじゅう》』に納められた。わしが読んだのは、むろん塙保己一が蒐集した群書類従版だが、これはたぶん、諏訪信仰の発祥と展開を伝える、最古の文献であろう」

なるほど、先生が奥座敷に引き籠もって、熱心に読みふけっていたのは、『諏方大明神画詞』だったのか、と仙太郎は改めて納得した。

洒楽斎がいつも読んでいる黴臭い古文書とは違って、『諏方大明神画詞』が収録されている『群書類従』は、まだ版が出たばかりの新刊だったが、四角い漢字が並んだ堅苦しそうな書物なので、仙太郎はあまり興味を持たなかった。

「そこにどんな記述があるんですか」

剣術以外のことに、仙太郎が関心を示すとはめずらしい。

「円忠が書いた『画詞』の一節に、白拍子《しらびょうし》、巫女《みこ》、田楽《でんがく》、呪師《しゅし》、猿楽《さるがく》、乞食《こつじき》、非人《ひにん》、盲聾《もうろう》、病痾《びょうあ》の類《たぐい》、遊手浮浪の族《やから》、稲麻竹葦《とうまちくい》の如くに来集まりて相争い、その体比興《ていひきょう》なり、と記されているところがある。そこには幾多の職種が示されているが、これは御射山神事に参加した見物人たちの姿なのだ」

仙太郎は怪訝な顔をした。

「神事と言うからには、汚れを忌《い》むはずでしょう。歩き巫女や非人乞食など、いずれも汚れた者どもと言われています。これらの人々は、聖なる神野で行われる御射山祭から、どうして排除されなかったのですか」

すると洒楽斎は、驚くべきことを口走った。

「いや、違うな。むしろ彼らこそ、御射山祭の共催者、あるいは主賓とも言うべき人々だったのだ」

いきなり突飛なことを言われても、仙太郎には納得がいかない。

「なぜでしょう」

洒楽斎はおもむろに答えた。

「わしの見方では、聖と汚れの境界にある人々は、御射山神事の発生と展開に、深い繋がりがあるのではないかと思われるのだ」

寝耳に水の話だった。

「わかりません。御射山の狩猟神事は、生き神さまの諏訪大祝が主催し、坂東の諸国から集まった鎌倉殿の御家人たちが、昼は流鏑馬《やぶさめ》や鹿狩りを奉納して弓箭《きゆうせん》の腕を競い、夜はすすきの穂で葺《ふ》いた陣屋の前で大篝火を焚き、互いの顔を赤い炎に照らされながら、神と人との饗宴を行う、と聞いております。いわば神にも人にも通じる人々が行う神事であって、下々の者には見ることも加わることも叶わない、と聞いておりますが」

するとと洒楽斎は、仙太郎へ向かって、

「神と人の饗宴ではないのかな」

と笑いながら念を押した。

仙太郎は軽く反論した。

「だからこそ、忌み嫌われる身分の者が、主賓になどなれるはずはありません」

酒楽斎は真面目な顔をして言った。

「そうかな。彼らこそが『神』であったらどうなるのか」

えっ、と仙太郎はつい声を上げたが、あとに続く言葉はなかった。

「白拍子は神に憑かれて舞い、歩き巫女は神のお告げを伝え、田楽師や猿楽師は神となって踊り、乞食や非人は身を以て神の慈悲を教える。いずれも神と人の間にあって、神と人を繋ぐ人々であったのだ」

酒楽斎はさらに言葉を継いだ。

「全国の津々浦々から、狩猟に必要な黒曜石を求めて、多くの人々が諏訪に集まって来た。星ヶ塔で黒曜石の鏃を得て、獣を追う暮らしに戻る際、豊穣の神がまします天空の城（霧ケ峰高原）に集まった人々は、恵み深き土地の精霊に感謝して、神と人との饗宴を開いたという。その祭事こそ御射山神事の原形で、諏訪信仰の始まりであったに違いない」

意表を突かれた仙太郎にも、酒楽斎の言う趣旨が分かってきた。

「では白拍子や歩き巫女、さらに田楽や猿楽を演じる芸人たち、あるいは非人乞食に至るまで、彼らこそは御射山神事に招かれた、いにしえの神々であったと言われるのですか」

洒楽斎は莞爾《かんじ》として笑った。

「そうなのだ。鋭利な鏃を作るため、半透明の黒曜石を求めて、森と湖に守られた精霊の地（諏訪）に辿り着いた狩猟の民は、いずれも獲物を追って、諸国をさすらう旅人であったのだ。北は蝦夷地や下北《しもきた》から、南は坂東や東海から、諏訪に集まってきた狩猟の民は、黒曜石の鏃を与えられた感謝を込めて、諏訪の神を言祝《ことほ》ぐ御射山神事を行うと、ふたたび山から山へと散っていった。まだ国々の土地という自然の賜物が、誰のものでもなかったころのことだろう。獣を追ってさすらう民が、どこへ行こうが住み着こうが、誰からも咎められることのなかった良い時代だ」

洒楽斎は見たこともない夢のような話をした。

「しかし、侵入してきたよそ者に、国を譲れと強要され、それを拒んだ建御名方命《タケミナカタノミコト》を、諏訪湖まで追いかけて来た天孫族《てんそんぞく》。その末裔が大和《やまと》に入り、勝手に王朝を建ててから、いささか事情が変わってきた。国を治める政権が、藤原一門に奪われて、さらに貴族の荘園が、日本各地に広がると、気ままに諸国を渡ってきた、狩猟民たちの末裔は、もはや居場所を失って、身につけてきた芸能で、暮らしを立てねばならなくなる。芸を売る白拍子や、色を売る歩き女巫となって、媚《こ》びを売るのも芸のうち、呪師となって神々の声を伝えるも芸であり、田楽や猿楽師から始まって、非人や乞食に至るまで、土地を追われた神々の、さすらう姿とも言えるだろう。古くからある芸能を、いまに伝えるさすらいの、滅びゆく神の末裔と、称えられるべき人々の、いまの姿と言ってよい」

先生の言われることは、どこか素っ飛びすぎている、と思いながらも、仙太郎の表情は明るくなった。

「つまり、御射山神事を執り行う神官たちや、流鏑馬の妙技を披露する騎馬武者たちも、その出自を辿ってゆけば、いずれも歩き巫女や田楽師と同じような、さすらいの民であったというわけですね」

酒楽斎は満足そうに頷いた。

「そうなのだ。振り返ってみれば、わしや仙太郎にしたところで、剣術修行の名を借りて、諸国を渡り歩くさすらい人であった。そう考えてみれば、墨東《ぼくとう》で舞踏を披露して、生計を立ててきた乱菊や、美男を売り物に旅芸人となって、諸国を渡り歩いた抜け忍の市之丞も、滅びゆく神々の末裔が、いまの世を生きる姿と言えなくもない」

身に覚えのある仙太郎は、洒楽斎の言うことが腑に落ちた。

「甲州の山林地主の子に生まれたわたしが、郷里を捨てて江戸に出たまま、いつになっても国元に帰らないのは、遠い祖先に繋がる、血の騒ぎだったのかもしれませんね」

そのころが諏訪信仰圏の、絶頂期であったのかもしれぬ、と洒楽斎は呟いた。

御射山神事に参加したのは、諏訪や信州の国衆ばかりではなかった。

鎌倉幕府の有力御家人たちが、銀色に輝くすすきの穂で屋根や壁を葺いた、穂屋と呼ばれる桟敷《さじき》を連ねていたという。

ゆるやかな斜面を、巨大な階段状に削って土壇を築き、北条、千葉《ちば》、和田、佐々木《ささき》、梶原《かじわら》などという、鎌倉御家人たちの陣屋が設けられた。

その対岸は甲州桟敷と呼ばれ、武田、逸見《へんみ》、一条《いちじょう》、南部《なんぶ》、加賀美《かがみ》、小笠原《おがさわら》など、甲斐源氏の一党が、やはり穂屋造りの陣屋を並べていた。

鎌倉殿の御家人たちが、揃って御射山神事に奉仕していたのだ。

列島の脊梁《せきりよう》を貫く広範な地に、武神を祭る諏訪信仰圏は広まって、この世の権力と寄り添いながらも、それと異質な見えざる権威を、持っていたとも言えるだろう。

しかしそれはあくまでも、信仰上の権威であって、現世の勢力とは別のものだった。

さらに時代が降って、小国が分立して争う戦国の世になると、地方豪族の領主化が急速に進んだ。

山峡の盆地ごとに、小領主が割拠していた信州では、近隣との小競り合いに明け暮れて、天下を狙える戦国大名は育たなかった。

かつて広範な諏訪信仰圏に君臨していた、生き神さまの威信も失われ、群雄《ぐんゆう》が割拠《かっきょ》する戦国の世になると、諏訪湖の周辺に支配地を残すだけの、どこにでもあるような小領主になっていた。

諏訪の生き神さまと慕われてきた諏訪総領家（神氏）は、幼童のころは大祝として諏訪信仰圏の祭祀を担い、長じれば大祝職をわが子にゆずり、祖先から伝えられた武力（弓箭の道）によって、かろうじて諏訪一郡を確保している、という小領主になってしまった。

諏訪信仰と軍事を担ってきた諏訪総領家は、いにしえから生き神さまとして崇められてきた誇りと、小領主に成り下がってしまったという屈辱の狭間にあって苦しみながら、そうかといって滅びることもなく、戦乱の世を生き延びてきたと言えるだろう。

不思議と言えば不思議な話だ。

「古代の夢みたいな誇りに支えられてきた小国が、弱肉強食の戦国期を、よくぞ生き延びられたものですね」

世事にうとい仙太郎も、にわかに関心を持ち始めたようだった。

洒楽斎は満足そうに頷いた。

「それを確かめるために、こうして諏訪までやって来たのだ。精霊の国の謎を解き明かすには、おのれの足でその地を踏んでみる他はあるまい」

仙太郎もそれに応じた。

「さもなくば諏訪騒動の実態が、見えてこないというわけですね」

六

洒楽斎は上諏訪の城下にいた。

二十年余も続いた派閥争いの余韻が城下にはまだ残っていて、いまも殺伐とした気配が漂っているように思われたが、庶民の暮らしは相も変わらず、いつの世にも淡々と続けられているようにも見え、藩の政権が二之丸派から三之丸派に移ったところで、下々の者には関わりがないことさ、と居直っているようにも見受けられた。

しかし意外なことに、百姓町人から聞いた諏訪大助の評判は悪くなかった。

江戸で耳にした、暗君《あんくん》（忠厚）を誑《たぶら》かして私利私欲を貪《むさぼ》った悪家老、といった酷評より、物わかりのよい、さばけた人柄と見る者が、少なからずいることを知って、驚かざるを得なかった。

人柄への好悪は見る者によって変わり、評判の裏と表を逆転させれば、違った顔が見えてくるものらしい。

「事の善悪がはっきりしないのは、いわゆる土地柄というものでしょうか」

仙太郎が首をひねると、

「おのれの置かれる立ち位置によって、見えてくるものが違ってくる。はっきりしないというよりも、諏訪の町人どもは利に聡《さと》い、と言い換えるべきであろうな」

洒楽斎は柄にもなく、どちらともつかない寛容な言い方をしている。

仙太郎にしてみれば、いつもの先生らしくない、と気になってしまう。

さり気ない風をよそおって、仙太郎は城下のようすを調べていた。

上諏訪の町並みに違和感を覚えるのは、諏訪湖に突き出した城郭の配置や、本丸の搦手を固めている武家屋敷と、甲州街道に沿って旅籠街が並ぶ宿場町とが、離れ過ぎているせいかもしれなかった。

天正《てんしょう》十八年（一五九〇）の秋、城普請を始めた日根野織部正高吉《ひねのおりべのかみたかよし》は、諏訪湖を巨大な水堀に見立てて、難攻不落の浮き城を、実戦向きの城郭として築いたという。

「道場の奥座敷に引き籠もって、わしが調べた諏訪藩に関する古文書の中から、取り敢えず分かったことを、仙太郎にも知っておいてもらおうか」

そう前置きをすると、洒楽斎は例によって、よけいな蘊蓄を語り始めた。


武田信玄の侵攻以来、諏訪の支配者は幾たびか入れ替わった。

山々に隔てられた盆地ごとに、小領主が分立している信濃を攻略するには、甲信越に広がる諏訪信仰圏を押さえるに如かず、と見抜いた若き日の武田信玄（晴信《はるのぶ》）は、みずから焼き払った諏訪社を再建し、戦乱で途絶えていた御柱祭《おんばしら》を、これまで以上の賑やかな神事として、七年に一度という天下の大祭を復活させた。

信玄は戦場に赴くたびに、守矢神長官《もりやじんちょうがん》から借り受けた『諏方法性《ほっしょう》の兜』を着け、赤地に黄金で『諏方南宮上下大明神』と大書した派手やかな幟《のぼり》を、大将旗として本陣に立て並べた。

しかし天正十年（一五八二）、武田勝頼《かつより》を滅ぼした織田信長が、武田家の遺領に送り込んだ進駐軍は、神仏を嫌う信長に倣って、いにしえから甲信越に根を張る諏訪大明神の威信を認めず、信玄が復興した伽藍《がらん》は、ことごとく焼き払われてしまった。

信長はその年に本能寺《ほんのうじ》で討たれ、信長が派遣した進駐軍は、武田遺臣や地元の勢力によって甲信から駆逐されたが、その後の帰趨《きすう》はいまだ定まらず、見方によっては、信玄の信濃攻略以前と同じような、小領主が並立していた混乱期に戻ったとも言える。

そのため甲信地域は、領土拡張を狙う戦国大名、北条、徳川《とくがわ》、上杉の勢力が、三つ巴になって狙う草刈り場となった。

信玄に滅ぼされた諏訪頼重《よりしげ》の、従弟にあたる諏訪頼忠《よりただ》は、幼くして諏訪大祝職を継いでいたので、諏訪大明神を信奉する信玄の庇護を受けて族滅を免れていた。

信濃攻略を目論んでいた信玄は、諏訪の生き神さまを盛り立てることで、東国や北国に広がっている諏訪信仰圏を、版図に入れることが出来ると信じていたに違いない。

武田勝頼を討った恩賞として、信長から甲斐一国と諏訪を与えられた河尻鎮吉《かわじりしずよし》は、本能寺の変を知った武田遺臣の一揆勢に襲われて殺された。

野《や》に下っていた諏訪頼重の遺臣たちも、大祝として生き延びてきた頼忠に蹶起を促し、信玄に奪われた諏訪の旧領を取り戻した。

しかしそのときはすでに、信濃を狙う北条と徳川の大軍が国境に迫っていた。

旧領を奪還した諏訪勢は意気盛んで、小競り合いでは敵の侵略を許さず、酒井忠次《さかいただつぐ》や大久保忠世《おおくぼただよ》の徳川勢を退けたものの、家康の本隊が攻め寄せて来たら一溜まりもない。

　徳川か北条か、いずれかに属さなければ、諏訪の地を保てないと思った頼忠は、律儀で手堅い家康の譜代となって、本領を安堵されることを選んだのだ。

　小田原《おだわら》合戦で北条氏を滅ぼすと、奥州《おうしゅう》を制して天下統一を目前にした豊臣秀吉《とよとみひでよし》は、恩賞として家康に北条氏の遺領を与えたので、それと入れ替えに三河以来の旧領を手放さざるを得なくなった。

　家康に本領を安堵され、徳川譜代となっていた頼忠は、涙を呑んで本領の諏訪を離れた。

　武州《ぶしゅう》に転封《てんぽう》された頼忠に代わって、諏訪に乗り込んできた日根野織部正高吉は、豊臣秀吉によって諏訪へ送り込まれてきた新領主だった。

　つまり、諏訪社を焼き払った信長と変わらない、諏訪信仰圏とは無縁な侵略者に過ぎず、地元民との繋がりは希薄だった。

　秀吉の内命を受けて、家康包囲網の一環として、信州の諏訪に配置された日根野高吉は、領民の暮らす街づくりより、城郭の防衛を優先させたのだ。

　諏訪の浮き城は、湖上に突き出た孤城で、地元住民から孤立した、守り本位の総構えになった。

宿場町から城へゆくには、縄手と呼ばれる一本道を通らなければならなかった。

縄手は頼りないほど細く狭く、路岸に波打つ諏訪湖の水が、いつもヒタヒタと打ち寄せていたという。

いまの大手通りは、すっきりとした欅《けやき》並木になっているが、日根野織部正に造られた当時の城への道は、諏訪湖の波に洗われて、いまにも湖底に水没してしまいそうな、攻めるにも攻められない、脆弱で頼りない細道だったらしい。

これは敵勢を分断して、諏訪湖に浮かべた川舟から攻撃し、孤立した敵勢を個々に殲滅するための工夫で、織部正の縄張りは守りに徹して、容易に敵勢を寄せ付けないための細工が、随所に凝らされていたという。

諏訪の新領主となった日根野織部正は、大坂城や聚楽第《じゅらくだい》など、豪華絢爛たる巨大建築を好んだ太閤秀吉の武将で、城づくりが得意だった秀吉を範として、やはり築城術に優れていたという。

しかし、湖上に浮き城を築くのは難工事だった。

湖中に築かれた石垣は、巨石を積み上げてもズブズブと水中に没し、足りない石材を補うために、領内にある神社仏閣の石垣や石碑、果ては死者が眠っている墓石まで、跡形もないほどに突き崩して、湖底に埋めたと伝えられている。

築城に使われた石材の大半は、頼水《よりみず》の父頼忠が築いた金子城《かねこじょう》の石垣を崩して、川舟で運んだものだった。

関ケ原《せきがはら》合戦の翌年、念願の旧領に復帰した諏訪頼水（初代藩主）は、新たな城郭に取り掛かることなく、日根野織部正が築いた諏訪の浮き城を居城にした。

高島城が侵略者の苛政によって築かれた、領民たちの血と汗の結晶であることを知っていたからだ。

侵略者たちの苛政に苦しんできた領民たちに、さらなる犠牲を強いることは出来ない。

六十年ぶりに祖先の地に戻ってきた初代藩主が、因縁付きの高島城を居城に選んだのは経費節約のためだが、住んでみるとよく出来た城で、日根野織部正の築城術は、さすがに天下一品であったと実感したらしい。

諏訪湖に浮かぶ殿さまの居城が、城下の街並みから孤立していたのは、そうした事情があったからだが、初代藩主は諏訪湖の干拓《かんたく》にも熱心で、湖水に突出していた縄手も路岸を埋め立てられ、大手町と呼ばれる繁華な街並みが出来た。

「もはや昔日《せきじつ》の面影はなかろうが、有名な諏訪の浮き城を見物しよう」

洒楽斎にはめずらしく、物見遊山でもするかのように、あまり関心がなさそうな仙太郎を誘って、みごとな欅並木が続いている大手通りに出た。

広い道幅を持つ欅並木の大路に、縄手と呼ばれていた往年の面影は残されていない。

大手通りを真っ直ぐに進むと、民家の低い屋根越しに、三層五階の天守閣を持つ本丸御殿が遠望された。

本丸と太鼓橋で繋がれた二之丸、さらに橋梁《きょうりょう》を連ねた三之丸、城郭を縫って流れる衣之渡川《えのどがわ》に架けられた橋を渡ると衣之渡廓《くるわ》に出る。

片隅には内海櫓《うつみやぐら》と呼ばれる小天守が建ち、諏訪湖や縄手を監視している見張り番が、昼夜交代で詰めているらしい。

衣之渡廓の前面に聳えている大手門からは、城壁に並行して走っている狭隘な縄手を、弓や鉄砲を撃ちかけて、軍備が手薄な側面から攻撃出来る。

「先生は江戸でどんな古文書を読まれたのか、まるで見てきたように話されますね」

仙太郎にはめずらしく、揶揄うような口調で言った。

雑司ヶ谷の別邸で、市之丞と夜を徹して語り合って以来、フワフワと雲の上を歩いているように見えた仙太郎も、多少は世間ずれしてきたようだった。

「そうかもしれぬ」

と言って洒楽斎は低く笑った。

「この眼で実際を見るよりも、書物を読んで膨らませた妄想のほうが、より真実に近いような気がすることがある」

これも京の竹内式部の学塾で、さまざまな書籍を読み漁ってきた名残だろうか、と洒楽斎は思った。

若き日の鮎川数馬が、京の式部塾に学んだのは、多く見積もっても数年に過ぎず、その数倍に相当する歳月を、世をすねた洒楽斎として送ってきたのに、いまも物の見方や考え方は、あのころと変わることがないのだろうか。

近ごろになって、洒楽斎には折に触れて感じることがある。

渡る世間とおのれの間には、目に見えぬズレが生じているのではないか、という獏《ばく》たる思いが、年と共に強くなるような気がしてくる。

歳を取るというのは、そういうことだったのか、といまさらながら思う。

ひょっとしたらわしは、まだまだ若い仙太郎や乱菊、そして、どこまでも俗世を引きずっている市之丞までを、時流から外《はず》れてしまった偏屈者の、道連れにしているのではないだろうか。

屈託した思いに駆られた洒楽斎の耳に、

「あれが」

と言う仙太郎の、屈託のない声が聞こえてきた。

「あれが、先生が言われた諏訪の浮き城ですか。こぢんまりした綺麗なお城ですが」

途中で仙太郎はふと声を失い、

「なるほど、諏訪湖に浮かんでいたころは、さぞかし趣《おもむき》もあったでしょうが、いまは湖面もすっかり遠ざかって、築城されたころの面影はありませんね」

そう言いながらも仙太郎は、遠く仰ぎ見る天守閣から眼を離さない。

「そうか」

仙太郎は小膝を打って、

「いまは総堀を埋められ、片翼を失ったような小城ながらも、どこかに典雅《てんが》なたたずまいがある、と思っていましたが、その理由《わけ》が分かりましたよ」

嬉しそうに笑った。

「屋根ですよ。しなやかな反《そ》りが美しい優雅な屋根は、わたしが知る限り、他の天守閣にはないものです」

仙太郎が指摘するように、三層五階という天守閣の屋根は、他の城のような瓦葺ではなく、各層のすべてが檜皮葺《ひわだぶき》で、洒楽斎がこれまで見てきた、無骨で威圧的な城郭の屋根とは、なぜか明らかに違っている。

火攻めに遭ったら、すぐに燃え上がりそうな、城郭らしからぬ瀟洒《しょうしゃ》な造りだが、湖岸に突き出した迷路にも似て、巧妙に仕掛けられた縄手に邪魔されて、敵の大軍が本丸まで辿り着くことはあるまいと、築城の当初から見込みを立てて、あえて燃えやすい檜皮葺を選んだ、したたかな造りかもしれなかった。

城を攻めあぐねている敵勢を、涼しい顔をして揶揄っているかのようで、そこには不敵な企みが隠されているのではなかろうか。

「これは豊臣政権下に造られた戦うための城だ。諏訪の浮き城に美観や風情を求めるのは、合戦なき世に生まれた、逸民《いつみん》たちの悪趣味にすぎない」

突き放すような口調で洒楽斎は言った。

「城郭の周辺も、いまでは泥田になっているが、以前は諏訪湖の水が迫り、さざ波がたゆたう底なしの沼地であった。いまもこのあたりは地盤が弱く、水害にも遭いやすい地質だろう。たとえ大敵が攻め寄せようとも、勢い余った軍勢は狭い縄手からはみ出し、背後から味方に押し出されて沼田に踏み込めば、泥濘《ぬかるみ》に足を取られて進退はままならず、待ち構えていた川舟から、一斉に遠矢を射かけられて、たちまち殲滅されてしまうだろう。巧妙な縄手に守られた諏訪の浮き城は、大軍を引き受けても屈しない守りの城として、いまも役立つのではなかろうか」

洒楽斎は兵法家の目で、城郭の妙を称えているらしかったが、仙太郎には時代錯誤としか思われなかった。

この太平な世に、と仙太郎はつい笑いそうになったが、しかし、そうともいえないような、なんとも剣呑《けんのん》な気配がこの場所にはある。

仙太郎は息を潜めた。

「迂闊《うかつ》でした。ここは一般の立ち入りが、許されていない場所のようです。これ以上は近づかないほうが無難かと思いますよ」

「そうか」

と言って頷いた洒楽斎の眼は、いつになく厳しかった。

仙太郎は咄嗟に、洒楽斎と同じ方角を見た。

欅並木の切れたところから、真新しい竹矢来《たけやらい》が張り巡らされ、尺棒《しやくぼう》を突いた足軽たちが、油断なくあたりに目を配っている。

物々しい竹矢来の奥に、壁面にまで厚板を張り巡らした建物が見えた。

縁側もなければ窓もない、全棟に厚板を張り巡らせた長屋造りで、妙に殺風景で荒々しい造りだった。

「不愛想な建造物ですね」

仙太郎は緊張した。

「たぶんあれは、柳ノ辻の牢と呼ばれる、藩の罪人を幽閉している獄舎であろう。いまは派閥争いに敗れた諏訪大助と、父親の諏訪圖書《ずしょ》、江戸を離れない世間知らずの殿さまを、長いこと誑《たぶら》かしていたとされる、渡邊助左衛門や近藤主馬、そして上田宇治馬といった二之丸派の面々が、明かり窓もない牢獄に幽閉されているはずだ」

竹垣越しに見える陰気な獄舎を、洒楽斎は嶮しい眼で睨んでいる。

何を考えているのだろうか。

ひょっとしたら先生は、牢獄を訪ねるのが目的だったのではないだろうか。

仙太郎は驚いて、

「まさか、先生。柳ノ辻の牢に幽閉された諏訪大助に、会おうと思っているんじゃないでしょうね。無理です。やめましょう」

尺棒をついた監視の眼を避けながら、いまにも暴走しそうな洒楽斎を引き留めた。

第四章　恩寵《おんちょう》と怒り

一

　さすがに大手門の護りは固く、洒楽斎はこれ以上の見聞を諦めて引き返した。

「諏訪の御城下に入りながら、先生は親友の主膳どのと、顔を合わせることを避けておられるようですが、諏訪藩の御家老と懇意にしておられるという、渋川虚庵（龍造寺主膳の改名）どのが同道すれば、たとえ柳ノ辻の牢には入れなくとも、城内の見物くらいは許されたかもしれませんよ」

　仙太郎は悔しがった。

「主膳を避けているわけではない。良くも悪しくもあの男によって、わしの見方が偏ってしまうことを恐れるのだ」

柄にもない洒楽斎の言葉に、仙太郎は思わず噴き出して、

「ずいぶん弱気になられたものですね」

仙太郎にしてはめずらしく、師匠を揶揄うような軽口を叩いたが、

「そうかもしれぬ」

洒楽斎は不機嫌そうに答えたまま、なぜか表情を崩さなかった。

「わしも歳を取ったものだと、近ごろは思わざるを得なくなったようだ。じつを申せば若いころは、早く歳を取りたいとさえ望んでいた。歳を拾えばおのずから、物事の本質を見抜けるものと思っていたのだ。しかし老いの先には、思わぬ伏兵が待ち受けていることに、あのころのわしは気付くことがなかった」

まさか先生が、と思って衝撃を受け、

「それは何でしょうか」

仙太郎はすかさず問い返した。

「体力と気力は別なものではない、という誰もが知っていることを、若くて体力があったころのわしは、頭から無視していたらしい。そしてつい最近まで、そのつもりでいたわけだ」

しかし、と反論しようとして、仙太郎は思わず絶句した。

「気力を支える体力が衰えるにつれて、わしとは無縁なものと思っていた弱気の虫が、知らず知らずのうちに育ってきたものと見える」

仙太郎は懇願するような声で、

「やめてください。先生はわたしたちの指標として、いつまでも弟子たちの前を、堂々と歩いていてもらわなければ困ります。歳月の流れなど無視しましょう。先生はどこまで行っても先生なんですから」

どこかで聞いたようなセリフを使って反駁《はんばく》してきた。

そうか、あれは師範代の猿川市之丞が、思わず吐き捨てた、老いてゆく師匠への苦言ではなかったか。

過ぎてしまった歳月に思いを馳せて、つい気弱になっていた洒楽斎を励ましたのか、あるいは、思わず洩らした愚痴っぽいセリフに驚き、思わず腹を立てたのか、いずれとも受け取れそうな口調だった。

ここにあの男がいたら、なんと言ってこの場を収めるだろうか、と急に懐かしくなって、

「市之丞はどうしておるかな」

ふと思い出したように、洒楽斎がその名を呟くと、

「ここにおりますよ」

そのときすれ違った見慣れない男が、思いがけないことを口にした。

「あっしのことを、いつも思ってくださるのは有難いが、お二人とも無用心にすぎますぜ」

そう言いながら、男はわざとのようにゆっくりと、菅《すげ》で編んだ被り物を脱いだ。

「ほら。あっしですよ」

ヒョイと目の前に突き出された、剽軽《ひょうきん》そうな顔を見ると、たったいま洒楽斎が、その名を口にしたばかりの市之丞だった。

洒楽斎は不意を突かれて、

「こんなところで、何をしておるのだ」

思わず声が荒くなった。

市之丞は笑みを浮かべたまま、あえて低い声で、

「これはずいぶんな御挨拶ですな。先生の手助けをしようと、万難を排して駆け付けたあっしに、何をしておるかはないでしょう」

美男が売り物の旅役者で、忍び仲間から『七変化の三郎』と呼ばれていた抜け忍は、いまはどこにでも居そうな町人に変装して、本人の市之丞から声をかけられるまでは、

師匠の洒楽斎も気が付かないほど、巧みに化けていた。

「わたしは気が付いていましたよ」

仙太郎は笑いを抑えながら、遠慮がちに言った。

「さすがに慧眼《けいがん》。塾頭には練達した忍びの術も、さっぱり役に立たねえものとみえる。間違っても敵には回したくねえお人ですな」

へらへらと胡麻を擂ってみせたが、パッとしない声も表情も、さらに鈍重そうな身ごなしまで、色男で売った市之丞とは似ても似つかない、その辺のどこにでも転がっていそうな、どう見てもパッとしない、ただの田舎者に見えた。

「こんな物騒なところで、不用意な立ち話などしていちゃ危ねえ。あっしが手引きしますから、これから先はさり気ねえ顔をして、あっしの後からそっと見え隠れに、付いて来てくだせえよ」

市之丞は低い声でそう言うと、いま来た欅並木を逆に辿って、旅人でにぎわう宿場町へ向かって、せかせかとした足取りで、いかにも用あり気に歩き出した。

「さすがは、七変化と言われた師範代ですな。訪れた土地の者と難なく溶け合い、その人柄までも似せてしまう。巧妙な術を心得ておりますね」

わざとゆっくり歩を運びながら、仙太郎は感心したように呟いた。

反対に洒楽斎は気を落として、

「迂闊にもわしは、本人から声をかけられるまで、市之丞であることに気付かなかった。仙太郎よ、おぬしはいつから、あの男が市之丞だと、分かっておったのか」

蚊の鳴くような声で問い返した。

「師範代だということは、足の運びを見て分かりましたよ。ご当人が土地の者に化けているからには、こちらから声をかけないほうがよい、と咄嗟に判断して、わざと素知らぬ顔をしていたのです」

そう言われても、洒楽斎はどこかすっきりしなかった。

「分からぬな。市之丞の七変化を、どこでどのようにして見破ったのか」

仙太郎はちょっと困ったように、

「師範代の足捌きは、素人から見れば巧妙すぎて、土地の者に化ければ化けるほど、かえって目立ってしまうのです」

そう言われてしまえば、そういうものかと頷く他はない。

しかし仙太郎は市之丞と一目で見抜き、天然流を創始した洒楽斎には、それと見極めることが出来なかった。

何故なのか。

どれほど簡単なことでも、人それぞれに、出来ることと出来ないことがある。

洒楽斎は暗澹《あんたん》として呟いた。

「弟子入りを志願した逸馬と平八郎が、塾頭から学ぼうとして学べなかった『不敗の剣』と同じように、人を見分ける鑑識眼というものは、それぞれが持って生まれた体質に、関わるのかもしれぬな」

仙太郎は迷惑そうに、

「不敗の剣ですって。そんなものは何処にもありませんよ。誰が言い出したかは知りませんが、なんの実体もないものに、不敗の剣などと、また大袈裟な名を付けたものですね。出鱈目にもほどがあります。まさか先生までが、なんの根拠もないそんな妄《もう》語《ご》に、惑わされているんじゃないでしょうね」

不快そうに溜息をついたのは、この件に関して仙太郎には、悔いても悔い足りない、苦い思いがあるのだろうか。

「しかし、剣に生きる者は、誰しも不敗の剣を得ようと思う。たとえば対立している派閥から、死闘を命じられた上村逸馬と牧野平八郎も、闘いが逃れられぬ運命なら、不敗の剣を学ぼうと、噂を頼りに天然流道場に入門したのだ」

仙太郎はめずらしく激昂して、

「それが間違いの元なのです。愚かな思い込みが、あのような悲劇を生んだのです。二人はわずかな体《たい》のひねりで、ギリギリに急所を外しながらも、全身がズタズタになるまで、斬り合わざるを得なかった。平八郎が身に受けた、あの見るに堪えないような傷口から察すると、たとえ療養して死を免れたとしても、再起は望めないかもしれませんよ」

仙太郎は不意に口を噤んだ。

不敗の剣などない、と思い知らせるために、聞き分けのない若者たちに、急所の外し方だけを教えてきたのだ。

それが良かったのか悪かったのか、いまも仙太郎には分からない。

死ぬべき命を永らえて、終わりなき苦痛を患うより、急所の外し方など習わずに、一撃で勝負を決したほうが楽だったのかもしれない。

「さあ、着きましたぜ」

陽気な市之丞の声が、つい耳元から聞こえてきた。

驚いたことに、変幻自在な甲賀の抜け忍は、諏訪の浮き城に近い並木通りで遇《あ》ってから、途中で衣裳を改めたわけでもないのに、いつの間にか商家の手代風の町人に化けたらしく、声の調子や表情まで、見事なほどに一変している。

洒楽斎と仙太郎は、互いに鬱屈した思いを抱えて歩いてきたが、気が付けば上諏訪の宿場街からわずかに外れて、間口の広い商家の門口に立っていた。

二

「これはこれは、よくいらしてくださいました。皆さま方のことは、懇意にしている猿川師匠から、よくお聞きしておりますので、初めてお会いしたような気が致しません。どうかごゆるりとご逗留ください」

見世の左脇に隠された三和土《たたき》から、廊下伝いに奥へ通され、梅の木に松の老木を配した坪庭がある、閑静な奥座敷に通された。

案内してきた女中から、熱い煎茶を振る舞われ、ホッと一息入れていると、廊下伝いに現れた商家の主人から、親し気な口調で丁寧な挨拶を受けて、いつになく気落ちしていた洒楽斎は、すっかり恐縮してしまった。

「糸問屋の嘉右エ門《よしえもん》さんでしたな。先年は師範代の猿川が、いたくお世話になった上に、このたびは拙者と塾頭までが、お宿を借りることに相なって、まことに恐縮の至りでござる」

堅苦しい挨拶を返したので、仲介役の市之丞は思わず吹き出して、

「まあまあ、挨拶はそこまでにして、これからは、ざっくばらんにいきましょうや。あっしと御主人の嘉右エ門さんは、甲州道中で知り合った旅仲間ですが、親しく話してみると、根っからの芝居好きという奇特なお人で、以前あっしが、旅芝居を興行していたころから、猿川市之丞一座の追っかけをしていたという、いわば筋金入りの贔屓筋なんです」

するとと嘉右エ門も相好を崩して、

「先年は八劔《やつるぎ》神社の能舞台で、猿川先生に無理をお願いして、歌舞伎芝居を披露していただき、その夜はわたしども地元の芝居好きが集まって、至福の時を過ごすことが出来ました。皆さま方をお世話いたしますのも、ほんのお礼までのことですから、森と湖が豊かな諏訪の風光や、白い湯けむりが立ち上る、滑らかな湯質の温泉を、心ゆくまで楽しんでください」

これを聞いた洒楽斎の胸に、これまでは見えなかった闇を、わずかに照らしてくれる燭光《しょっこう》が見えた。

八劔神社の能舞台で、苦しまぎれの一人芝居を打ったと、全身が泥と垢で汚れ、汗だくになって旅から帰ってきた市之丞から聞いている。

酒楽斎の胸がときめいたのは、市之丞から聞いていた八劔神社の名が、思いがけないことに、嘉右エ門の口から出たからだった。

天然流道場の奥座敷で、諏訪に関連した記事を探して、趣味で蒐集してきた古文書を、手当たり次第に読み漁った中に、諏訪湖の御神渡《おみ》りに触れた一節があり、湖岸に鎮座する八劔神社には、数百年にわたる御神渡りの記録が、貴重な古文書として保存されていると、たった一行だけ記されていたことを思い出したのだ。

出処を明かさない新参者、上村逸馬の身元を確かめようと、甲州訛りを手掛かりに、駆け足で甲州街道を走り抜け、諏訪まで旅した市之丞や、甲州の津金村からみれば隣国の、諏訪に関する言い伝えを、古老たちから聞いて育った仙太郎が、おぼろげながら語ってくれた、諏訪湖から流れ出るただ一筋の大河、竜神の怒りが洪水をもたらす『あばれ天竜《てんりゅう》』の伝説を思い出し、酒楽斎はわずかに胸を躍らせた。

酒楽斎は性急に問いかけた。

「ところで、いま御主人が言われた八劔神社は、どこに鎮座しておられるのか」

話を中断されたことを恨みもせず、嘉右エ門はむしろ嬉しそうに応じた。

「すぐこの近くでございますよ。わたしは八劔さまの氏子総代ですので、いまの宮司さまとも親しく、わたしの頼みなら何でも聞いてもらえます」

嘉右エ門は商人《あきんど》の勘で、洒楽斎が何を望んでいるのか、一瞬で読み取ったらしかった。

「聞くところによると、八劔神社には数百年にわたる御神渡りの記録が、大切に保管されているそうですが、よそ者のわたしにも、それを見せてもらうことは出来ますかな」

諏訪藩の存続も危ぶまれた今回の騒動は、二之丸に屋敷を与えられている諏訪大助と、三之丸に本邸を構える千野兵庫に、藩政をめぐる確執があり、両者の見解の違いが藩士たちを二分して、熾烈な派閥争いに及んだと聞いている。

そうなれば、両派の争いは政見の違いに始まり、藩財政を捻出する方法の違いとなって、派閥間に熾烈な対立が生じたと見てよいだろう。

旧知の龍造寺主膳から招かれ、離縁された奥方福山どのが隠棲している、雑司ヶ谷の下屋敷を訪れた洒楽斎は、このままでは諏訪藩が廃絶されかねない騒動の大概を、主膳と御老女の初島から、かなり詳しく聞くことになったが、あのころは派閥争いのゆくえは混沌《こんとん》として、その原因にも、よく分からないことが多かった。

主膳との会談は深更《しんこう》に及んだ。

夜になって豪雨に襲われたので、御老女の初島に勧められて雑司ヶ谷の下屋敷に一泊したが、寝所に移っても主膳との話は尽きず、翌朝はからりと晴れ渡ったのに、明け方になってから眠りに就いた洒楽斎は、昼近くまで寝過ごしてしまった。

内藤新宿に戻った洒楽斎は、例によって道場の奥座敷で、師範代の市之丞、女師範代の乱菊、塾頭の仙太郎の顔ぶれを集め、昨夜の話をまとめてみようとしたが、どこか混沌としていてまとまらず、話を分かりやすくするために、枝葉末節を剪定《せんてい》して、時系列順に書き上げてみたことがある。

こうすれば分かりやすいですな、と甲賀忍びの市之丞は納得したようだが、書き落としたことがある、と洒楽斎はその直後から気付いていた。

二之丸派を率いる諏訪大助と、三之丸派に担がれた千野兵庫は、ある時は政権を握って藩政を主導し、あるいは失政の責任を取らされて、閉門蟄居を命じられることを繰り返してきた。

もし両派の争いが、藩財政に対する見解の違いにあるとしたら、政権の失脚と復権を、交互に繰り返してきた両派の争いには、そうなるべき要因があったはずだろう。

それは森と湖の精霊で、諏訪大明神の御正体《みしょうたい》と畏れ親しまれている龍神の『恩寵《おんちょう》と怒り』だ、と洒楽斎は思うようになっている。

つまり、年貢に頼る他はない領内の収益は、その年が豊作か凶作かによって、藩の財政も大きく左右される。

未曾有《みぞう》の凶作によって、年貢米の収奪が危うくなれば、行政を担当していた派閥の落度と見做されて、政権の担当者（筆頭家老）は失脚し、何の功績があるわけでもない対立する派閥に、政権を譲り渡すことになる。

諏訪藩の派閥争いと言っても、両派が対立した要因を辿れば、ただそれだけのことにすぎないのではないだろうか。

派閥争いで最大の犠牲となった、満身創痍の平八郎を山中の秘湯に預け、ほっと一息入れる暇もなく、諏訪信仰の聖地とされる下社の旧御射山や、上社から遥拝《ようはい》される聖なる山（洩矢《もりや》の磐座《いわくら》）、さらに諏訪湖の湿地帯に開拓された田畑や、八ヶ岳の山麓に点在する村々を廻って、不器用な口調で民意を聴き取ってきた。

お偉方の争いや政変などに関心はないが、そのお陰で暮らしが苦しくなるのは困る、という百姓たちの本音を知るにつれて、派閥の対立とは、諏訪湖の精霊（龍神）がもたらす『恩寵と怒り』の顕われなのではないか、と洒楽斎は思うようになっていた。

諏訪湖の漁が豊かで、水源が涸《か》れず、豊富な水が氾濫《はんらん》もせず、稲が稔り、畑が潤うのは、精霊（諏訪の神）の恩寵であり、森と湖の均衡を乱したり、精霊の地を侵したりすれば、たちまち龍神（湖に宿る精霊）の怒りに触れ、川は氾濫し、諏訪湖は満水となり、田畑は流され、街並みは川に変じて人家は水没する。

龍神の恩寵と怒りは誰に向けられているのか。

それは諏訪大明神の氏子たちに他ならない。

生き神さまの末裔と言われる殿さまも、諏訪藩の上級武士や下級武士も、そして繁華な街中や、僻村《へきそん》に生きる民百姓に至るまで、この地に生きるすべての民が、諏訪大明神の氏子であることに変わりはない。

では、諏訪大明神の氏子たちの中で、誰が龍神（諏訪大明神）の怒りに触れ、誰が恩寵を受けるのか。

それは誰にも分からない。

龍神の恩寵と怒りは、個々にもたらされることはなく、氏子たち全員に降りかかってくるからだ。

田畑で働く百姓たちや、諏訪湖の恵みを受ける漁師たち、山で働く杣人たちも、個々の善行悪行とは関わりなく、諏訪大明神（土地の精霊）の恩寵を受け、あるいは一様に怒りを受けたりする。

善人が恩寵を受け、悪人が怒りを受けるとは限らない。

恩寵であれ怒りであれ、すべての氏子たちが一律にそれを受けるので、誰が諏訪大明神（龍神）の恩寵を受け、誰が怒りを買ったのか、分からないまま災害はやってくる。

そのたびに政変が起こる。

年貢米の取れ高は、直接に藩財政へ反映されるからだ。

諏訪の藩士たちが、二之丸派と三之丸派に分かれて争ったり、筆頭家老の首がすげ変えられたりするのは、龍神の怒りを受けているからだ。

ちっぽけな人間どもがどう足掻いたところで、龍神が何を怒っているかを知らないかぎり、龍神の怒りを鎮めることは出来ないだろう。

しかし森と湖の精霊たちは、龍神の怒りによって、愚かしい道に迷わないよう、この地に生きる人々を諭しているのだ。

精霊の思いが少しでも叶えられたら、そのことを伝えるために恩寵をもたらす。

しかし人々が慢心して、愚かなる方向に逸れようとすれば、ふたたび龍神の怒りとなって天災をもたらす。

当然のことながら、政権は交代して、対立していた派閥に移る。

しかしそれは、失政を取り繕おうとする誤魔化しに過ぎず、龍神の諭しに沿うものではない。

わずかな恩寵に驕り高ぶって、堪りかねた精霊たちの怒りを招く。

その繰り返しが、諏訪藩の派閥争いを生んだのではないだろうか。

諏訪に滞在することで、洒楽斎はそんなことを思うようになった。

破天荒な妄想だ、と思われるかもしれない。

洒楽斎自身が、じつはそう思っている。

だから天然流の高弟たちにもまだ話してはいない。

この地に長く暮らしていれば、もう少し分かってくることもあるだろう、と思わないこともない。

しかし、数日間の滞在では短すぎる。

凶作と政変の関わりは、おのれの眼と耳や足だけでは確かめようがない。

八劔神社に秘蔵されている『御神渡り帳』と呼ばれる古文書の閲覧が、もし許されるなら、六百年という歳月を遡って、諏訪湖が全面氷結した日付けと寒暖の記録、御神渡りの有無と凶作との関わり、さらに諏訪湖の満干に関わる洪水の頻度、それらと関連する政権の交代を、この眼で確かめることが出来るだろう。

龍神の恩寵と怒りは、その古文書を読み解けば、知ることが出来るかもしれない。

そう思うと洒楽斎は、胸の高鳴りを抑えられず、

「急なお願いで畏れ入るが、嘉右ェ門さんが氏子総代をされておられるという、八劔神社が秘蔵している『御神渡り帳』を、是非とも見せていただきたいのだが」

強引に捻じ込んでみた。

「そうおっしゃるだろう、と思っておりましたよ。八劔神社の氏子総代、と申し上げた途端に、お客さまの眼があやしく輝きましたからな。よろしゅうございます。いつでも御用立ていたしますよ」

嘉右ェ門は馴染の顧客から、豪華な絹糸の注文でも受けたときのような、愛想のよい笑顔を浮かべている。

洒楽斎は年甲斐もなく、小躍りして喜ぶと、

「出来たら、今すぐにでもお願いしたい」

と身勝手なことを言い出した。

さすがの市之丞も呆れ果て、ひとり盛り上がっている洒楽斎に水を差した。

「先生。そいつはちょっと、図々しすぎやしませんかね。『御神渡り帳』を秘蔵している八劔神社は、殿さまの祈禱所にもなっているという、格式高いお宮ですよ。そう簡単に、伝来のお宝を拝観出来るはずのものじゃありますめえ。先生の要求は得手勝手で、向こうさまの都合を考えねえ、無茶な註文ってえもんですぜ」

しかし嘉右エ門は、相変わらず微笑を絶やさず、

「かまいませんよ、猿川先生。あたしのような商売人からすれば、何が書かれているのかも分からない。古色蒼然《こしょくそうぜん》とした帳面ですが、こちらの先生は、そこから何か違ったものを、読み取ろうとなさっておられるようだ。それで結構。ならば協力は惜しみませんよ」

ポンポンと手を拍って、古参の番頭を呼び、気の利いた手代に八劔神社の宮司へ連絡させると、

「すぐに参りましょう。色褪せた古文書を読むなら、明るいうちがよいでしょう。近ごろは日の没するのが早い。まして薄暗い土蔵の中で、蚯蚓《みみず》がのたくったような墨跡を、読み取ることなど出来ませんからな」

思いがけない展開に、むしろ戸惑っている洒楽斎を、嘉右エ門は逆に急き立てるようにして立ち上がった。

三

嘉右エ門に案内されて、小和田《こわた》の八劔神社を訪ねた洒楽斎は、思いがけないことに、

神主の正装をした宮司に出迎えられた。

氏子総代を務める嘉右エ門の裁量で、こっそりと覗かせてもらおうと思っていた洒楽斎は、ほんの思い付きで口にした要望が、大袈裟な結果になったことを悔やんだが、

「お客人が見たいと言われる『御神渡り帳』は、八劔神社の神宝に当たります。宮司さまのお祓いを受けなければ、拝見することは出来ませんよ」

嘉右エ門は宮司に向かって、深々とお辞儀をすると、いつになくたじろいでいる洒楽斎の背中を押した。

「嘉右エ門さんからの連絡で、御奇特な方と伺って、お待ちしておりました」

恐縮している洒楽斎のようすに、神主は笑い出したいのを我慢しているらしく、白木造りの笏《しゃく》を両手に捧げ、無理に表情を引き締めると、泰然として神前に進んだ。

宝物を納めた蔵の前で、神主は手にした幣《ぬさ》をユラユラと左右に振ると、荘重な声を響かして祝詞《のりと》をあげた。

「さあ入られよ」

いつまでも拝礼している洒楽斎を、もどかしそうに促すと、神主は漆喰《しっくい》を塗り籠めた重そうな引き戸を開けた。

社宝が納められた蔵には、漆黒の闇が広がっている。

わずかな明かりもない闇の中で、黴くさい古文書など読めるはずはなかった。

むろん火気は禁じられている。

酒楽斎が躊躇していると、

「しばし待たれよ」

神主は先に立って蔵の中に入り、慣れた足取りで暗闇の中を進むと、やがてガラガラと引き戸を開ける音がして、その瞬間、暗闇に慣れた酒楽斎の眼底に、弾けるような白光が襲いかかった。

酒楽斎が眩しそうに眼を細めると、

「たとえ闇であれ光であれ、いずれであろうとも眼が慣れたら、物の形はおのずから見えてくるものなのです」

分かりきったことを言っているように聞こえるが、受け取りようによっては含みのある言葉だった。

一面識もなかった酒楽斎に、神主は何を伝えようとしているのだろうか。

「闇に閉ざされたこの蔵から、『御神渡り帳』を持ち出すことは出来ません。しかし幸いなことに、まだ日没までには間があります」

堅苦しく見えた神主は、薄闇の中で親し気な笑顔を見せた。

「なにも好き好んで、暗いところに居ることはありませんよ。出来るだけ窓辺の明るみに近づいて、読みたい書き物を心ゆくまで読まれるがよい。物の形が分からなくなるような、深い闇に閉ざされてしまわないうちに、先人たちが書き残した貴重な書籍を、出来るだけ読んでおくことですな」

神主から勧められるまま、洒楽斎は上蓋が変色している桐箱を開いて、紙縒《こよ》りで綴じられた『御神渡り帳』を取り出した。

古文書の扱いには慣れている。

ときどき虫干しされているらしく、紙魚《しみ》に食われた跡もなく、いまだに香りが残っている墨色も鮮明で、流れるような筆跡も、思っていたよりは鮮やかだった。

とりあえず最近の記録を探してみると、安永《あんえい》八年と記した文字が眼に入った。

確かその年には、八年も続いた諏訪大助の独裁政権が揺らぎ始め、その翌年には家老職を召し上げられ、はっきりとした理由もないままに、蟄居閉門を命じられている。

失速した大助に代わって、八年という歳月を、頑なに閉門蟄居していた千野兵庫が、筆頭家老に返り咲いて、これまで藩政から外されていた三之丸派が、にわかに勢いを得て盛り返すなど、諏訪藩の派閥争いが激化する、波乱の幕開けを告げた年だった。

まだ筆跡の新しい『御神渡り帳』には、

壱ノ御神渡り　衣《ころも》ヶ崎の渡川《わたりがわ》東土手より御座
二ノ御神渡り　ゑりが崎の内赤沼川土手崎より御座
壱ノ御上がり　竹花の内海道替道より十間ほど東の方
二ノ御上がり　竹花内立石舟戸より三間ほど東方
佐久ノ御渡り　濱澤洲崎《はまざわすざき》より三つ釜三間ほど東の方、先は北南真志野《まじの》の間

と記されていて、その左には見届け人の代表として、諏訪湖を挟んだ南北に姓を持たない四人の連署があり、

北は、平左衛門《へいざえもん》、庄太郎《しようたろう》
南は、助五郎、市之亟《いちのじよう》
拝、と記されている。

衣ヶ崎、ゑりが崎、竹花、濱澤、真志野は、いずれも諏訪湖沿岸の地名だろう。
北とは諏訪大明神下社の春宮《はるみや》と秋宮《あきみや》を指し、南とは上社の本宮《ほんぐう》と前宮《まえみや》のことだろう。

諏訪の明神さまは、諏訪湖を挟んで南北に二社ずつ、併せて四ヵ所の拝殿を構えているが、南方に祭られているのは建御名方とされる男神、諏訪湖の北方に祭られているのは、八坂刀売《やさかとめ》と言われる女神と伝えられている。

男女二柱の神は、相思相愛の夫婦だが、諏訪湖に遮られて日頃は逢うことが叶わない。

全面結氷した湖面の上を、男神が女神のもとへ渡られると、諏訪湖に張りつめた厚い氷が、大音響と共に炸裂《さくれつ》し、割れた氷の破片が、鋭い切っ先を揃えた刀身を、無数に連《つら》ねた形で盛りあがるという。

神々が逢引きする通路、と伝えられている御神渡りは、厚い氷の裂け目が盛り上がり、氷結した諏訪湖を南北に縦断して、あたかも巨大な龍神が、這った跡ではないかと思われるような、ジグザグ模様を描くという。

男神が住む南岸を御座と呼び、氷湖を渡って北岸の女神を訪ねることを御上がりという。

御神渡りがあった早朝には、諏訪湖の岸辺に住む諏訪明神の氏子たちが、神が渡った通り道と、踏み割って出来た巨大な足跡を記録している。

安永八年に御神渡りを拝した、平左衛門や庄太郎、それに助五郎と市之亟は、『御神渡り帳』に名を残しているが、諏訪湖の沿岸に暮らす名もなき百姓たちであろう。

龍神の足跡を拝し、その年の吉凶を占って百姓仕事の指針とする。

それを欠かさず記録に残すという、地味で粘り強い、世代を超えた忍耐が、諏訪大明神を信奉する名もなき氏子たちによって、数百年にわたって受け継がれてきたのだ。

御神渡りの記録、という神事に類する行為が、特権を持つ神官や領主が占有する秘密めかした神事ではなく、広く一般に行きわたっていたことが、天然流の洒楽斎を喜ばせた。

しかし、洒楽斎が八劔神社を訪れて、知りたいと思っていたのはそのことではない。

諏訪中を歩きまわったといっても、洒楽斎が滞在したのはわずか数日のことで、この土地の複雑な歴史や地形が分かるはずはない。

聞きなれない土地の名もうろ覚えだし、さらにその地のことまでを、まともに摑んでいるとは言い難かった。

しかし洒楽斎にしてみれば、内藤新宿で起こった「投げ込み寺門前の美女殺し一件」以来、すなわち安永九年から、逃れようとしても逃れようがなく、あたかもそうなるのが運命であったかのように、折あるごとに諏訪藩の騒動と関わりを持たされてきた。

そうなったのは、二之丸派の渡邊助左衛門が画策した、庶長子軍次郎君の毒殺未遂、あるいは呪い人形を使った呪殺事件だった。

そこから始まった奥方（福山どの）離縁騒ぎ、君側の奸と言われた渡邊助左衛門と、女ながらに渡り合ってきた奥方付きの御老女初島。

奥女中に化けて、諏訪藩邸に潜入した乱菊は、嫌でも江戸屋敷の内部争いに巻き込まれて、残忍な殺し屋との対決を迫られる。

佞臣の讒言によって、殿さま（忠厚）から離縁され、諏訪藩邸を退去する奥方さまの行列に、最後まで付き添った乱菊を、骸骨のような顔をした残忍な殺し屋、鬼刻斎が狙っていると知らされた洒楽斎は、奥女中だけの供備えで、魑魅魍魎《ちみもうりよう》が跋扈《ばつこ》する暗闇坂を越えなければならない奥方の行列を守ろうと、乱戦を覚悟して鎖帷子を着込み、師範代の猿川市之丞を引き連れて、芝金杉にある諏訪藩邸まで走った。

そこへ塾頭の津金仙太郎も駆け付けたので、天然流道場の高弟たちは、全員が顔を揃えたことになる。

暗闇坂で待ち伏せていた暗殺者、生と死の境界をさ迷っている鬼刻斎の襲撃を、身に寸鉄《すんてつ》も着けない乱菊が、乱舞の秘技「胡蝶《こちよう》の舞」で退けたが、胸元に添えた厚い銅《どう》鏡《きよう》に、鬼刻斎が放った渾身《こんしん》の一撃を受け、仰向けざまに跳ね飛ばされて失神した。

遅れてその場に駆け付けた、新弟子の上村逸馬が、逃げ去ろうとする鬼刻斎と斬り合って、「投げ込み寺門前の美女殺し一件」として、内藤新宿では知らない者がない、迷宮入り寸前の殺人事件の真犯人を討ち取り、不気味な暗殺者から斬殺された逸馬の美しい姉、身寄りがいないと見做されて、新宿女郎たちの合同墓に投げ込まれた、可哀そうな姉実香瑠の敵《かたき》を討った。

不敗の剣を会得しようと、逸馬は強引に天然流道場へ弟子入りしたが、塾長の仙太郎から、そんなものはこの世にない、と撥ねつけられても諦めず、気まぐれな塾長がめったに現れない道場に、毎日欠かさず通い詰めたが、不敗の剣を身につけたわけではない。

そんな逸馬が、この世と地獄の境界を彷徨う殺し屋に、尋常に立ち合って勝てるはずはなかった。

逸馬が鬼刻斎を討つことが出来たのは、逃げる鬼刻斎に浴びせた仙太郎の一閃《いっせん》で、殺し屋が致命傷を負っていたからだ。

その一件を境にして、天然流の高弟たちは、知らず知らず諏訪藩の、家督争いに巻き込まれてゆく。

蟄居閉門の禁を破って、出府してきた罷免《ひめん》中の元家老、千野兵庫の知恵袋として、天龍道人と名乗る旅の絵師が、三之丸派の黒幕になっていた。

その男は若き日の洒楽斎（鮎川数馬）と親しくしていた朋友で、「騒動の陰に龍造寺主膳あり」と言われ、幕府の威信を揺るがしかねない宝暦事件や明和《めいわ》事件にも、裏方として関わってきた策謀家だった。

雑司ヶ谷の福山藩下屋敷に隠棲している奥方さまと御老女の初島は、奥女中の掬水（正体不明の女忍び）と共に、生《な》さぬ仲ながら愛育してきた軍次郎君が、諏訪藩の家督を継ぐことを願い、奥方さまと親しかった千野兵庫を頼りにしているらしかった。

逸馬の姉実香瑠が、千野兵庫の蹶起を促す密使となり、後を追ってきた殺し屋に、内藤新宿で斬殺されたのも、そうした一連の流れと無縁ではない。

雑司ヶ谷の別邸に、掬水を通して招待された洒楽斎は、そこに待ち受けていた龍造寺主膳と御老女から、複雑に入り組んだ諏訪騒動の顚末《てんまつ》を、さらに詳しく聞くことになる。

そこまでの洒楽斎は、右にも左にも偏らず、おのれを持することに忠実だった。

しかしそれはあくまでも洒楽斎の主観で、対立する両派から見れば、邪魔者か味方かという、どちらかの偏りしかなかったはずだ。

洒楽斎と高弟たちによる陰の働きで、三之丸派は江戸藩邸の主導権を奪還し、あたかも迷宮のように複雑に絡みあっていた諏訪騒動も、土壇場のところで一件落着となったが、切羽詰まった事態を見かねて一方に手を貸し、結果として派閥争いに巻き込まれてしまったことで、洒楽斎にはどこか釈然としない思いが残っている。

それは江戸屋敷の争いだけを見て、国元の事情に無知だったからだろう。

十余年にわたって続いてきた派閥争いが、あっさりと決着がついた背景には、何があったのだろうか。

国元の動きと江戸屋敷の策動が繋がる線は、何処にあったのか。

それを知ろうとして、用心棒に塾頭の津金仙太郎を引き連れて、洒楽斎はわざわざ諏訪まで乗り込んで来たわけだ。

市之丞に言わせれば、物好きにも程がある、よけいなお世話かもしれなかった。

『御神渡り帳』を読めば、その辺の繋がりも判明するに違いない、と洒楽斎は思っている。

めまぐるしく政権が入れ代わり、派閥争いが熾烈化していったこの時期に、『御神渡り帳』の記載には、何がどのように記されているのか。

いまだに釈然としない洒楽斎の思いは、それを読めば収まるところに収まってくれるのかどうか。

酒楽斎は期待を込めて、八劔神社で門外不出となっている、安永八年と記された『御神渡り帳』を開いた。

四

「それで、どうでした。八劔神社の『御神渡り帳』には、先生が考えておられたようなことが、ちゃんと書かれていたんですかい」

糸問屋の奥座敷で、ジリジリしながら待っていた市之丞は、帰ってきた酒楽斎の顔を見るなり、性急に問いかけてきた。

陽はすでに落ちて、夕闇が上諏訪の宿場町を薄墨色《うすずみいろ》に染めている。

火の気を禁じられた宝蔵《ほうぞう》の中で、古文書などを読めるはずはない。

そんな薄暗い土蔵の中で、遅くまで何をしていたのか、という心配や不満が、市之丞にはあったのだろう。

「慌てるでない。まずはお茶でも貰おうか」

薄暗い土蔵に籠って、秘蔵の古文書を読んでいた酒楽斎は、さすがに疲れていた。

陽が傾いた薄暗闇の中で、細かな文字を判読してきたので、神経が疲れて喉元が渇き、喋ろうとしても満足な声は出ない。

無遠慮な市之丞から、先生も歳を取ったものですな、と言って揶揄われるのも癪だった。

酒楽斎は無言のまま、床の間を背にした席に着いた。

暗くなった室内には行燈が灯されている。

薄暗い土蔵の中で、すっかり冷えきっていた身体に、手桶に盛られた燠の暖気が心地よい。

櫟の根を刳《く》り抜いた火鉢には、小ぶりな鉄瓶が置かれ、シュンシュンと湯気を立てて熱湯が沸いている。

「お疲れなら、まずは熱い白湯がよいでしょう」

いつもなら動かない仙太郎が、今夜は素早く席を立って、小ぶりの湯呑に沸きたての湯を注いで、疲れ切った顔をしている酒楽斎の前に置いた。

酒楽斎は温まった湯呑を、冷えた両手で包み込んで、

「やはり、わしが思っていたとおりであった」

ゆっくりと熱い湯を飲み干してから、おもむろに口を開いた。

「二之丸派と三之丸派の抗争と言っても、諏訪大助にしても千野兵庫にしても、失脚

の理由は明瞭でなかった。沙汰書には、諸事不届きにつき、としか書かれていないらしい。しかし『御神渡り帳』を調べると、政変があった年とその前年は、決まって諏訪湖が満水となって、田畑が流されたり、城下の街が冠水して、連年にわたる凶作に襲われている」

洒楽斎は『御神渡り帳』を調べただけでなく、八劔神社の宝蔵を開いてくれた宮司からも、地元のようすを聞き出してきたらしい。

「諏訪湖は四辺を高い山々に囲まれた、巨大な水瓶のようなものだと宮司は言う。諏訪湖に流れ込む川は数多くあるが、巨大な水瓶から流れ出るのは、ただ一本の天竜川だけだ。四辺の山々を水源にして、網の目のように絡み合って平地を流れる川は、湖畔に広がる田圃を潤し、巨大な水瓶には魚介も豊かで、諏訪の人々は水の恵みによって安穏と暮らしているが、これは諏訪大明神として祭られた、土地の精霊（龍神）から与えられた恩寵で、住民がそれを忘れたら、龍神の怒りを買い、河川の水害や諏訪湖の満水に苦しめられる。これが藩の財政に響いているのではないか、と八劔神社の宮司は言っている」

洒楽斎はさらに続けた。

「諏訪湖の満水で街並みが水没したり、広大な裾野を持つ八ヶ岳や蓼科山、霧ヶ峰に水源をもつ、上川《かみがわ》や宮川《みやがわ》や砥川が氾濫して、河川の下流に拓かれた田畑を押し流し、その年の収穫がふいになって、年貢の取り立てが困難になる。そのため藩財政が逼迫《ひっぱく》すると、質素に暮らしている藩士たちから、借り上げをして急場をしのぐ。これは実質の減俸処分で、かつかつで暮らしてきた下級武士たちは　そのため貧窮に苦しんでいるという」

糸問屋の嘉右エ門から、八劔神社を紹介されてよかった、と市之丞は思った。

なにしろ八劔神社は、諏訪藩主の祈禱所なのだから、巷の噂より信憑性が高いだろう。

先生も中々やるものだ、乱菊さんが心配するほどのことはなかったのに、と市之丞は安心している。

「国元の事情を知らない江戸屋敷では、諸物価の高騰を理由に経費の増額を督促する。凶作の年には、国元でどれほど財政を切り詰めても、江戸屋敷の要望に応じられなくなる。そのため殿さまの怒りを買って、国元の首脳部は信頼を失う。連年の凶作が続くと、政権を担当していた筆頭家老は、藩財政の逼迫に対処出来なかったと、責任を問われて解任されるのだ」

酒楽斎の話が途切れるのを待って、

「酷い話ですね」

仙太郎が合いの手を入れた。

「たぶん領民には、その辺の事情は知らされておりませんよ」

市之丞が皮肉っぽい口調で言った。

「しかし、誰もが分かっていることだ」

洒楽斎は説明を続けた。

田畑が濁流に流されると、水に浸かった稲は実らずして枯れ腐り、豪雨が続いて陽が射さなければ野菜は育たず、根菜類も土中で腐り、湖面では荒波が暴れて漁も出来ない。

凶作によって困窮するのは、生産に携わっている百姓たちなのだ。

そのため年貢を納めることが出来ず、潰れてゆく百姓たちも少なくはない。

逃散《ちょうさん》は禁じられているので、大っぴらには出来ないが、日銭を求めて江戸へ出稼ぎに行き、そのまま帰らない者もいるという。

潰れ百姓が出れば税収は減り、結果として藩の財政は逼迫する。

凶作の原因は諏訪湖の満水にあって、人の手によるものではないが、藩としては責任を取る者が必要になる。

失政の理由は、実際とは別なところに求められ、諸事において不届きにつき、という曖昧な理由によって、重職にあった藩士たちが処分されてきたのだろう。

「でも領民たちには、藩の財政事情など、知らされてはおりませんよ」

市之丞はなおも食い下がった。

藩財政が苦しいのは、江戸屋敷の経費が、年ごとに増えているからだ。

藩政を握った筆頭家老は、江戸屋敷の出費をどう埋め合わすかに頭を悩まし、その方策を探して翻弄される。

しかし領国の税収には限界があって、それ以上の出費をどう処理するかは、時の政権を担当する執政たちの裁量次第ということになる。

「藩財政の逼迫について、藩政を合議する用人部屋で議論されたことはないのですか」

世事にうとい仙太郎が、純朴な小児のような質問をした。

「これは主膳から聞いた話だが、殿さまの臨席がなくなってから、用人部屋は家老の諮問機関となり、形の上での会議はあっても、議論らしい議論はないらしい。藩財政の逼迫となると、知っていても知らぬふりをして、のらりくらりとやり過ごしてきたのだという」

初代藩主頼水の正系は四代の忠虎《ただとら》で絶え、婿養子として迎えた忠林《ただとき》のときから、用人部屋での臨席は稀になり、六代藩主となった忠厚は、病弱を理由に江戸屋敷から離れず、藩政を合議する用人部屋さえ知らなかった。

忠厚が六代藩主となった明和年間、筆頭家老を務めていた千野兵庫は、新役所を立ち上げて税制の改革を試みたが、これが貧農層には評判が悪く、城下の商人たちの抵抗も強かったという。

納税を米穀から金納に改め、米納する百姓と藩の勘定方の双方から利ザヤを稼いでいた中間搾取を廃して、逼迫した藩財政を埋めようとしたのだが、金には縁のない貧困層の反発を買い、利ザヤを取れなくなった穀物商たちは、あの手この手を使って抵抗する。

次席家老の諏訪大助が、大目付の小喜多治右衛門に命じて、村々から集約した民の声では、千野兵庫が推し進めてきた新役所の評判は最悪だった。

出府した諏訪大助の報告を受け、納税に苦しむ民の声と、派閥争いによる国元の混乱に、忠厚は激怒して新役所の閉鎖を命じ、領民に評判が悪い現行の政権を交代させた。

千野兵庫は君命によって失脚し、代わって筆頭家老になった諏訪大助の政権が、その後は八年間にわたって続くことになる。

これを聞いた仙太郎は、落ち着いた声で洒楽斎に言った。

「先生の言われることを、このあいだのように書き抜いてみたら如何でしょうか」

洒楽斎もそう思って、薄暗くなった八劔神社の宝蔵で、諏訪湖が増水して、災害を起こした年の年号を、手早く懐紙に書き抜いてきたのだ。

これは諏訪藩の機密に類する秘事だから、当然のことながら他聞を憚る。

まして領内においては禁断の書だ。

五

宝蔵が深い闇に覆われ、室内で文字が読めなくなってからも、洒楽斎は暗闇の中に残って、古記録から読み取った記録を、忘れないうちに書き抜いてきた。

糸問屋の奥座敷に帰るのが、市之丞が気を揉むほど遅くなったのはそのためだ。

「八劔神社の宮司さまから、暗闇の中で何をしていたのか、不審なことを咎められなかったのですか」

藩の中枢に繋がる宮司から疑われることを懸念して、仙太郎は慎重に尋ねた。

よそ者が来て藩の機密を探っている、などと宮司から訴えられたら、密殺されることも覚悟しなければなるまい。

洒楽斎は屈託なく笑って、

「あの宮司とは、話しているうちに意気投合して、さすがに剣術使いは修行が違う。心頭滅却《しんとうめっきゃく》すれば、闇の中でも文書が読めるのですね、などと冗談を言い合う仲になっておる」

仙太郎はホッとしたように、

「たぶん八劔神社の宮司さまは、先生の人柄と知識を知って、六百余年にわたって書き継がれてきた『御神渡り帳』を、よそ者の眼で読み解き、諏訪湖の精霊（龍神）を蘇らせてくれることを、期待しておられるのかもしれませんね」

一度も会ったことのない、八劔宮司の思い入れを、代弁するようなことを言う。

「そういえばあの宮司は、闇があまり深くならないうちに、先人が書き遺した文書を出来るだけ読んでおくことだ、などと忠言めいたことを口にしていたな」

それを聞いた仙太郎は、嬉しそうな微笑を浮かべた。

「たぶんそうなったのは、芝居好きな糸問屋の旦那が、以前からの贔屓役者という市之丞さんから先生のことを聞いていたので、八劔神社の宮司さまに事情を伝えて、古文書好きな先生のために便宜を図ってくれたのですよ」

酒楽斎は真面目な顔をして、

「しかし、宮司の言葉を深読みすると、かなり怖ろしいことを言っていたような気がする。これから暗闇の世が訪れて、いまある書物が滅びてしまう前に、読めるだけの書籍を読んでおくがよい、光のあるうちに光の下《もと》を歩め、と忠告されたような気がするのだ。心ある者に向けた悲痛な警告、とも受け取れたが」

仙太郎と市之丞もそれに同感して、

「そうかもしれません。こんなときに乱菊さんがいたら、さらに先読みをしてもらえるんですがね」

いつもの顔ぶれが揃って欲しい、とあらためて思ったらしかった。

酒楽斎もその思いを受けて、

「乱菊のような先読みは出来ぬが、わしが宝蔵の暗闇で、要点だけ書き取ってきた走り書きを、以前のように、時系列にまとめ直してみようか」

酒楽斎は懐紙を取り出して、いつも携帯している矢立《やたて》の筆先を湿らせるため、舌先を尖らせてペロリと嘗《な》めた。

するとそのとき、縁側に跪いた小奇麗な女中が、

「ご夕食の用意が出来ました」

と言って御馳走を盛りつけた膳を運んできた。

膳の数は四つ。

客は洒楽斎と仙太郎、それに市之丞の三人だから、膳の数はひとつ多い。

怪訝に思った三人が、互いの顔を見つめ合っているところへ、

「御懸念には及びません。それはわたしの食膳です」

音もなく明かり障子が開いて、にこやかな笑みを浮かべた嘉右ェ門が、遠慮がちに小腰を屈めながら、客人たちが揃った奥座敷に入ってきた。

六

座に着いた嘉右ェ門は愛想よく言った。

「先生が八剱神社でお勉強しているあいだに、あたしはお先に失礼して宿へ戻り、退屈そうにしていた市之丞師匠から、芝居小屋の裏話などを伺っていたのです。師匠の話が面白くて、是非その先をお聞きしたい、どうせなら、皆さん方と御一緒に晩餐を頂こう、と思い直して押しかけてきたわけです。御迷惑でしょうか」

これからというときになって、大きに迷惑だと洒楽斎は思ったが、世話になっている身では苦情も言えず、

「御主人のお心遣い、痛み入ったる次第です」

慇懃な口調でお世辞を述べた。

すると市之丞は、気を落とした洒楽斎に気を遣って、

「いま先生は疲れておられる。よけいな気遣いは無用に願いたい」

と言って冷たく突き放したが、

「せっかくのご厚意を、無にするような言い方は慎むがよい」

かえって洒楽斎から叱られて、ムッとしたように黙り込んでしまった。

「まあまあ、あたしも商売人でございます。押し時と引き際は、心得ているつもりです。どうか気になさらずに」

嘉右エ門が仲裁に入ったので、一応は和やかな晩餐会が始まった。

熱燗徳利を、交互に傾け合って乾杯し、出された料理を楽しんでいたが、

「ところでお江戸では、どんな芝居が流行《はや》っているんでしょうか」

嘉右エ門の関心は、商売の他には芝居だけしかないようで、洒楽斎が留守のあいだ、市之丞と厭きるほど話したはずなのに、また性懲りもなく芝居の話を振ってきた。

市之丞は露骨に不機嫌な顔をして、

「せっかくですが、嘉右エ門さん。あっしは旅芝居をやめてから、歌舞伎やら小唄とは縁が遠くなりましてな。どんな芝居が当たりを取っているのやら、何も知らねえと言っていい。いんや、知らねえというよりも、その方面にはすっかり興味がなくなって、まるで無頓着になっている、と言うべきでしょうな。いまのあっしが気を揉んでいるのは、少し前まで赤字続きになっていた、道場経営のことなんです。天然流の師範代とは名ばかりで、剣術よりも今日と明日のやり繰りに、身を粉にしているというわけです」

取りつく島もないような、けんもほろろな言い分だが、市之丞の愚痴っぽい口調には、多分に洒楽斎への面当てがある。

道場経営が赤字、と言うのは嘘でないにしても、決算期になれば、仙太郎が素知らぬ顔をして穴埋めしているし、金は一代名は末代と、気っ風の良さで評判の札差、浅草の蔵前に大店を構えている尾張屋吉右衛門が、洒楽斎の創始した天然流に共鳴して、金で済むようなことでしたらと、困ったときには援助を惜しまない。

赤字が続いていた天然流道場が、潰れることもなく続いているのは、黙って援護してくれる人たちが、あちらこちらにいるからだが、師範代を名乗っている市之丞としては、出来たら赤字など出したくはなかった。
しゃらくさい、と世俗の習わしを嘲笑《あざわら》い、俗世とは無縁な生を送ってきた洒楽斎は、この世にはまだまだ善意や知性という、人が人らしく生きる場所があることを、世代を越えて伝えたいと、寝ぼけた夢のような思いを、無理を承知で押し通してきた愚鈍な男だった。
利害得失とは縁のない生き方を、選ばざるを得なかったのもそのためだし、使い捨てにされる下級武士、上村逸馬と牧野平八郎を救おうと、諏訪藩の騒動に巻き込まれてしまったのも、天然流を標榜している洒楽斎としては、避けて通れない道であったと言えるだろう。

愛想笑いを浮かべた嘉右エ門も、間《ま》が悪そうな顔をして黙り込んだ。

すると気まずい沈黙を破るかのように、

「わたしには、芝居のことは何も分かりませんが」

出された料理を喜んで、鯉《こい》の味噌煮や山菜の天婦羅に舌鼓《したつづみ》を打っていた仙太郎が、嘉右エ門の芝居話に割り込んできた。

気まずそうな嘉右エ門を見るに見かねて、湿りがちになった宴席を、盛り上げようと思ったらしい。

「諏訪の名酒に酩酊して、下戸《げこ》のわたしもいい気分になりました。どうでしょう。いっそのこと酔った勢いを借りて、それぞれの得意芸を披露されては」

　すると嘉右エ門はすぐ乗ってきて、

「さようでござりますな。お近づきのしるしに、是非とも拝見させていただきたいものですな。芸を披露する順番は、くじ引きということに致しませんか」

　すると洒楽斎が、

「よかろう」

　と機嫌よく頷いて、八劔神社から帰って初めて、ホッとしたような笑顔を見せた。

　洒楽斎の笑顔に乗せられて、湿りがちだった宴席も盛り上がった。

「ただのくじ引きでは面白くねえ。盃投げで決めようじゃねえですかい」

　市之丞の提案に、それは面白い、と衆望は一致して、盃投げをすることになった。

　しかしそれは酔っぱらいの惰性で、飲んだ勢いで面白いと応じたに過ぎず、宴席での盃投げは、児戯《じぎ》にも等しい単純な遊びにすぎない。

「じゃあ、言い出しっぺのあっしから」

　市之丞は飲みかけの酒盃を、器用な手つきで宙に投げ上げた。

　この単純な遊びは、投げた高さを自慢するのではなく、落下した酒盃をどう受け止めるかで勝負は決まる。

市之丞の巧妙な投げ方で、酒盃は独楽《こま》より速く回転して、盃の底に残っていたわずかな酒を、渦巻く霧のように撒き散らして、天井すれすれまで舞い上がった。

しばらく空中に浮遊していたが、やがて回転を失って落下した盃は、吸い込まれるようにして市之丞の掌《てのひら》に戻った。

「これを名付けて酒飛沫《さけしぶき》。しばしのあいだ、名酒の香りを堪能《たんのう》あれ」

市之丞は得意げな顔をして大袈裟な見得《みえ》を切り、旅役者に戻ったかのように、ギョロリと眼玉をむき出した大仰な表情で、芝居好きの嘉右エ門を喜ばせた。

悦《えつ》に入った嘉右エ門が、腰を浮かせてパチパチと熱烈な拍手を送ると、釣られて洒楽斎と仙太郎も、いいぞいいぞと囃し立てた。

活気づいた室内には、ほんのりとした酒の香りが漂い、霧のような薫香《くんこう》が室内に満ちて、深く霧を吸い込んだ者を、あたかも夢幻に遊ぶかのような、陶然《とうぜん》とした気分に誘った。

市之丞が天井に向けて投げ上げた酒盃は、凄まじい勢いで回転したので、空中に撒き散らされた名酒が噴霧状になって、いつまでも空中に舞い漂っていたからだ。

「お次ぎは先生の番ですぜ」

先に盃投げの芸を見せた市之丞は、当然のように洒楽斎を指名した。

「わしはお座敷遊びなどしたことはないが」

洒楽斎はしばらく思案すると、一息に飲み干した酒盃を、光の届かない天井めがけて投げつけた。

投げ上げた酒盃には、市之丞のような回転を加えてはいない。

酒盃は天井板に激突して粉々に砕け散った。

バラバラと落ちて来た酒盃の破片を、洒楽斎は目にも留まらぬ早業で、左右に伸ばした指先で摘まみ取り、砕け散った酒盃の一片も、畳に落とすことはなかった。

まだまだ老いていない、ということを、津金仙太郎と猿川市之丞に、見せつけたつもりかもしれなかった。

「さあさあ、お立会い。砕け散った酒盃の破片が、座敷のどこかにこぼれ落ちているかどうか、その眼でしかと確かめてもらいたい。もし一片でも落ちていたら、わしの負けと認めてよい」

どこでどう覚えたのか、傀儡師《くぐつし》じみた口上《こうじょう》を述べたのは、自制心を麻痺させるほどに、洒楽斎が酔っぱらっていた証拠だろう。

芸を披露した洒楽斎は、以前のような元気を取り戻し、

「次はわしが指名する番だが、そろそろ嘉右エ門さんがやられてはどうかな」

しょげ気味だった嘉右エ門に、花を持たせるつもりで誘ったらしい。

七

誘われた嘉右エ門は恐縮して、

「みなさん方の隠し芸、いずれも面白く拝見いたしました。無芸無能なわたしなどが、足元に及ぶものではございません。どうか勘弁してください」

両手を盾にして拒むのを、洒楽斎は酔った勢いで詰めよって、

「これは児戯にも似たお座敷芸。誘われたら断わらないのが、遊び心というものではないのかな」

市之丞がハラハラするような、得手勝手なことを言い出した。

嘉右エ門も、さすがに覚悟を決めたようで、

「わたしには、芸と言うほどの芸はございませんが、是非にと言われるなら、芸らしきことを手伝ってもらう相方が必要なのです。ここに呼び寄せてもよろしゅうございますか」

市之丞は喜んで、

「いいでしょう。遊びの相方がおられるとは羨ましい。この席にはどうも色気が足りねえと思っていましたよ。嘉右エ門さんの相方となると、さぞかし美しいお女中でしょうな」

嘉右エ門が披露する手の内を見抜いているような言い方をした。

「それでは失礼して」

嘉右エ門が腰を浮かしてポンポンと手を拍つと、スルスルと明かり障子が開けられて、先ほど膳を運んできた、小奇麗な女中が跪いている。

「また手伝ってもらいたい。さあ、いつものようにして、好きなところに立ちなさい」

小奇麗な女中は、相方を務めることに慣れているらしく、言われるままに座敷へ入ると、わずかに笑みを浮かべて、黒檀《こくたん》の床柱《とこばしら》を背にして立った。

顔も姿も見栄えする娘だった。

小娘が選んだ場所は、市之丞の真横だった。

うんうんと頷いた嘉右エ門は、座っていた席を離れて、若い娘から数歩離れたところに立った。

「わたしが投げる酒盃は、ひとつだけではありません。さいわいここに、替えの酒盃が五枚残っております。この娘に向かって五枚の酒盃を投げますが、なんせ的《まと》になるのは生身の娘です。何かに怯えたり驚くかして、この娘がちょっとでも身体を動かせば、せっかく載せた盃までが落ちてしまいます。五枚の酒盃が残らず載ってくれるかどうか。うまくいきましたらお慰み」

嘉右エ門は娘から数歩ほど離れた所に立っている。

座布団に座ったままの姿勢で、娘に向かって盃を投げる自信はないらしい。

「それでは始めますよ」

嘉右エ門が声をかけると、娘は立ったまま両腕を広げた。

左右の掌を上に向けて広げているから、嘉右エ門は投げた酒盃を、娘の両手に載せるつもりらしい。

この程度の距離から、娘の両手に盃を乗せるのは、誰がやろうと難しいことではない。

糸問屋を営む大店の主人たる者が、何の芸もない、よくある平凡な盃投げをするつもりか。

「ひとぅつ」

ゆっくりと声をかけて、嘉右エ門は一つ目の盃を投げた。

手を離れた酒盃は、薄闇の中をふんわりと飛んで、豊かに結い上げた島田髷に載った。

「娘さん。少しでも動いたら盃が落ちますぜ。そうなれば御主人の負けになる」

市之丞が揶揄い半分に冷やかした。

娘はにっこりと笑って、意味ありげな流し眼を使い、市之丞の顔をまともに見た。

「ほほう」

酒楽斎は思わず頷いた。

市之丞は旅役者をしていたころ、江戸一番の色男と自称していたが、あれから数年を経たいまも、若い娘を惹き付ける、男の色気を失ってはいないらしい。

「ふたぁつ」

とおどけた声をかけて、嘉右エ門の投げた盃は、ふんわりと浮くようにして、笑みを浮かべた娘の右手に載った。

酒楽斎の鋭敏な眼は、嘉右エ門の投げた二枚目の盃が、わずかに軌道から逸れて、娘の手に載らなかったことを見逃さなかった。

右手に載ったように見えたのは、娘の手が素早く動いて、逸れてしまった盃をつかみ取ったからだった。

これは嘉右エ門の芸ではなく、娘の早業に頼った見世物だと思ったが、洒楽斎は野暮なことを言わず、素知らぬ顔をして見物している。

洒楽斎が見破った盃投げの詐術《さじゅつ》を、高弟の仙太郎や市之丞が気付かないはずはない。しかし二人とも師匠に倣って、知らぬ顔を装ったまま、嘉右エ門の芸というよりも、小奇麗な娘の隠し芸を、楽しんでいるようだった。

もしこれが、裕福な旦那たち相手の余興なら、嘉右エ門が巧《たくら》んだ小細工を見破る者などいないだろう。

小娘の手際はあまりにも鮮やかで、骨の細そうな白い手は、微動だにしないように見えるはずだ。

いかにも単純そうなこのお座敷芸に、嘉右エ門はよほど自信があるらしく、眼が利く剣術使いたちに、何気なく披露してしまったが、素人の悲しさで、いかさまを見破られていることに、気が付いていないらしかった。

三枚目の盃投げも同じことだった。

嘉右エ門は的を外したのに、小娘の手が素早く動いて、さり気ない顔をして左手で受けている。

得意げな顔をした嘉右エ門は、四枚目の盃を高く投げ上げたが、その軌道は大きく逸れて、娘の背後に落ちたかに見えた。

しかし嘉右エ門は平然として、顔に余裕の笑みを浮かべ、小娘も微笑を絶やさなかった。

ふと足元を見ると、小娘は片足で立っている。

背後に落ちたはずの盃は、膝を曲げた娘の足裏に載っている。

背後に投げられた盃を受けるために、剝き出しにされた白い脛《すね》が、行燈の淡い光に照らし出されて妙に生々しい。

「それでは最後の盃を投げます。さて、どうなることかお楽しみを」

嘉右エ門が勿体《もったい》ぶった口上を言うと、これまで平然としていた小娘の態度が一変した。

「旦那さま、どうか今夜は、もう勘弁してください」

泣きそうな声で訴える小娘の頰は、羞恥《しゅうち》のために赤く染まっている。

「どうしたのかね、お琴《こと》。めずらしいことですね」

嘉右エ門が優しく声をかけた。

これまで微動だにしなかったお琴の身体が、見る見るうちに小刻みに震え、恥ずかしさのあまり思わず屈み込んだので、島田髷に載っていた酒盃が滑り落ちてしまった。

「おやおや。一枚でも盃を落としてしまえば、この勝負はわたしの負けですね。五枚目の盃を投げるまでもないでしょう。お琴さん、ご苦労だったね。もう引き取ってもよいですよ」

嘉右エ門の優しい声を聞くと、お琴にはかえって怯えが走り、ほんのりと赤く染まっていた顔色が、透き通るような青白さに変わった。

お琴は何かに怯えて身悶えすると、掌に載っていた酒盃まで取り落とし、込みあげる嗚咽を隠そうとして、泣きそうに歪んだ顔を両手で覆った。

「お客さま方の前で見苦しい。早く行きなさい」

これまで優しかった嘉右エ門の声が、冷酷なまでに厳しくなった。

「あまり感心出来ませんな」

お琴と嘉右エ門の遣り取りを黙って見守っていた酒楽斎が、見るに見かねたように、重い口を開いた。

酒楽斎は見抜いていた。

嘉右エ門が五枚目の盃を投げると、お琴は残るもう一本の足で、受け止めざるを得ないだろう。

なぜならこの盃投げは、酒盃を投げる嘉右ェ門の芸ではなく、投げられた酒盃を素早く摑み取る俊敏な技と、眼に見えない場所に投げられた酒盃の位置を、正確に感知する技を兼ね備えた、お琴の芸であるからだ。

投げられた盃を、自在に摑まえることが出来るのは、思うがままに動かすことが出来る頭部か、さらに俊敏な両手両足に限られている。

すると、四ヵ所の受け場を使ってしまったお琴は、ひとつだけ残されている、もう一本の足で受け止める他はないだろう。

するとどうなるか。

残る足で酒盃を受け止めたお琴は、薄紅色の裾を乱して転倒するだろう。

お琴の選択はふたつしかない。

両膝を剝き出して畳に腹這い、満月のように引き絞った弓なりの体勢を保ち、思い切り背を反らせて、裏向きに高く反り上げた左右の足で、投げられた酒盃を受け止める。

あるいは膝を乱して転倒し、剝き出しにされた白い下半身を、あられもなく観客の眼に晒す。

いずれにしても、剝き出しにされたお琴の下半身が、男たちの見世物にされることに変わりはない。

嘉右エ門が演じる盃投げの相方を務めてきたお琴は、人前に肌を晒すことには慣れているだろう。

お琴の隠し芸は、ちょっと卑猥なお座敷芸として、淡々と繰り返されてきた見世物にすぎない。

それが今夜に限って、お琴がいきなり激しい羞恥心に見舞われ、これまで平然と演じてきた隠し芸を拒むのは、何か切実な理由があるはずだった。

洒楽斎にはそれも分かっている。

お琴に惚れた男が出来たのだ。

それもよりによって、一目惚れというやつだろう。

洒楽斎は苦笑した。

宴席の用意を調えるため、客間に食膳を運んできたお琴が、湯上り姿で寛いでいた市之丞のいなせな姿を、ちらりと見るなり眼を伏せて、思わず頬を染めたのを、同じ部屋にいた洒楽斎は、視界の片隅で捉えていた。

江戸一番の色男、旅役者に化けた甲賀の抜け忍、いまは内藤新宿の天然流道場で、師範代を務めている市之丞を、若くて奇麗な座敷女中が一目惚れした瞬間を、洒楽斎は期せずして目撃したことになる。

人気役者の猿川市之丞には、浮いた噂もなかったが、「江戸一番の色男」と似顔絵入りで大書した、立て看板の効果は抜群で、小屋掛けして歌舞伎芝居を打ちながら、転々と渡り歩いてきた田舎町では、いまも語り草になっているらしい。

まさかいまごろになって、その効果が出たとは言わないが、非情な女忍びの掬水が、抜け忍の甲賀三郎（市之丞）に心底から惚れ、猥褻な座敷芸をしてきたお琴までが、市之丞と眼を合わせた途端に、ポッとなって惚れ込んでしまい、ときどき色男の顔を盗み見て、恥ずかしそうに頰を染めている。

なぜか癖の強い美女たちから、惚れられやすい市之丞を、艶福家《えんぷくか》として羨ましがるべきなのか、あるいは、とんだ災難を背負い込んだ気の毒な男、と同情すべきなのか、いずれにしても、早急には判断が下せないところだ。

しかし、市之丞に一目惚れしたお琴が、好きになった男の前で見世物にされることに羞恥と屈辱を感じるのは、当然すぎるほど当然ではないだろうか。

恋する娘の身になってみれば、惚れた男の前で慰み者にされるのは、残忍な仕打ちと言う他はあるまい。

洒楽斎の怒りは、この残虐な見世物を演出し、若い娘の羞恥心と屈辱感を玩弄する、糸問屋の嘉右エ門に向けられた。

酒楽斎は毅然として、

「このようなおもてなし、無用にしていただこう。このお女中はまだ若い。二度と戻らぬ若さと美貌を、あたかも襤褸《ぼろ》か芥《あくた》のように使い捨てるとは無体に過ぎよう。このお女中が使用人であろうとなかろうと、恥じらいを知る娘心を憐れんで、労《いた》わってあげるべきではないのかな」

こう言い切った酒楽斎には、侵し難い厳しさがあった。

理由がないわけではない。

お琴が置かれている境遇に思いを馳せた酒楽斎の胸中には、おそらくお琴と似たような境遇を生きたであろう、懐かしい女たちの記憶が蘇り、胸を掻き毟られるような過ぎし日への思いが、めまぐるしく去来していたからだった。

第五章　すれ違い

一

数年前のことになる。

ゆくえ定めぬ旅の途上で、洒楽斎は浅草蔵前の札差、尾張屋吉右衛門から招待を受け、夕刻から宵にかけて、水の豊かな深川に遊んだ。

掘割の水に映る赤い夕陽が、暮れてゆく掘割のさざ波に揉まれて、夢路にでも誘うようにゆらゆらと揺れた。

誘われて入った料亭の奥座敷で、近頃めずらしい趣向の舞いですが、と尾張屋に勧められて、評判の乱舞を見たことがある。

乱舞と言っても、大勢の女たちが陽気に踊り狂う、派手で賑やかな踊りではない。

三味線と鼓《つづみ》の音律に合せて、芸妓が舞う俊敏な動きは、突き刺し、切り裂く剣のように鋭く、きびきびとした厳しい足捌きは、百雷の落下を思わせた。

いきなり曲が転調して、穏やかな旋律に移ると、あれほど激しかった芸妓の舞いは、水を打ったような清冽《せいれつ》さや、野辺に咲く草花のような、情緒たっぷりな風情に変わる。

たまたま知り合った尾張屋と、話せば話すほどに意気投合して、先生の天然流を普及させるためなら、金銭の援助は惜しみませんよ、と言う太っ腹な申し出に、すっかり気をよくした洒楽斎は、変わった舞いだと思いながら、まだ小娘のような芸妓が舞う、不思議な舞踏に見入っていた。

この踊り子は、見えぬ何かに苦しんでいる。

小娘にしか見えない若い芸妓が、お座敷狭しと跳ね踊る、変幻自在な舞い姿を眺めながら、洒楽斎は見た目とは違う悲しみを、乱舞の中に読み取っていた。

移りゆく世のさまを、しゃらくさいと生きてきた洒楽斎には、この小娘が血を吐くような思いで、舞っているように見えるのだった。

何をそれほどに苦しんでいるのか、たぶん本人にも分からないので、なおのこと苦しんでいるのだろうが。

乱舞と呼ばれる激しい身のこなしも、胸の内に溜まった苦しみが、おのずから舞いという形を得て躍り出たのではなかろうか。

　ずいぶん勘の鋭い娘だな。

　芸妓の過敏すぎる舞い姿と、初めは舞の型を踏襲しながらも、舞うにつれて大胆なほど、踏襲されてきた型を脱してゆく乱舞を見ているうちに、洒楽斎はふとそう思った。

　黙って目を瞑れば、脳裏に映るのは、若い娘の舞い姿ではなく、そのような動きとなってゆく舞い手の心根《こころね》が透《す》けてくる。

　洒楽斎が感じているのは、ほんの微妙な風の動きだ。

　それは床板を踏む音の響きや、激しく身悶えする舞い手の動きによって、わずかに掻き乱される風の流れであり、あるいは踊り手の肌から香ってくる、仄《ほの》かな汗の匂いかもしれなかった。

　この娘は何を苦しみ、何を乗り越えようとしているのだろうか。

　それを伝えるのは、微妙に入れ替わる風の動きだ、と洒楽斎は思う。

　風は動いている。

　あるときは激しく、またあるときは穏やかに、そして全身で慟哭《どうこく》し、もがき苦しんでいる心の動きまで、風はさまざまな動きを伝えてくる。

乱舞と呼ばれる激しい身ごなしは、いまこの娘が舞いの中に、苦しみ感得《かんとく》した思いのすべてを、投入しているからではないだろうか。

三味線や鼓の音律に合せて、あの娘が踊らされているのではない。

あの娘が伝えたい思いを、舞いに還元して踊るとき、そして娘の思いが昂まったり落ち込んだりするたびに、三味線や鼓の音調は変調をきたし、小娘の動きに沿うようにして、激しくなったり穏やかにもなって奏《かな》でられるのだ。

つまりあの娘が踊っている乱舞は、あの娘の息吹そのものが、舞いという形をとって顕われたものではないだろうか。

激しい乱舞によって引き起こされる、風の動きを楽しみながら、洒楽斎はそのようなことを感知していた。

乱舞とは、決して新しい流儀の舞いではなく、苦しみ悶えるあの娘の内面を、かたちを変えて再現するための手立てかもしれない。

さらに言えば、乱舞は内面から外面に向けて、すなわち、精神から肉体へとかたちを変えて吐き出された、あの娘そのものなのだ。

洒楽斎は夢想のうちに感得した。

そして軽く瞑っていた眼を開き、踊っている娘の顔を正面から見た瞬間、洒楽斎は名状しがたい驚愕に襲われた。

お蘭、おまえはお蘭ではないか、と洒楽斎はあやうく声に出して叫びそうになった。

洒楽斎がまだ鮎川数馬だった十数年前、約束していた刻限に間に合わず、それっきり逢えなくなっていたお蘭が、あのときと寸分も変わらない、容姿と若さを保ったまま、あのとき伝えられなかった思いが奔出《ほんしゅつ》するかのように、ほとばしる命を尽して舞っている。

これは錯覚だ、とすぐに思い返したが、十数年前にすれ違ったまま、とうとう逢うことが叶わなかったお蘭の面影は、いまもなお、脳裏に焼き付けられたまま薄れない。

洒楽斎、いや鮎川数馬と名乗っていた若き日に、恋人と約束した刻限にズレが生じ、わずかなすれ違いが生じただけなのに、そのまま逢えなくなったお蘭のゆくえを、若いころの数馬が探さなかったわけではない。

宝暦八年（一七五八）に、師事していた竹内式部に連座して追放刑に処されるところを、盟友の龍造寺主膳の気転で、危ういところで京を逃れ出た鮎川数馬は、窮地を脱した日と、お蘭との約束が重なり、そのまま逢えなくなったまま、身と心が引き裂かれるような思いを重ねてきたが、失われた恋人と逢うことはついに出来なかった。

それからおよそ半年後に、数馬は思い切って、手配書が回っている京に潜入し、先斗町にあるお蘭の実家を訪ねたことがある。

そのときお蘭の養母から、数馬が京から脱出した日と同じ日に、お蘭が出奔したことを知らされた。

お蘭は数馬の子を身籠っていたが、父《てて》なし子を産めば京舞の宗家を継ぐ資格を失うからと、家元（養母）から堕胎を強要され、進退に窮したお蘭は、数馬と駆け落ちするつもりで家出したまま、いくら捜してもゆくえが知れないという。

京舞の女師匠（お蘭の養母）は、素質のある養女（お蘭）に宗家を継がせようと、幼いころから厳しく躾けてきたが、大切に育ててきた養女の妊娠を知って動転し、子を持てば芸の邪魔、堕胎せよ、と責めて娘心を追い詰めた。

そのためにお蘭を失ってしまった養母は、凛とした外見とは裏腹に、魂が抜けたような日々を送っていた。

京舞宗家の後継者として恥ずかしくないよう、厳しく仕込んできた養女の出奔に、驚いた養母（家元）は弟子たちに手分けして捜させたが、失踪したお蘭のゆくえは杳《よう》として知れなかった。

お蘭はどこへ行ったのか。

宝暦の一件に連座して、京を出奔した鮎川数馬は、難を逃れるために諸国へ散って、山峡の貧しい農村で寺子屋を開き、農繁期には教え子と一緒に泥に塗れ、名を捨て貧しく淡々と暮らす同志たちを訪ねて諸国をめぐり、数馬と同じ宝暦八年に痕跡を絶ったお蘭の足跡を追ってみたが、それらしい噂も聞くことはなかった。

それから数年後に、かつて鮎川家の屋敷があった多摩の小野路に立ち寄ったとき、幼い数馬を育ててくれた乳母のお竹と再会し、お蘭と思われる子連れ女が、乳飲み子の父親（鮎川数馬）を尋ねて来た、と伝え聞くことが出来た。

数馬とお蘭は多摩の里で、数年の歳月を隔ててすれ違っていたのだ。

あれから数年を遡った宝暦八年には、数馬とお蘭は、逢引きの約束をした聖護院門前で、半刻の時差を隔ててすれ違っている。

京舞の家元だった養母から、妊娠を咎められ、京舞の宗家存続のために、堕胎して欲しいと迫られたが、お蘭が頑として拒んだので、養女の考えを改めさせようと思っている家元（養母）から、先斗町の奥座敷に軟禁された。

腹の児を堕胎するなら死を選ぶ、と意地を張り通してきたお蘭に、数馬と約束した逢引きの刻限が迫ってきた。

どう焦ろうとも日々は過ぎる。

そして無情にも、恋人と固く約束した、その日その時が来てしまう。

どうしよう、どうしよう、とお蘭は焦った。

半狂乱になっていたお蘭の耳朶《じだ》に、殷々《いんいん》と鳴り響く暮れ六つの鐘が聞こえてきた。

このままでは約束の刻限が過ぎてしまう。

お蘭はとうとう我慢ならず、見張り役の同輩を騙《だま》し賺《すか》して、聖護院門前まで駆け付けたが、約束した刻限より小半刻遅れて、暮れ六つギリギリまで待っていた数馬とは、ついに逢うことが出来なかった。

一方の数馬は、同日同刻に龍造寺主膳から呼び出され、汗だくになって主膳の隠れ家まで駆け付けた。

その日のその刻限に、数馬は策謀家の主膳と共に鴨川に流されて繁華な街中を脱し、中洲に隠していた二挺櫓の早舟に乗り移って、京都町奉行所が張り巡らした包囲を抜け、捕り方たちを出し抜いて京を脱した。

数馬と逢えなかったお蘭は、失われた恋人の消息を知るために、数馬の実家があると聞いた多摩の小野路を訪ねるつもりだった。

しかしお嬢さま育ちのお蘭は、京から外に出たことがなかった。

買い物さえしたことはない。

金の使い方も知らなかった。

お蘭は東海道中を東に向かったが、人の施しを受けながら続けた旅と言ってよい。慣れない旅の途中で、お蘭は激しい陣痛に襲われて、海辺の漁師小屋を借りて、たった独りで出産した。

産後の肥立ちが思わしくなく、旅を続ける気力を取り戻すのに手間取って、武蔵の多摩に辿り着いたときには、京を出奔してから一年有余の歳月が流れていた。

京舞の宗家（養母）から、腹の児を堕胎せよ、と迫られて進退に窮し、駆け落ち相手の数馬とも逢えないまま、臨月に近い腹を抱えて、ひとり京を出奔してから、やっとの思いで多摩に辿り着いたときは、あれほど身綺麗で美しかったお蘭は、物乞いのような姿になっていた。

お蘭はやっとの思いで、生まれた女児の父親（鮎川数馬）の生家まで辿り着いた。

草葺の門を構えた、豪壮な構えの古屋敷を探し当て、鮎川数馬の名を出した途端に、この屋敷を買い取ったという男（叔父）から、財産狙いの卑しい子連れ女めと、罵詈雑言を浴びせられ、物乞いに用はない、問答無用、と乱暴に追い返されたが、子連れ女は毅然として、数馬が居なければ無縁の地です、二度とお訪ねすることはないでしょう、と物静かに答えて、誰にともなく一礼すると、未練も残さずに立ち去ったという。

若い娘が子連れ旅をして、やっと尋ね当てた鮎川数馬の生家から、けんもほろろに追い返されたのだ。

そんなお蘭を気の毒に思い、途中まで見送った乳母のお竹も、生まれたばかりの幼児を両手で抱きしめ、爽やかに立ち去った娘(お蘭)の後ろ姿は、いまでも鮮明に瞼に残っているが、その後の消息は知らないという。

二

たとえ懐は火の車となっても、多摩の郷士に生まれた洒楽斎は、その日その日を食い抜ける小銭稼ぎには慣れていない。

幼いころから、器用と褒められてきたが、数馬が好んだ学問芸術、漢籍や古文書の蒐集、墨絵、彩色画、彫り物などは、いずれも日々の収入とは無縁な、世間からは暇つぶしと言われる無為な趣味に過ぎなかった。

どうやって稼いだらよいのか分からない。

道場破りという荒っぽい稼ぎ方は、洒楽斎の趣味に合わなかった。

あれは腹の減った狼の同類たちが、わずかな餌をめぐって喰らい合う、惨めっぽいやり方で、格式ある剣術道場では、いずれも他流試合を禁じている。

しかしそれもまた、同じ流派内での馴れ合いに陥りやすいし、剣術の修行というよりも、踏襲された型の優劣を競い合う、形ばかりの稽古に終始してしまう。

それゆえに洒楽斎は、どうせ剣術に取り組むなら、おのれが創始する流派を編み出したいと思ったのだ。

習うよりも創るほうが、遣り甲斐がある。

人生の半ばを越えようという洒楽斎が、そう考えるようになったのは、切実な要因がないわけではなかった。

京を脱出した鮎川数馬は、百年後には花開くだろう種を蒔いた後も、山村に散った同志たちを訪ねて、諸国をめぐる旅を続けていた。

若いころは潔癖すぎて、融通が利かなかった同志たちも、しだいに住み着いた土地に馴染んでゆくようだった。

彼らが教えた寺子屋の悪童たちも、それなりに巣立って、先生、先生と慕ってくれるようになっていた。

頭が固くて融通が利かなかった同志たちも、さすがに悪い気はしないらしく、村の祭りにも賓客として招かれ、土着した寒村ではいっぱしの顔役になっていた。

そうなると、子供相手の寺子屋だけでなく、師匠の学力を知る村人たちも増え、昼間の農作業が終わると、夜は村の寄り合い小屋に寺子屋の先生を招いて、漢籍や日本書紀の講義を聴こうとする者たちも増えてきた。

かつて龍造寺主膳が予言したように、宝暦八年に蒔かれた種が、根を張り、葉を繁らせ、枝を伸ばして、やがて花開くようになるだろうと、思わせる気運も見え始めた。

融通の利かない連中、などと言って侮るなかれ、愚鈍さゆえに培われた学問の実力、愚直さを貫いてきた性根の確かさ、まことに以って恐るべし。

鮎川数馬は年ごとに、目を見張る思いを新たにした。

同志たちが開いた僻村の寺子屋を手伝ったり、たまには農家の庭を借りて、剣術を指南することもあったが、そうすることにも、鮎川数馬は飽きてきていた。

龍造寺主膳との約束は、これで一応は果たしたわけだ。

わたしの役割りは種を蒔くことで、蒔いた種が根付いたからには、これから先のことは、あの連中に任せたほうがいい。

洒楽斎はそう思って、大役を果たした後の日々を、どうやって暮らしてゆこうかと迷っていた。

本居宣長《もとおりのりなが》のような、偉い学者になろうとしても、鮎川数馬が学問らしい学問に触れたのは、京で過ごした数年間に、竹内式部の私塾で学んだ短い期間だけで、その後は逃亡と放浪の日々を送り、学問とは縁のない暮らしに終始してきた。

あの本居宣長は、医師としての声望も高いらしいから、『古事記伝《ふることふみのつたえ》』の研究に歳月を費《つい》やしても、暮らし向きに困ることはないだろうし、そもそもあの男は初めから、無為徒食《むいとしょく》して古典の研究に取り組んできたわけではない。

学問芸術を究めよう、と無謀な志を立てた鮎川数馬は、学齢期を過ぎるころには、わずかに残された親の遺産を食い潰し、いまは融通の利かない連中が、諸国で開いた寺子屋を、視察のため順繰りに訪ね、相変わらず愚直な生き方をしている連中の、居候のようになって食い繋いでいる。

京を離れた後の鮎川数馬は、暮らしを立てるために必要な、実直さや勤勉さとはほど遠い、放浪者のような暮らし方に慣れてきた。

めざしていた学問は中途半端だし、主膳から褒められた絵や彫刻も、独自な技を究めるまでには至らなかった。

漢籍に親しんだ若いころは、文人に憧れて晴耕雨読《せいこううどく》を夢見たが、宝暦の一件で京を逃《のが》れてからは、融通の利かない連中と一緒に、諸国を遊歴して寒村に停泊し、米を作る百姓が米の飯を食えず、代わりに味覚も舌触りも落ちる稗《ひえ》や粟《あわ》を食って、飢えと紙一重の日々を送っている惨めさを見てきている。

いまさら土や泥や汗になじんで、働きづめで一生を過ごすような、百姓になりたいとは思わない。

そんな洒楽斎に、ひとつだけ残されているのは、剣を究めたいと思う野心だけだ。

これには多少の効用もないわけではない。

わが身をおのれの力で守ることが出来れば、如何なる強権にも屈することなく、おのれらしい生き方を貫くことが可能だろう。

鮎川数馬は宝暦事件の後、盟友の龍造寺主膳に頼まれ、融通の利かない連中を引き連れて、定着する土地を求めて放浪した。

主膳から渡された金はすぐに尽きた。

旅費が尽きれば農家の庭を借りて、集まってきた百姓たちに剣術を教え、わずかばかりの謝礼を稼いだ。

銭金に縁のない百姓たちは、謝礼に畑で穫れた芋や大根、麦や粟を持って来たので、銭はなくともそのお陰で、数馬たちは飢えずに旅を続けることが出来たのだ。

これを剣術の効用、と見てもよいだろう。

剣術を教授して食い繋いで来たのは、鮎川数馬ひとりではなく、融通の利かない連中も一緒だったのだから、これもまた剣術の効用と言うべきか。

さらに数馬と一緒に、剣術の指南をしてきた同志たちは、それが縁となって、村の寺子屋開設に繋がったのだから、これもやはり、剣術の効用と見たほうがよい。

宝暦の一件で、花園《はなぞの》天皇の侍講《じこう》を務めた竹内式部が、京都所司代に捕縛されたとき、連座を怖れた連中は、それと察して京を離れたが、要領が悪くて逃げ遅れた連中は、師の教えに殉ずることを厭わなかった。

若き日の鮎川数馬も、その一人だったかもしれない。

そんな要領の悪い連中を一括りにまとめ、京から脱出させた龍造寺主膳が、鮎川数馬に言ったことがある。

「あの融通の利かない連中を、おぬしの裁量で諸国にばら撒き、やがてその地に根を張り葉が茂るまで、見守ってやってはもらえまいか」

龍造寺主膳は軽い調子で口にしたが、頼まれた仕事は長期戦で、かなり根気仕事になりそうだった。

鮎川数馬が躊躇していると、

「あの連中は種だ」

主膳はいかにも策謀家らしい言い方をした。

そしてことさら大仰に、

「おぬしは種を蒔く人になるのだ」

予言者のような言い方をする。

主膳の一方的な決め付けに反発して
「しかし、蒔かれた種のすべてが育つとは限るまい」

数馬は軽く異を唱えた。

「そのとおりだ」

可笑しくもないのに、主膳はわざとらしく笑った。

「蒔かれた種が、育つも育たぬも時の運だ。成るか成らぬかは、事の善し悪しとは別なところにある。それを現場に赴いて確かめるのも、種を蒔いた者の役目であろう。蒔かれた種がどうなるか、おぬしの眼で、陰ながら見守って欲しいのだ」

主膳は冷めた口調で言った。

「よい種もあれば悪い種子もある」

それだけかな、と数馬は付け加えた。

「種が育つか育たぬかは、蒔かれた土壌との相性もあるだろう」

主膳はすかさず、

「それを見抜くのが、種を蒔く者の力量なのだ」

一気呵成《いっきかせい》に畳み込んできた。

「他ならぬおぬしに、あの連中の適性を見定めて欲しいと思う理由はそこにある。おぬしには、融通の利かないところもなければ、見かけほどに愚直でもない。だからこそおぬしには、あの連中と同じような役目は務まらぬのだ。またその逆も考えられない。無事に京を脱出した後は、同志たちのまとめ役として、おぬしほどの適任者がおらぬと、わしは前々から踏んでおったのだ。あの連中に任したら、慎重すぎて埒《らち》が明かず、伸びるはずだった根は腐り、芽は枯れてしまうだろう」

数馬は抵抗した。

「そう言ってくれるのは嬉しいが、ありがた迷惑な話だな」

しかし主膳は容赦しない。

「あの連中は気転が利かない。たとえば、相性の悪い土地に根付こうとして、無理を重ねても根を張れず、やがて根は腐り、力尽き、花開く時を待つこともなく、立ち枯れてしまうのが落ちだろう。そのような無駄な犠牲を払いたくはないのだ」

そうか、それで分かった、龍造寺主膳が今日（宝暦八年七月某日）まで脱出を待ったのは、あの融通の利かない連中が揃う日を、ギリギリまで待っていたからなのか、と鮎川数馬はようやく理解した。

「ずいぶん漠然とした話だな。わたしは何をどうすればよいのだ」

最後の脱出を断行する日まで、数馬に声をかけなかったのは、策謀家と言われる主膳から、数馬も融通の利かない奴、と思われていたからなのか。

あるいは主膳が心を許す盟友として、例によって本人の数馬には断わりもなく、重要な役目が振り当てられていたのかもしれない。

それがこのことだったのだ、と数馬はやっと気が付いた。

策謀家の主膳から、そこまで見込まれていたのでは、逃れることなど出来そうもない。

数馬が顔色《がんしょく》を失うのを見て取り、主膳はここぞとばかりの攻勢に出た。

「おぬしの仕事とは、種を蒔く土地を選び、頃合いを見極めることだけだ。融通の利かない連中にはそれが出来ない。おぬしが蒔く種は、いずれも竹内式部が手塩にかけた俊才ばかりだ。かならずや花開き、実を結んでくれるだろう。だが残念なことに、わしやおぬしには、その日を見ることが出来ぬのだ。どのような花が咲き、どんな実が稔るのか。それが分かるのは、いまから百年後のことだ。わしやおぬしはもちろんのこと、種として諸国に蒔かれた連中も、そのときはもうこの世にはいないだろう」

　龍造寺主膳の語り口は、次第に熱を帯びてきた。

　主膳はこれまで逃げなかった同志たちを、融通が利かない連中とか、愚鈍な輩《やから》などと、散々こき下ろしてきたのに、希代の策謀家と言われた男が、明日の礎《いしずえ》を築く者として、本当に信頼していたのは、口角泡を飛ばして仲間を扇動する、才気走った同志たちではなく、愚直な彼らだけだったのだということが、数馬には痛いほど分かってきた。

　主膳の予言を信じれば、百年後には世の中が変わるだろう。

　種は蒔かれた。

　それが吉と出るか、あるいは凶と出るか、またそのときは、どのような世になっているのか、いまは全く分からない。

　この世の仕組みが変わるまで、種を蒔いた者も、根を張り枝を伸ばした者も、百年後の変革を仕掛けた者たちは、誰一人として生きてはいないのだ。

　鮎川数馬は痛切な思いを嚙みしめた。

　この世の変化は予想出来ても、その実態まで知ることは不可能だ。

　見ることの出来ない未来のために、誰も知ることのない捨て駒を配置する。

　騒動の陰に主膳あり、と聞いても、数馬は駄法螺《だぼら》だろうと思って信じなかった。

しかし、この世の仕組みを変えようという野望を、いまから百年後に持ち越し、その震源となるだろう種を、諸国の寒村に蒔いておこうと企んだのは、小藩（諏訪）の騒動などとは比較にならない、大いなる策謀と言えるだろう。

龍造寺主膳という人物は、噂以上に怖ろしい男だったのだ。

鮎川数馬は背筋が寒くなった。

ただ不思議なことだが数馬には、主膳の手で木偶《でく》人形のように操られていた、という屈辱感は微塵もなかった。

この世の仕組みを変えたいという思いは、学問芸術を究めようした若き日の数馬が、望んでいたことではなかったか。

しかし、という解けない疑念は、腹の底に沈んだまま沈黙している。

いずれにしても、と数馬は思った。

鮎川数馬の使命は終わった。

これからは別の生き方をしなければならない。

中年を迎えようとしている鮎川数馬が、慣れ親しんできたこれまでの名を捨てて、あたかも世を拗ねたような、あるいは如何にも居直ったような、酔狂道人洒楽斎などと名を変えて、世俗から超脱したおのれ自身の剣を創始しよう、と本気で思うようになったのは、そのころからのことだった。

三

互いに求め合いながらも、いつしか十数年というもの、逢うことがなかった思い人のお蘭と、深川の料亭で乱舞を舞った踊り子は、顔といい仕草といい瓜ふたつで、いずれがいずれとも、洒楽斎にも見分けがつかなかった。

乱舞を見た洒楽斎は、あの一瞬に幻視した、お蘭との再会を楽しんでいるのかもしれなかった。

しばし短い夢を見た。

夢の中でもふたりの女が重なって、洒楽斎は歓喜と悔恨の情に引き裂かれていた。

過ぎてしまった歳月を思えば、空漠とした思いに駆られるが、夢の中でもそれは変わらず、洒楽斎は茫漠《ぼうばく》とした荒野の中に、ただ独り佇んでいたのかもしれない。

乱舞を舞っていた小娘と、その十数年前に失われた恋人が、同じ娘なのではないかという錯覚に陥り、洒楽斎はあれこれ勝手に思い悩んだ。

乱舞を創始したという若い芸妓が、恋人お蘭の娘だという確証は何もない。

実家があった多摩の里に、数馬（洒楽斎）を尋ねて来た子連れ女（お蘭）がいたことを、たまたま巡りあった乳母のお竹から聞いている。

初めての長旅に疲れたらしい、まだ小娘のような子連れ女は、数馬の生家が人手に渡り、訪ねてきた恋する男が、ここに戻ることはないと知って、崩れそうになる気力を振り絞ると、毅然とした足取りで東へ向かった、と老いたお竹が話してくれた。

深川で乱舞を見た数日後に、洒楽斎はふたたび尾張屋吉右衛門の招待を受け、浅草の料亭で呑み直すことになった。

洒楽斎たちが乱舞を見終わるのを、座敷の外で待っていた尾張屋の手代が、主人の吉右衛門に急用を告げたので、洒楽斎とまだ話したいらしかった札差は、名残り惜しそうに迎えの駕籠に飛び乗って、大急ぎで蔵前の店へ帰ってしまった。

遊びより商売を優先させるのは、蔵前の札差として当然のことだが、吉右衛門はあのときの失礼を詫び、乱舞を語る相手欲しさから、わざわざ迎えの駕籠を差し向けて、無聊《ぶりよう》を持てあましていた洒楽斎を、浅草まで呼び出したのだ。

浅草の料亭といっても、吉右衛門は浅草寺《せんそうじ》の雷 門《かみなりもん》と広小路を挟んで向き合う茶屋町に、人目を避けた静かな席を設けていた。

狭い廊下を奥まで通されると、そこは土蔵造りになっていて、何を話しても声が洩れる心配のない小座敷があった。

いつでも忙しい吉右衛門が、めずらしく洒楽斎より先に来て待っていた。

「先日の乱舞は絶品でしたな」

洒楽斎が席に着くなり、吉右衛門は待ちきれないように口火を切った。

「拙者も堪能いたした」

洒楽斎は穏やかに応じたが、堪能というより激しく懊悩《おうのう》した、と正直に言うべきだったかもしれない。

「先日の乱舞に感動したわたしは、ただちに人を使って、芸妓の素性を調べてもらいました。驚くじゃありませんか。踊り子はまだ十五歳ということですよ。そんな若年のうちから、新たな舞踏を創始するなんて、並みの小娘に出来ることじゃありませんよ」

芸事には諸事に仕来りがあって煩わしい。

お座敷芸者となればなおのこと、煩わしい習わしに縛られて、容易なことでは独創が許されない。

「先代から受け継がれた芸事を、修得するだけでも容易なことではないと聞く。まして若くして一流を立てることなど、滅多に許されるはずはなかろうに」

酒楽斎は容易に信じなかった。

「しかしあの踊り子は、すべての所作を難なくこなして、置屋の師匠も敵わないほど、見事に舞ってみせるそうですよ」

堅実と評判の尾張屋にはめずらしく、数日前に見たばかりの乱舞に、かなり心酔しているらしかった。

「吉右衛門どのも隅におけない人ですな。さっそく舞妓の来歴まで調べたとみえる」

それは調べた吉右衛門よりも、懊悩の日々を送ってきた酒楽斎のほうが、何よりも知りたいと思っていたことだった。

酒楽斎は深川の料亭で、踊り子の内から湧き出る思いが、そのまま舞いの所作に変容してゆく乱舞を見てから、奇妙な幻覚に取り憑かれるようになった。

あの娘はお蘭ではないかと思われて、あれは夢だったのか、それとも現《うつつ》であったのか、いずれとも分からない錯乱が続いたが、いまは酒楽斎も冷静さを取り戻して、ごく穏当な考えに落ち着いていた。

どれほど美しい娘でも、恋人と別れたときの若さを、十六年間も保てるはずはない。

他人の空似《そらに》とよく言うが、あれほどお蘭によく似た娘が、他にも居ようとは思えない。

しかし、乱舞を踊った娘の年齢が、十五歳だとしたら辻褄が合う。

あの娘はお蘭その人ではなく、いまからおよそ十六年前、師の竹内式部に連座して、京から脱出した恋しい男のゆくえを追って、多摩へ向かったというお蘭が、旅の途上で出産したという、鮎川数馬の子かもしれないではないか。

深川で乱舞を披露した十五歳の芸妓には、姿かたちから性格やしぐさまで、あの娘とそっくりな母親がいるはずだった。

その人こそ、別れて久しいお蘭ではないだろうか。

深川の乱舞を見てから、悶々と懊悩した日々を経て、洒楽斎はそう思うようになっていた。

洒楽斎の耳朶には、音のない静かな旋律が、いつまでも鳴り響いているように思われた。

いまも聞こえる三味線の
引き潮の満ちるが如き波の音
心の内をそのままに

乱舞の所作へと移し替え
見る者と見られる者の隔てなく
心を繋ぐ懸け橋の
乱舞に託す心根に
涙するこそ嬉しけれ

長い歳月を隔てて、逢うことの叶わなかったお蘭が、身も心も昔のままで逢いに来て、十六年前の別れ際に、言おうとして言えなかった思いの丈《たけ》を、語りかけているのではないだろうか。

このあり得ないような錯覚から、洒楽斎は容易に脱け出すことが出来なかった。

激しさと優雅さを搗《つ》き交ぜて、何かを訴え掛けてくるような乱舞を見て、お蘭が逢いに来てくれたのだ、と洒楽斎はその瞬間から、思い続けていたようだった。

いや、そうではない、と洒楽斎は思う、あのとき狂喜した一瞬の錯覚から、脱け出したくはなかったのだ。

わずかなすれ違いから、恋する人を失ってしまった悔恨が、どれほど深いものであったかを、洒楽斎はあのとき、痛いほどに思い知った。

お蘭が生きているなら逢いたい、という切なる思いが、ぼんやりと過ぎてしまった十数年など、なかったのではないかと思わせるほど、いまも洒楽斎の胸を熱くしている。

すると、はずむ声で吉右衛門が言った。

「お菊さんの乱舞を、御覧になりたいとは思いませんか」

吉右衛門がさり気なく口にした言葉から、洒楽斎は乱舞を創始したという娘の名を初めて知った。

そうか、あの娘はお菊というのか。

一瞬に見た幻覚から覚めて、ふたりに分離してしまった女たちには、まだ分かち難い繫がりがあるらしい。

蘭と菊。

そしてよく似た花言葉が、どちらの花にもあるという。

品位と高貴さ。

お蘭とお菊、優雅な花の名を持つふたりの女は、分かち難い血縁で繫がれているのではないだろうか。

たとえば母と娘のような、と洒楽斎は未練がましく思った。

お菊の乱舞も見たいが、逢えるものならお蘭に逢いたい。

四

「どうでしょう。いまから深川に参りませんか」

尾張屋の誘いに、つい乗りそうになった洒楽斎は、

「やめておきましょう」

逸る気持ちを抑え込んだ。

「あのとき魅了した乱舞は、お菊という娘の内面に満ちた思いを、そのまま乱調の舞いに置き換えた、あの娘そのものではないかと思われるのです。舞い手がどのような思いに苦しみ、どう乗り越えようとしているのか、そして舞いを見ている観客が、投げかけられた舞い手の思いをどう受け止めるか。双方で送り送られる乱舞の質によって、確かな芸として定まるのです。それは仕手《して》と受け手の思いが、互いに合致することによって成り立ち得る、内心と内心の交感と言ってよいでしょう」

洒楽斎は言葉を切った。

「結構なことでございますな」

吉右衛門は相槌を打って、

「そうなればなおのこと、深川通いが癖になってしまいそうです。先生がやめておこうと言われた理由が分かりませんね」

隠しても分かりますぞ、という顔をして洒楽斎を見ている。

さり気なく受け流して、洒楽斎は言った。

「昨日と今日では、送り手の思いと、受け手の思いにズレが生じて、共有する部分が違ってくるかもしれない。演じる者も見る者も、今日の思いは昨日のものではないのです」

それだけ言うと、洒楽斎はぎゅっと口を噤んだ。

吉右衛門は先を急がせるようなことを言わない。

時の流れを慨嘆するかのように、洒楽斎は低い声で言い足した。

「あの日の乱舞は、送り手と受け手の思いが、盲亀《もうき》が浮木《ふぼく》に遇うかのように、千載《せんざい》の一遇《いちぐう》という危ういところで繋がれた、まことに稀有な出来ごとだったのです。いまから深川へ行き、同じ奥座敷で、同じように乱舞を見ても、先日と変わらない娘の思いを、あの日と同じように受け止めることは出来ないでしょう」

瞬時にして移り変わる内なる思いを、かたちあるものに移し換え、永遠に変らぬかたちに定着したものを芸術と呼ぶ。

お菊はあえて芸術を選ばず、内から溢れ出る思いを、流れゆくままに流そうとする。あのとき感じ取ったお菊の思いを、同じようにして受け止めようとしても、あのときと同じ変容が、洒楽斎に湧き起こることはないだろう。

お菊の乱舞は流れる川のように、先日とは違った思いを、かたちもなく浮かべているに違いない。

お座敷遊びを楽しむ数寄者《すきしゃ》たちなら、それを新しい趣向と見て喜ぶかもしれない。

しかしこの数日を、夢幻のうちに過ごしてきた洒楽斎としては、激しく変容するお菊の乱舞を見て感知した、失われた恋人と再会した、と錯覚したときの歓喜と、それに伴う悔恨を、何もなかったことにして忘れたくはなかったのだ。

尾張屋吉右衛門も頷いて、

「料亭の主人に言わせれば、それこそが乱舞の新しさで、数寄者たちの間では、お菊さんが切り開いた新たな趣向は、人気も上々のようですが、入魂の乱舞を踊った日のお菊さんは、そのまま喪神《そうしん》したように倒れ込んで、続けて乱舞を見たいと望んでも、とても再演は難しいということです」

そうだろう、と洒楽斎も思う。

「あの娘は何を思ってか、激しい乱舞に内なる思いを託して、命のかぎりを舞っているのです。舞い終わった後の喪神も、無理からぬことでしょう。しかし、あのような舞い方を続けていたら、いくら若い娘でも命が持ちますまい」

お蘭と見間違えてしまうほど、面影がよく似た娘、もしかしたら、わが子かもしれないお菊という娘は、何を独り苦しんで、わが身を痛めつける苛酷な芸を、見ず知らずの酔客たちを相手に、命を削ってまで披露しているのだろうか。

あるいはお菊の乱舞も、過敏すぎる娘たちが平凡な女になるために、避けて通れない通過儀礼で、男の洒楽斎には、理解出来ないことなのかもしれなかった。

あの娘を産んだ母親は、そんな娘の姿を、どんな思いで見ているのだろうか。

尾張屋吉右衛門も眉を曇らせて、

「たしかにその心配はありますな。激しい乱舞を踊り終えれば、お菊さんは身も心も憔悴して、数日は寝込んでしまうということです。その結果として、予約で埋まっていたお座敷に穴が開き、そのたびにお菊さんの置屋には、ひと騒動が持ち上がるようです。穴埋めに奔走する先輩芸妓や置屋の女将から、お菊さんは疫病神のように憎まれ、芸妓仲間からも嫌われて、気の毒なほど孤立しているようです。お菊さんの創始した乱舞が、常連の旦那たちから持て囃されたらされるほど、同じ置屋に寝起きする舞妓仲間の、妬《ねた》み、嫉《そね》み、僻《ひが》みを買って、世間の評判とは裏腹に、疲労困憊して置屋に帰っても、声をかけてくれる仲間たちもなく、あの娘は売れっ子という虚名と引き換えに、生きながらにして孤独地獄に突き落とされた、と陰口を叩かれているとも聞いています」

急に黙り込んだ洒楽斎が、何を思っているのか気になったが、吉右衛門は遠慮がちに言い添えた。

「それともう一つ、気に掛かることがあるのです。あの娘の来歴が、どう調べてみても分からない。お菊さんは生まれたときから父親を知らず、深川一の名妓と謳われた母親も、気の毒なことに、三年前には亡くなっているのです。身寄りのない小娘を、情実だけで養ってきた、と恩着せがましく言い張る芸者置屋の女将も、詳しいことは知らない、と言っているようです」

吉右衛門の語る話は、一転して暗くなった。

洒楽斎は無言のまま目を瞑っている。

武芸者が黙り込めば、その場の威圧感はさらに増す。

この男が何を考えているのか、蔵前の札差には分からなくなった。

吉右衛門は気を取り直して、

「しかし、まだ小娘にすぎないお菊さんですが、乱舞を踊らせたら天下一品。まさに天賦《てんぷ》の才ですな。ゆくゆくは死んだ母親の名跡を継いで、深川一の名妓になるでしょう。そんなお菊さんの身辺などを、調べるべきではなかったかもしれません」

黙って聞いていた洒楽斎が、意外にも些細なことを問い返した。

「母親の名はなんというんですか」

吉右衛門は当惑気味に、

「たしか、ラン。と言っていたようですが」

洒楽斎の脳裏に、いきなり電光のような衝撃が走った。

急き込んだ声で聞き返した。

「それは花の名ですか」

嘉右エ門は当惑して

「いえいえ、花の蘭ではなく、正字ではこうやって」

小ぶりの火桶を手元に引き寄せ、平らに均《なら》された焼き灰の上に、黒錆を焼き付けた鉄の火箸を使って、大きく『乱』と掘りつけた。

「色香を売る芸者らしからぬ、はなはだ物騒な源氏名ですが、乱と名乗った子持ち女は、京訛りに品のある、絶世の美女だったらしく、取り巻きの連中もビビッてしまい、腰の据わらない男たちは、気安く声をかけることも出来なかったようです」

深川芸者にかぎらず、花柳界の女たちは、ほとんどが源氏名でお座敷を勤めている。もっと色気のある源氏名にしなさい、と置屋の女将に勧められたが、その女は頑として譲らず、花柳界にはあり得ない、『乱』という物騒な名で押し通したという。

お乱の言い分が通ったのは、仕来りや躾に厳しい芸者置屋では、異例なことだと言ってよい。

ここに置いて欲しい、と訪ねてきた子連れ女に、お座敷舞いを試させると、見事な所作で子飼いの芸妓たちを圧倒した。

これを見た置屋の女将が惚れ込んで、今日からでもお座敷に出られる、家の子にしてあげるから、と言って無理やり引き留めたので、お乱は多少の我儘なら許されることになったらしい。

京で育ったというその娘は、どこでどう覚えたのか、京舞の秘技を、ほぼ完璧なまでに練り上げていた。

子持ちとはいえ、まだ小娘じみた若い女が、これだけの芸を身につけるのは至難の業、と置屋の女将は驚嘆し、この娘は深川花柳界の売り物になる、と素性の知れない子持ち女が披露した、優雅な京舞に目を付けたのだ。

女将の勘は当たっていた。

変わった趣向が好きな粋人《すいじん》たちは、お乱の芸が京舞の流れとも知らず、これぞ深川芸者の新趣向、と口を揃えて絶賛した。

お乱が出るお座敷には見物客があふれ、深川の花柳界では評判になったという。

わずか数年で、お乱姐さんは深川花柳界一の名妓、と言われるようになったらしい。

子持ち女など相手にしないはずの花柳界で、お乱が幼い娘を育てることが出来たのは、ものを知らない粋人たちの誤解で、お乱の京舞が深川芸者の新趣向と思われて、みずから芸者置屋に身を売るほど、窮迫していた流れ者の子連れ女が、深川一と言われる芸者置屋で、意外な優遇を受けていたからだろう。

お乱は日頃から身辺に隙を見せず、逢坂《おうさか》の関《せき》を破ろうとする男には、

「うちは良人がある身どすえ」

と小唄で鍛えた張りのある声で、気っ風のいい啖呵《たんか》を切って、好色な男たちを寄せ付けなかったらしい。

「羨ましい野郎もいたもんだ。いい女を独り占めにするような色男は、八つ裂きにしても飽き足らねえ。見掛けたらその場で叩っ殺してやる」

と凄んでみせる悪党もいて、何も知らないお乱の良人は、女房が振った男たちから

逆恨みされ、色好みが自慢の連中にまで、冗談半分に憎まれていたらしい。

しかしお乱の周辺には、それらしい男の影を見なかったという。

「そんなこんなで、深川芸者のお乱姐さんは、ゾクゾクするほど色っぽいのに男嫌い。あの女は小野小町の再来か。いまは綺麗、綺麗、と言われていても、やがて路傍《ろぼう》に行き倒れ、死骸は腐って骨になり、髑髏《どくろ》の眼窩《がんか》に草が生え、死後も苦痛に堪えられず、道ゆく人を呼び止めて、あなめあなめと哀訴しても、生前は絶世の美女と評判で、歌の上手な才媛と褒められていた小野小町の、眼窩に生えた雑草を、抜き取ってくれる者もなかったという。いずれはお乱姐さんも、そうならねえという保障はねえ。せっかくのいい女が、勿体ねえ話ではないか、とお乱姐さんから振られた腹いせに、悪口を言う連中がいても、お乱姐さんは気にも留めず、お座敷を勤めた後は、芸者置屋の稽古場で、娘のお菊さんに京舞を教え込み、厳しく優しく育てたと聞いております。この平穏無事なご時世に『乱』などという、物騒な名を持つ母親ですが、娘のお菊さんを可愛がって、ああこの子なら、たとえ眼に入れても痛くない、と口癖のように言っていたそうです。そのお陰で愛娘《まなむすめ》のお菊さんは、芸達者で母親と瓜二つの、美形に育ったということです」

吉右衛門は商売人らしい抜け目なさで、洒楽斎が知りたがっていることを、落ちなく調べさせているらしかった。

「京から流れて来たという、お菊さんの母親は、京舞には自信があるらしく、どう売り込んだのか知りませんが、深川で一流の芸者置屋に囲われて、まだ乳離《ちばな》れもしていない、幼い娘を育てながら、深川芸者らしい意気と張りを見せて、真っ直ぐに生きた女だったということです。外見はしなやかでも、よほど芯の強い女だったようで、深川の花柳界に新風を吹き込み、京舞の流れを汲む品格あるお座敷芸を披露して、名妓と謳われて短い生涯を終えた、美しくも儚《はかな》い女であったと聞いております」

酒楽斎は名状し難い衝撃に襲われた。

やっと消息が知れた、と思われたお蘭は、いまから数年前に死んでいたのだ。

五

「どうされたのですか先生。ひどく顔色が悪いようですが」

お蘭の死を知った酒楽斎は、いきなり喪失感に襲われて、ほんの一瞬だけのことながら、気を失っていたらしい。

気が付くと、尾張屋吉右衛門が心配して、酒楽斎の顔を覗き込んでいる。

「いや、いや、大事ない、大事ない。いつもすきっ腹を抱えているので、久しぶりの御馳走に、腹の虫が驚き騒いでいるだけじゃ」

洒楽斎としては、冗談を言って取り繕ったつもりだが、日々の暮らしがそのとおりなので、冗談になってはいなかった。

吉右衛門は、眉を顰《ひそ》めながらもホッとして、蔵前の札差らしく鷹揚に応じた。

「それはいけませんな。腹の虫が騒がないよう、日頃からよい餌を与えて飼っておかなくては。いざというときになって、身内の虫に叛《そむ》かれてしまいますぞ」

洒楽斎は、お蘭の死を知った衝撃を隠して、

「腹の虫が騒ぐのも無理はない。近頃の風潮として、とんでもないことを仕出かす、危ない連中が増えてきましたからな」

洒楽斎はさり気なく、話題を空腹から逸らして、世間の風潮を嘆いて見せた。

数千両という大金を、右から左へと動かしている、蔵前の札差を前にして、あまり貧乏くさい話をしたくはなかったのだ。

しかし老練な札差を、誤魔化すことは出来なかった。

「先生を前にして、失礼な言い方になってしまいますが、わたしはお武家の矜持《きょうじ》や誇りなどというものを、これっぽっちも信じてはおりません」

幕府や大名を相手に、大商いをしている尾張屋の、意地と張りとがムクムクと、頭をもたげてきたらしかった。

「腹が減ったら腹が減ったと、素直におっしゃればよいではありませんか。誰だって腹は減ります。空腹を恥じることはありません。はっきりと申し上げれば、武士は食わねど高楊枝《たかようじ》という、あの根性が嫌いなのです」

少し言い過ぎたと思ったのか、吉右衛門はすぐに笑顔を取り戻して、

「わたしも蔵前の札差です。先生の生き方や考え方に共鳴したからには、必要とあらばいつでも援助を惜しまない、と申し上げたばかりではありませんか。先生が天然流の道場を持ちたいと思われるなら、品川《しながわ》だろうと板橋《いたばし》だろうと、あるいは新興地の内藤新宿だろうが、お好きなところに道場を構えなさるがいい。そのくらいの出費など、失礼ながら尾張屋は、毛ほどの痛みも覚えません。先生もわたしも、年頃はあまり変りませんから、どこまで生きることが出来るものやら、そのときが来なければ分かりません。いま出来ることはいまやっておかなければ、明日は出来なくなっているかもしれませんよ」

尾張屋吉右衛門の言いたいことは、どうやらその先にあるらしい。

「お武家は御先祖から伝えられた禄高を守って、それを増やさぬよう減らさぬよう、

子孫に伝えれば食って抜けられます。お武家とは、もともと戦うための要員ですから、戦いのない世になれば、することがなくなって当然です。先祖から伝えられた禄高を、そのまま子孫に伝えてゆけば、この世の勤めは果たせます。まことに結構なことですな。いやいや、働きもせず、俸禄を貰っているお武家さまを、皮肉っているわけではありませんよ。戦いのない世を、結構と言ったのです。お陰でわたしら商人《あきんど》は、落ち武者や野盗から、強奪されずに商売が出来ます。まことにありがたいことですな」

この男もわしと同じように、理不尽な世の仕組みを変えたい、と思っているのかもしれない、と洒楽斎はふと思った。

江戸幕府のお膝元で、幕府公認の札差業を営む吉右衛門が、だからこそ洒楽斎の天然流に共鳴し、そのための援助なら惜しまない、と太っ腹なところを見せたのだ。

しかし何故だろう、と思っている洒楽斎は、吉右衛門が差し出した救いの手に、喜んで乗る気にはなれなかった。

商人は利を生むところにしか金を使わない。

差し当たっての負債は覚悟しても、その先が利に繋がるかどうかを、商人たちは冷静に見極めているだろう。

尾張屋吉右衛門は、尾張出身の小商人《こあきんど》から身を起こし、浅草蔵前の札差に成りあがった男だから、生き馬の目を抜く江戸の商人たちに伍《ご》して、したたかに抜け目なく、立ちまわってきたに違いない。

数々の修羅場を生き抜いてきた商人が、勝算のない賭けに出るだろうか。

「天然流の先生を前にして、こんなことを申し上げるのは、口幅ったいようですが」

吉右衛門はそう言うと、手にしていた酒盃を膳に戻した。

何を言おうとしているのだろうか。

「わたしは一介《いっかい》の商人です。先祖から受け継いだ資産などはございません。近頃になって、つくづくと思うことがございます。何もないところから始めた商売など、どれほど頑張ったところで高《たか》が知れている。死ねばすべてをお上に返上して、おさらばする仕組みになっているようですな。人さまから鬼と思われ憎まれながら、面《つら》の皮を厚くして稼いできたわずかな財産や、少しは知られた店の名も、死んだ後には何も残りません。商人は強欲だと世間さまから思われ、幕府のお偉方からは、いつでも掘り出せる埋蔵金のように扱われ、身分は士農工商の最下位に置かれ、儲け過ぎれば難癖を付けられ、全財産を没収されてお取り潰しに遭う。いずれにしても人様に羨ましがられる生き方とは言えませんな」

なるほど、吉右衛門が土蔵造りの料亭を選んだのは、思うことを語るために、他に聞かれることを避けてのことか、と洒楽斎は思い当たった。

このあたりは蔵前に近いから、同業者に聞かれてまずい商談は、これと似た造りの料亭で行われているらしい。

尾張屋吉右衛門は、何を憚って、土蔵造りの料亭を選んだのだろうか。

「それで」

と言って、洒楽斎は先を促した。

吉右衛門は言いかけた話を継いだ。

「この世で稼いだ金は、この世でなければ使えない。ならばケチケチせずに、おのれが納得出来る使い方をするべきだ。ちょっと情けなく思いますが、これが長年にわたって商売に明け暮れてきた男の得た、平凡極まる教訓のようなものです」

そういうことなら、洒楽斎にも分かるような気がする。

どんな権勢家でも、その男が死んでしまえば、生前には絶大な権力と怖れられていたものが、すべて虚妄《きよもう》でしかなかったことを暴かれる。

それは洒楽斎が、まだ鮎川数馬であったころ、痛切に思い知ったことだった。

鮎川数馬はそのことを思い知らされ、縁なき郷里となってしまった多摩を捨てた。

多摩に生き、多摩に死んだ父親が、生前は権勢家と言われながらも、死んだときには、空っぽの土蔵しか残さなかったことを、目《ま》の当たりに見たからだった。

無尽蔵《むじんぞう》と伝えられていた先祖伝来の宝蔵も、父親の死後に親族立会いのもと、塵埃《じんあい》や蜘蛛の巣を払って開けてみると、暗闇の中に残されていたのは、使い物にならない我楽多《がらくた》や、埃に塗れた借財証文の束だけだったという。

たとえ中身は空っぽでも、豪壮な白壁の土蔵が、広い屋敷内に立ち並んでいれば、それが鮎川家の権威と財力の象徴となって、辣腕《らつわん》と言われた父親の、政治力を支えていたのだ。

遣り手と言われた鮎川数馬の父親は、悪どい遣り方など出来ない人で、多摩の郷士を束ねた政治力と言っても、近在で幅を利かせる程度で大したことはなかった。

一言でいえば、近隣に住む多摩の郷士たちに、睨みを利かせていただけに過ぎなかったのだ。

辣腕と言われた生前の父親は、近在の郷士たちとの均衡を維持するために、惜しまず金や財宝を使い、在所にも細心なほど気を遣って、胡麻《ごま》擂り連中にも気前よく振る舞い、敵対する相手には、惜しみなく金をばら撒いて丸く収め、それでも従わなければ、自慢の腕力で押さえたが、制裁も力を見せつけるだけに留めて、徹底して弾圧することを避けていた。

息子の数馬から見れば、詰めの甘いやり方に思われたが、近隣の郷士たちから、権勢家と思われていた父親も、ほんとうは他人の評判を気にするお人好しで、他者との争いが嫌いだったのだ。

父親が頓死《とんし》すると、生前は金と力で抑えられていた連中が、小狡《こずる》そうに周囲を窺いながら、次から次へと離反していった。

当主を失った鮎川家では、嫡男の数馬が京に遊学したまま帰る気配もない。たとえ帰ってきたところで、土地の実情を知らない若造に、鮎川家の再建など出来るはずはなかった。

こうなれば頼れるものは、先祖から受け継いできた、土蔵に眠っている金塊と財宝だけだ、と誰しも思う。

しかし親族立会いの下に、練り漆喰で塗り固めた重厚な扉を、数人掛りで押し開いた土蔵は、わずかな光も届かない真の闇で、お宝らしき物は何もなかったという。

数馬は立ち合ったわけではないが、鮎川家の勢力を保障してきた、豪壮に見えた土蔵の中身は空っぽで、誰が相手なのか分からない貸し証文や、借財証文の写しが残っていただけだったらしい。

金銀財宝が眠っている、と思われていた立派な土蔵は、権勢家と言われていた父親の、空っぽな実像そのものではなかったか。

お宝が充満しているはずの宝蔵が空っぽだったことが近隣に知れわたると、父親が築いた権勢や威信も地に落ちて、後に残されたのは嘲《あざけ》りと罵倒の声ばかりだった。

それは仕方がないにしても、父親が日頃から積み重ねてきた、ささやかな善行や名声さえも忘れられ、いまは人の噂にも上らなくなっているらしい。

多摩の旧家と言われた鮎川家は、数馬が京に遊学しているあいだに消滅していたのだ。

家を継ぐはずの嫡男を、京に遊学させた父親は、そうなることを、あらかじめ知っていたのではないだろうか。

若くして多摩を離れた数馬は、そのときからすでに、帰るべき郷里を失っていたと言うべきか。

宝暦事件に連座して、京からも追放された鮎川数馬は、親から授かった名を捨てて、いかにも世を拗ねたような、酔狂道人洒楽斎などという、ふざけた名乗りに改めたのだ。

六

吉右衛門は穏やかに言葉を継いだ。

「先生の天然流に共鳴して、応援させてくださいと申し出たのは、わたしの納得出来るお金の遣い方を、教えられたからに他なりません。憚りながらこの尾張屋には、何もないところから叩き上げてきた、意地と張りがございます。何も恩着せがましく、援助しようなどと申すのではございません。見返りを求めない金の遣い方こそ、この上もない道楽と心得ております。道楽に金を惜しんでは楽しむことなど出来ません。いずれ死にゆく身となれば、お上に差し出す運上金を、ひたすら稼ぐだけの暮らしにも飽きました。遠慮なさることはございません。わたしが稼いだ金を、わたしの道楽に使ってみたいだけなのですから」

そういう考え方があってもよい、と洒楽斎は思う。

太っ腹の札差を楽しませるには、あるがままを善しとする、天然流がお似合いなのか。

そう思いながらも洒楽斎は、皮肉な笑みを浮かべざるを得なかった。

しかし尾張屋との屈託のない付き合いが深まるにつれて、吉右衛門にそそのかされ、天然流の道場を構えるのも悪くない、と洒楽斎も考えるようになって来ていた。

そのころの洒楽斎は、意識して俗界を離れ、深山幽谷に籠って心身の修行をしていた。

だから剣の修行と言うよりも、天然の中に身を置いて、雑念を去って大地と一体化しようと、瞑想にふけることが多かったのだ。

空腹と疲労と不眠が重なって、意識朦朧としていたとき、突然の睡魔に襲われて、夢想のうちに天然流を開眼したと悟ったが、弟子と言えるような若者は、人跡未踏の山中で、春夏秋冬を共にすごした、津金仙太郎ひとりしかいなかった。

気ままに生きているあの男なら、知らせればすぐに駆け付けてくれるだろう。

しかし、門弟がたったひとりの道場に、天然流の看板を掲げても、さまにならないこと甚だしい。

しかも剣術の稽古では、洒楽斎は師匠でありながら、不敗の小天狗と言われた若い弟子に、手も足も出ないのだから情けない。

これを世間に知られたら、入門を志願する者は皆無となり、せっかく開いた道場に、誰ひとり寄り付かなくなるだろう。

いずれにしても準備不足だ。

僻村を渡り歩いていた洒楽斎は、百姓たちを集めて剣術を教えても、宿代や旅費と飯代を稼ぐための賃仕事で、剣術の弟子を育てたわけではない。

剣術の修行と言っても、おのれの悟達《ごたつ》を求めていたので、弟子を取ろうという気はなかった。

ましてや道場を開く準備など、しているはずはなかったのだ。

夢想のうちに天然流を開眼したとは言え、権威ある巨匠から認可を受けたわけではなく、おまえが開眼したという流儀など、勝手な思い込みにすぎないと言われても、そのとおりだから返す言葉はない。

だからといって、実績を積むために流儀を広めよう、などと考えたことさえなかったのだ。

洒楽斎は慎重に、

「尾張屋さん。おっしゃることは分かります。ただし三年間の猶予をいただきたい。やがて構えるかもしれない道場の、お膳立てを整えてから始めましょう」

婉曲《えんきょく》に断わりを入れたつもりなのに、尾張屋はにこにこと恵比須《えびす》顔になって、

「分かりました。先生に承知していただいたからには、わたしのほうでも、政界、財

界、地主たちを問わず、いろいろな方面に手を打っておきます。先生がお考えの天然流では、収益が出るとは思えませんから、お弟子さんたちの負担が、出来るだけ軽くて済むようなやり方を、いまから考えておきましょう」

すでに商談が成立したかのように、すぐさま各界との交渉を始めて、後には退けない態勢にまで持ち込もうとしている。

置き網を張って、小魚を追い込む漁法にも似た、身動きを取れなくする商法ではないか。

さすがに商売人の遣り口は違う、尾張屋は浅草蔵前の札差まで登り詰めた、したたかな御用商人だったのだ、と洒楽斎は思わず苦笑した。

しかし洒楽斎は、尾張屋の強引な商法に、してやられたとは思わない。

世間知らずの洒楽斎ほど、儲け口から遠い男は居ないのだし、天然流などという曖昧な看板を掲げた道場に、採算が取れるほど弟子たちが集まろうとは思えなかった。

収支の合わない金遣いこそ最大の道楽、などと嘯《うそぶ》くのは、金の使い道に困っている金持ちのセリフで、その日暮らしの洒楽斎は、お金持ちの気まぐれな道楽など、相手にする気にはなれなかったのだ。

そう思って、意地悪い眼で観察してみたが、その後も吉右衛門に、虚偽や騙しの陰は寸毫《すんごう》も見当たらない。

なるほどこの男は、ただ誠意と信用だけを元手にして、ここまでのし上がってきた商人だったのだ、と洒楽斎は思い直した。

商人は信用が第一で、虚偽や騙しやはったりだけで、ここまで這いあがれるはずはない。

吉右衛門がわしを信じるなら、わしもこの男を信じて、わしが創始した流儀の道場を開き、そこを天然流の根城《ねじろ》にして、明日を担うに足る弟子たちを育てよう、と独立独歩を旨《むね》とする洒楽斎も、少しは思うようになっていた。

あの融通が利かない愚直な連中が、土着した片田舎で寺子屋を開き、百年後に花開くはずの貴重な種を、辛抱強く育てているように、わしも苦行の末に創始した天然流を、どうなるか分からぬ明日に向かって、伝えてゆくことに専念してみよう。

洒楽斎がそう思ったのは、いま（天明元年）からおよそ数年前のことだった。

第六章　蘭と菊

一

その後も洒楽斎は、掘割の入り組んだ墨東に遊び、名所旧跡を歩き廻って腹が減ると、永代寺門前仲町《えいたいじもんぜんなかちょう》の腰掛け茶屋で、肉厚なあさりの剝き身を野田《のだ》の醬油で甘辛く煮て、丼飯にぶっかけた素朴な名物、潮の香りがする深川丼を食べた。

具材のあさりが豊富で新鮮なので、田舎じみた素朴な味だが、深川丼は美味かった。

かつてこのあたりは遠浅の海で、いまも人家のすぐ近くまで海が迫っている。

引き潮になった頃合いに、海に近い砂浜を掘れば、子どもたちでも大量のあさりやしじみが獲れた。

このあたり一帯は、満潮《まんちょう》のときは遠浅の海底に沈み、引き潮には黒く光る砂地が広がる、海とも陸ともつかない荒れ地だった。

江戸が開かれたころは、潮の満ち引きで潮目が変わり、昼夜を問わず海水に洗われていた湿地帯に、戦争の記憶が薄れた明暦のころから、湿地帯に掘割を通して、掘り捨てた残土を盛った埋め立て地を造成した。

水はけの悪いこのあたりに住む者など、江戸の初めまでは皆無だったが、湿地を掘って水路を設けてからは、低湿地を流れていた幾筋もの水も流れを変え、網の目のように乱流していた小さな流れが、掘割ごとに集められ、海水に洗われなくなった泥土も乾いて、どうにか人が住めるような土地になった。

小さな漁村が点在していた牛島《うしじま》（墨東）に人が住むようになったのは、大川《おおかわ》（隅田《すみだ》川《がわ》）に架けられた両国橋《りようごくばし》が、武蔵と下総《しもうさ》の両国を繋ぎ、江戸の市街から溢れ出た下町っ子が、大川の左岸に押し寄せてからのことで、墨東は近年になってから拓かれた新開地だった。

両国橋が架けられたのは、大江戸が焦土と化した、明暦の大火（一六五七）の後だった。

紅蓮《ぐれん》の炎に追われた江戸っ子たちは、背後から迫る猛火に逃げ場を失い、焦熱《しようねつ》地獄から逃れようと、滔々《とうとう》と流れる大川に飛び込んだが、波の荒い大川を泳ぎ渡ることは出来ず、悲鳴を上げながら濁流に呑み込まれ、万余の男女が溺死するという惨事が重なった。

江戸（武蔵国）と牛島（下総国）を繋ぐ大橋さえ架かっていたら、火焰に追われた老若男女が、濁流に呑まれて溺れることもなく、対岸に逃れて命拾いをしたのに、と悔しがる江戸っ子たちの思いが幕閣を動かし、官民が一体となって突貫《とつかん》工事で架けられたのが、全長九十六間の両国橋だった。

やがて、その下流に新大橋が架けられ、さらに下流には、永代に渡って流されないようにと、頑丈に造られた永代橋が架けられた。

そこは遠浅の海が波打っていた海浜で、大量の土砂で埋め立てなければ、とても人が住めるような土地ではなかった。

湿地帯が広がっている東岸から、大川に流れ込む掘割を開鑿《かいさく》して、大川と垂直に繋がる運河を掘り抜き、これを竪川《たてかわ》、小名木川《おなぎがわ》と名付けて、さらにその流れと垂直に交わる、かなり大掛かりの運河、横川《よこかわ》を掘り割ることで、隅田川を逆流する満潮の勢いを殺《そ》ぎ、潮の満ち引きで水没する湿地の難を解消した。

竪川と小名木川を繫いで、南北に流れる横川を開鑿し、縦と横が直角に交差する、井桁《いげた》状の水路が掘り割られた。

これと連絡する水路に、仙台堀《せんだいぼり》、六間堀《ろっけんぼり》、五間堀《ごけんぼり》などと呼ばれる掘割が、本所《ほんじょ》深川の一帯に張り巡らされて、深川情緒あふれる水の街が出来た。

その地に富岡八幡宮《とみおかはちまんぐう》や永代寺を勧進《かんじん》して、江戸っ子たちが集まる遊び場に仕立てたのは、新名所に押し寄せる大勢の見物人たちに、蘆《あし》の繁っていた遠浅の湿地を、踏み固めさせるためだったという。

深川丼を食べ終わると、洒楽斎は富岡八幡宮脇の掘割に沿って東仲町《ひがしなかちょう》まで歩き、寺域《じいき》の四方に掘割の水が流れる三十三間堂町《さんじゅうさんげんどうちょう》へ向かった。

これは深川に遊んだ洒楽斎が、決まって辿る道筋だった。

横長に延びる朱塗りの堂宇《どうう》は、京の蓮華王院《れんげおういん》を模して、備後《びんご》という弓師《ゆみし》が通し矢の稽古場として建てたもので、通し矢に使用する広縁《ひろえん》の奥行きは、京の三十三間堂を模した弓場の規定で、同じ距離の六十六間あるという。

横長の伽藍に沿った細長い境内には、寺院に付き物の心字池《しんじいけ》や石庭はなく、まして視界を遮る松や桜も植えず、海浜の砂を敷き詰めた簡素な庭園には、土壁を搗《つ》き固めた長い塀に沿って、縁日のような葦簀《よしず》張《ば》りの露店《ろてん》が軒を並べている。

通し矢がある日になると、境内は見物人で溢れると言うが、通し矢の日でなくとも、露店で売っている甘酒や串団子を目当てに、子連れの女たちや、孫を遊ばせる老爺《ろうや》や老婆で賑わっていた。

木戸口で寺銭を払うと、洒楽斎は三十三間堂の内陣に入り、千躰《せんたい》の観音菩薩《かんのんぼさつ》が並ぶ薄暗い堂内で、結跏趺坐《けっかふざ》を組んで座禅を始めてみたが、騒々しい見物客たちに邪魔されて、夢想の境《きょう》に入ってゆくことは出来なかった。

どうも修行が足らぬと諦めて、洒楽斎は混み始めた堂宇を離れた。

京ではよくお蘭と一緒に、塩小路《しおこうじ》に近い三十三間堂（蓮華王院）を散策したが、江戸にもそれと同じ様式の三十三間堂があると聞いて、洒楽斎は深川に立ち寄るたび、名物の深川のあさり丼を食べ、そのあとは富岡八幡宮を左手に見ながら、永代寺門前町の堀端を東に向かうのが習慣になっていた。

お乱と名乗っていたお菊の母が、もし若き日に別れたお蘭だとしたら、きっと三十三間堂の名を懐かしんで、この辺を散策するだろうと思ったからだ。

もちろん深川の三十三間堂で、お蘭に逢うことは出来なかった。

すでに数年前から、お蘭はこの世の人ではなかったのだ。

吉右衛門からそのことを聞いているのに、洒楽斎は却ってこれまで以上に、お蘭の気配を感じるようになったような気がする。

それは別れたときのお蘭と、容貌も姿も、声や気質までそっくりのお菊が、洒楽斎の前に姿を見せたからだろう。

それもこれも、洒楽斎には分かっている。

尾張屋に誘われて、お菊の乱舞を見たときから、洒楽斎は年甲斐もなく、幻覚に悩まされるようになったのだ。

乱舞を踊っているお菊を、あれはお蘭ではないか、と思い惑い、十数年という歳月を隔てて、若い日に別れたままのお蘭が、老いた鮎川数馬を探し当て、時空を超えて逢いに来てくれたような錯覚に捉われて、そんな奇妙な幻覚から、容易に醒めることが出来なくなっていたのだ。

いやそうではなく、乱舞を踊っているお菊が、内に秘めた思いを舞いの所作に移し替える姿に、洒楽斎は魅せられていたのかもしれなかった。

十六年前に別れたきり、すれ違ってばかりで逢うことが叶わなかったお蘭が、離れて久しい鮎川数馬を、やっとのことで探し当て、はるばる逢いに来たのかと錯覚し、そのとき感じた一瞬の歓喜を、永遠に凍結しておきたいという狂気にも似た思いに、取り憑かれていたと言ってよい。

これは身体に悪いし、何よりも脳に悪い、と思っていても、なかなかやめられない酒癖に似ている。

心はここにあってここにあらずか。

このようなとき、遺恨試合を狙う流浪《るろう》の武芸者から、わずかな隙を付け込まれ、好機到来と挑まれたら、いつもなら歯牙《しが》にもかけない相手に、バッサリと斬られてしまうかもしれなかった。

洒楽斎は人恋しい思いに駆られていた。

掘割がめぐらされた墨東を、こうして当てもなく歩き廻るのも、ひょっとしたら向こうから、お蘭が歩いてくるのではないかと思われるからだった。

京の馴れ初めがそうだった。

お蘭は娘盛りのころ、竹内式部の私塾に通って「日本書紀釈義《にほんしょきしゃくぎ》」を聴講したことがある。

竹内式部の塾生は男子ばかりで、婦女子の聴講は他にいなかったので、お蘭は特別に張めぐらされた御簾《みす》の中で講義を受けた。

御簾は逆光に透《す》けて、中にいる娘の影が仄かに映るので、それを見たさに塾生たちは気もそぞろで、式部の釈義など聞いていない連中も多かった。

鮎川数馬は先生の釈義が面白くて、お蘭の噂ばかりする塾生たちとは、敢えて一定の距離を保っていた。

式部の講義が終わると、お蘭は迎えの従者に護られて、すぐに帰ってしまうので、お互いに顔は見知っていたが、声を交わすほどの仲ではなかった。

ところが半年ほどすると、お蘭は姿を見せなくなった。

お蘭の席から御簾は取り払われ、それから半月足らずで、竹内式部の「日本書紀釈義」も打ち切られた。

後から知ったことだが、竹内式部の身辺には、不穏な噂が飛び交っていたらしい。

宮中の刷新を図る若手公卿、徳大寺《とくだいじ》公城《きみき》、正親町三条《おおぎまちさんじょう》公積《きんつむ》、坊城《ぼうじょう》中納言《ちゅうなごん》俊逸《としはや》などの推薦で、十七歳になる桃園天皇の侍講となった竹内式部の講ずる「日本書紀釈義」が、一条《いちじょう》関白《かんぱく》道香《みちか》、近衛《このえ》内前《うちさき》など、保守派の公卿たちから、皇室を危うくする扇動と批判され、のちに宝暦の一件と呼ばれる弾圧の火種となったのだ。

しかし「釈義」を聴講していたお蘭が、式部の私塾を辞めた理由はそれではない。

お蘭は幼少のころから京舞の資質に恵まれ、宗家から望まれて養女になったので、厳しい稽古を課せられる代償として、多少の我儘なら許してもらえるお嬢さんだった。

竹内式部の私塾に学んだのは、お蘭がそれを望んだからで、京舞宗家としての素養を学ぶために、無理やり通わせられたわけではない。

お蘭の我儘を後押ししたのは、学問好きな養父で、お蘭は厳しい稽古を強要する養母よりも、鷹揚な養父に親しんでいた。

お蘭が女ながらも漢籍に堪能で、竹内式部の塾生たちを驚かせたのも、養父の薫陶《くんとう》を受けた成果だろう。

高名な竹内式部先生から、日本書紀の釈義を学びたい、とお蘭が言ったとき、喜んで送り出してくれたのは養父だった。

養母には一抹の懸念があって、京舞の宗家を継ぐ身には、漢籍や国史など読むのは芸の遅れになる、と取り合おうともしなかったが、養父の後押しがあって、お蘭は竹内式部の私塾に通うことが出来たのだ。

ところが、お蘭に優しかった養父が急逝《きゆうせい》した。

養母はただちに、お蘭が竹内式部の私塾に通うことを禁じた。

京舞の宗家は公家たちとも親しく、宮廷の内輪話も耳にすることがあったので、花園天皇の侍講となった竹内式部が、お上を洗脳している、と疑われていることも知っていた。

京舞の宗家を継ぐ娘が、竹内式部の私塾に通い、よりによって「日本書紀釈義」を学んでいることを心配し、養母はいつもハラハラと見守っていたのだが、養父が逝去したのを機に、お蘭の通塾を禁止したのだ。

それから一年半ほどして、まだ蕾《つぼみ》も開かない梅園で、たまたま顔を合せた若いふたりは、たちまち激しい恋に落ちた。

あのときのようなお蘭との出逢いが、あるかもしれないと思ったのは、老年期に入りつつある洒楽斎にも、期待に胸をときめかす若さが、まだ残っていたのかもしれなかった。

犬も歩けば棒に当たる。

複雑に入り組んだ堀端に沿って、洒楽斎は本所五つ目渡しまで足を延ばし、天恩山《てんおんざん》五百羅漢寺《ごひゃくらかんじ》の境内に建っている、不思議な形をした栄螺堂《さざえどう》まで歩いたが、十数年前からすれ違ってばかりのお蘭はもちろんのこと、知っている顔とさえ出逢うことはなかった。

栄螺堂はその名のとおり、巨大な栄螺にも似た奇妙な建造物で、屋根も堂宇の外壁を這って、グルグルと螺旋《らせん》状に渦巻いている。

遠景から見ても、栄螺堂は仏塔のように聳えているが、その形態はずんぐりした三重塔のように見える。

寺院の構造としてはかなり異質で、ずんぐりと肥満した三重塔なのか、三十三間堂を三つに切り取り、それを三重に積み重ねたような特殊な伽藍なのか、いずれとも見当は付け難かった。

　ともかく伽藍には、三十三体の観音菩薩が安置され、堂内を一巡りすれば、三十三ヵ所の名勝を巡礼したに等しい功徳《くどく》を得られるという。

　お手軽な三十三ヵ所巡りか、と江戸っ子好みの遊び心に呆れたが、変わった堂宇への珍しさも手伝って、洒楽斎は木戸口で寺銭を払って栄螺堂に入った。

　堂内はそれなりに賑わっていた。

　ゆるやかな傾斜に刻まれた低めに続く階段を登って、堂内に入ってゆく者はいても、摩訶不思議なことに、出て来る者はいなかった。

　栄螺堂は奇妙な建造物で、ゆるやかな螺旋階段を登って上階に進むが、入口から上階に登る者はいても、下りてくる者と出会うことはないという。

　堂宇へ入って行った参詣人たちは、どこへ消えてしまったのだろうか。

　ゆきて帰らぬ冥途《めいど》の旅か。

　しかし耳を澄ますと、薄い板壁を隔てたすぐ近くに、先に堂内へ入った見物客たちの、押し殺した声や気配が伝わってくる。

　先に堂宇に入った参詣客たちは、いまも巨大な栄螺の中にいて、後から来た洒楽斎とは、距離も居場所もそれほど離れていないのだ。

ひょっとしたら、すれ違ってしまったお蘭と数馬も、栄螺堂に入って行った人々のように、二度と会えない螺旋の迷路に迷い込み、近くに居て声も気配も感じ合えるのに、巨大な栄螺の中に居るような、不透明な薄い壁に隔てられて、見ることも触れ合うことも出来ない不思議な迷宮の中に、閉じ込められていただけなのかもしれなかった。

ゆるやかな斜面を上り詰め、最上階に出てみると、その先は下りの通路に繋がっている。

下りはやはりゆるやかな斜面で、堂内をグルグル廻りながら下ってゆけば、いつのまにやら栄螺堂の出口に達する。

奇怪な栄螺堂の見物客たちは、二重螺旋の中をゆっくりと上り下りして、堂内では先客と出会うこともなく、薄い板を境に、じつはすぐ近くに居るので、互いに姿は見えなくても、声を聞くことは出来るのだ。

お蘭とは遠く離れて、逢うこともなく時を過ごしたと思っていたが、案外すぐ近くにいて、たとえ姿は見えなくとも、声を上げれば届いていたのかもしれなかった。

栄螺堂を出た洒楽斎は、ふたたび深川に向かって歩きながら、お蘭を間近に感じられる娘が、すぐ近くにいたことを思い出した。

しかし深川を散策しても、お菊と偶然に出逢うことはなかった。

二

「先生、深川に行かれるなら、お菊さんに逢われたら如何です。あの娘は人気絶頂の乱舞を、繰り返し踊らされて疲れきっているのです。あの若さであの疲れ方は、決して尋常とは言えませんよ。いまのお菊さんには、忙しすぎるお座敷を休んで、息抜きの場が必要でしょう。幸いなことに、先生はお暇なようですから、お菊さんのお相手をしてやってください。このままゆけば、あの娘は間違いなく潰されてしまいます。お金のことならご心配なく。芸者置屋への挨拶と、お菊さんを呼ぶ花代の先払い、先生とお菊さんが飲み食いする場所と費用など、すべてわたしのほうで手配しておきますから」

尾張屋吉右衛門は決算期の帳場に追われて、いまは蔵前を離れられないという。

「それにお菊さんは、不思議と先生に懐いているようで、あの人と一緒にいるとなぜか気分が楽になる、と言っているようですよ。小娘が思っていることは、わたしにはよく分かりませんがね。先日に御一緒したとき、先生がお菊さんの舞いを見て、何かを感応したように、お菊さんも先生から醸《かも》し出される何かに、感応したのではないでしょうか」

また吉右衛門の道楽が始まったらしい、と思って洒楽斎は苦笑した。

洒楽斎の道場開設が、予定や設計もされていないので、痺《しび》れを切らした吉右衛門はその隙に、苛酷な芸を強要され、心身共に苦しんでいる乱舞のお菊に、手を差し伸べようとしているらしかった。

このままではあの娘が潰されてしまう、と洒楽斎も同じことを気に掛けている。

お菊が乱舞を踊った後に襲われる、底知れない虚脱と喪失がどのようなものなのか、洒楽斎にも分からないことはない。

お菊の激しい乱舞は、一曲ごとに湧き出る内なる思いを、舞いの所作に託して放出しようとして、思うようにならないもどかしさに苦しんでいる、若い娘の悲痛な叫びなのだ。

それは乱舞の芸以前から、もともと備わっていたお菊の資質で、磨けば誰もが得られるような、小手先の芸とはわけが違う。

あの娘だけが持つ芸以前の芸、つまり本来のお菊が全身で悶え苦しみ、どこかに出口を求めて、必死になって足掻いている生々しい姿に他ならない。

しかし、そんなことにこだわる必要はないのだ、と洒楽斎は思っている。

たぶん吉右衛門も分かっているに違いない。

いまのお菊に必要なのは、そんな難しいことではなく、休息と安らぎ、そして、お菊にとって諸刃《もろは》の剣《つるぎ》となっている過敏さを、ひとまず安全な鞘に納めて、心から寛ぐことだ、とやはり洒楽斎も思っている。

しかしそれは、口で言うほど易しくはない。

その難しいことを、あの老獪な札差商人は、すべてわしに押し付けて、そのお膳立てと掛かる費用は受け持つからと、虫のよいことを言っているのだ、と洒楽斎は冗談半分とはいえ、腹の中で毒づいていた。

しかしこれは、洒楽斎にとって悪いことではなかった。

郷里を捨て、遊学先の京を追放され、融通の利かない連中と一緒に、約束の地を訪ねて放浪を重ね、家を守り子を育てるという、真っ当な暮らしと無縁だった男が、もしかしたら実の娘かもしれないお菊に、父親らしく接することが許されるのだから。

難しいかもしれぬな、と洒楽斎は思わないでもない。

お菊のような過敏すぎる娘を、どうしたら寛がせることが出来るのか。

不器用な洒楽斎にとっては、難問中の難問かもしれなかった。

しかしここで逃げたら、過敏すぎるお菊は自壊してしまうかもしれず、もしそうなったら、女ひとりで頑張ってきたお蘭の子育てが虚しくなるだろう。すれ違ってばかりだったお蘭との仲に、生涯の悔いを残している洒楽斎は、お菊の煩悶《はんもん》を少しでも和らげ、夭折したお蘭を供養しなければ、と思い直したのだ。

三

繁華街に慣れない洒楽斎は、吉右衛門のお膳立てに従って、馴染みの料亭に乱舞のお菊を呼び出し、豪勢な食事を共にすることもあった。お菊の乱舞を見て以来、時空を乱されてしまった洒楽斎は、わが娘かもしれないお菊に、命を削るような乱舞を踊らせるつもりは毛頭もなかった。お菊の乱舞を見ていると、踊るお菊にお蘭が乗り移っているように思われて、洒楽斎は歓喜と苦痛に苛《さいな》まれて懊悩せざるを得なかった。乱舞を舞い終えたお菊は、精魂尽きて失神することがあるという。洒楽斎もお菊の乱舞に幻惑され、お蘭と別れてから十数年に及ぶ、慌ただしく過ぎた歳月がすべて消し飛んで、いまもあのころと何も変わらないかのような、奇妙な錯覚に襲われることがる。

疲れているからだ、と思い直しても、その症状に陥るのは、お蘭と逢えなかった十数年を、一瞬にして駆け抜ける時空の捻じれが原因で、お蘭とそっくりなお菊を見ているかぎり、容易には消えない幻覚なのかもしれなかった。

無邪気な小娘に戻ったお菊から、洒楽斎は亡くなった母親のことを訊こうとしたが、なぜか気が臆して出来なかった。

お乱がお蘭であるという確証はない。

深川芸者になったお蘭が、乱という呼び名にこだわったのは、お蘭を探しているはずの鮎川数馬が、ランと聞いて訪ねて来るのを、待ち侘びていたからに違いない、とも思う。

深川一の名妓として、ランの名が伝われば、京舞の宗家を継ぐはずだったお蘭ではないかと、数馬が気付いてくれるかもしれないと、期待していたのかもしれなかった。

そして蘭の字を乱に変えたのは、宝暦事件に連座して、京を脱出した鮎川数馬を偲んで、あの人と一緒に乱を生きよう、と決意したからではなかったか。

この世の仕組みを根本から変え、誰もが生きやすい世を創りたい、と若き日の鮎川数馬は、お蘭と語りあったことがある。

お蘭は静かな笑みを浮かべ、眼を輝かせて聞いていたが、若い数馬が何を望んでいるのか、黙ってはいても理解していたはずだった。

数馬が師事した竹内式部は、宝暦の一件で捕縛されて追放刑に処されたが、その九年後に起こった明和の一件で『柳子新論《りゅうししんろん》』を著した山県大弐《やまがただいに》は、獄に繋がれたまま取り調べもなく、ほとんど問答無用で処刑されている。

宝暦の一件では、確たる証拠が挙がらず追放刑に処され、伊勢の僻村で謹慎していた竹内式部は、山県大弐に連座して再び捕縛され、鳥も通わぬ八丈島《はちじょうじま》へ流罪となった。

しかし老齢（五十六）の竹内式部は、慣れぬ船旅に体調を崩し、寄港した三宅島《みやけじま》で病死したと伝えられている。

式部は日頃から几帳面で、表看板の垂加神道《すいかしんとう》だけでなく、漢方の薬学にも詳しく、しかも暮らしは質素で贅沢もせず、持病もなかったらしいから、病死と発表されたのは偽りで、流刑地の八丈島へ着く前に、幕府の隠密から毒を盛られ、密殺されたのではないかと勘ぐる者もいるという。

いまは反幕と見做されたら、問答無用の極刑を免れない。

幕府の取り締まりは、年を追うごとに厳しくなっている。

お蘭が恋する男は、危ない橋を渡っていたのだ。

宝暦八年の鮎川数馬は、『乱』に繋がる策謀に関わっていた。

お蘭はそれを知って、深川芸者としての源氏名を、蘭と同じ響きの乱にして、失われた想い人、鮎川数馬の意思を、ひそかに継ごうと思っていたのではないだろうか。

しかしお蘭がそう思っても、京舞宗家の娘として、厳しい芸を仕込まれて育ったお嬢さんが、乱のなんであるかを知るはずはない。

お蘭の起こした乱は、深川の花柳界に京舞を持ち込み、深川芸者に新風を吹き込むだけにとどまったが、それもお蘭の意志ではなかっただろう。

誇り高い京舞の宗家から見れば、江戸の辰巳《たつみ》芸者になろうとは、身を落とすにも程がある、と蔑《さげす》まれたかもしれない。

京舞の宗家に伝わる秘技を、人も卑しむ墨東の花柳界に惜しげもなく広めたことに、憎しみと侮蔑の矢が降り注ぐかもしれなかった。

お蘭の乱は、宝暦や明和の一件と違って、女の生き方への叛乱《はんらん》、と見たほうがよいだろう。

お蘭は京舞の宗家を継ぐことを拒んで出奔した。

すなわち、「因習への乱」だろう。

旅先で出産して、その後も子連れの旅をした。

やっと尋ね当てた、恋する男の実家はすでになく、再会の手掛かりを失ったお蘭は、女ひとりで生きてゆこうと決意したのだ。

それはお蘭が他人に頼らず、自力で生きようとしたからで、誰かに依存してきた女たちへの「生き方の乱」というべきだろう。

お蘭に出来ることは、宗家を継ぐ家元の養女として鍛えられた京舞を、宴席で披露することしかなかった。

元禄《げんろく》十一年(一六九八)に、江戸と墨東に架けられた永代橋を渡れば、そこは深川と呼ばれる、江戸っ子たちの享楽地だ。

お蘭がその橋を渡ったのは、芸に生きようと決意したからだろう。

芸者置屋の仕来りや厳しさを知らないお蘭が、選《よ》りに選って深川一と言われる置屋を選んだのは、世俗の評判や権威に負けまいとする、女としての意地があったからだろう。

これを「権威への乱」と言ってもよい。

お蘭が深川の花柳界で名妓と言われたのは、宗家家伝の京舞を、惜しげもなくお座敷で披露し、同輩の芸妓に乞《こ》われれば、さり気なく伝授したので、これが辰巳芸者の芸域を広げたと言われている。

これを「特権への乱」と言うべきか「囲い込みへの乱」と言うべきか、まあどうでもよいことかもしれなかった。

若いころは世の仕組みを変えたいと思い、龍造寺主膳から押し付けられた「種を蒔く人」となって、生き方の不器用な連中と一緒に、種を蒔く地を捜して諸国を行脚《あんぎゃ》したが、百年後を待たなければ結果が分からない不確かな「乱」に比べたら、お蘭の「乱」は小さくとも有効で、目に見える形で残されている。

お蘭はお乱として、精一杯に生きたのだ、と洒楽斎は思った。

そのほとんどは、目に見えるものではなかったが、後に残された娘のお菊には、お蘭の生きる力が吹き込まれているに違いない。

それは夭折したお蘭が、恋する男に残した、貴重な宝物かもしれなかった。

四

勘が鋭すぎる小娘は、大人たちから「先読みのお菊」と言われて気味悪がられ、芸者置屋の同輩からは「勝手がよすぎる」と誤解されて嫌われた。

母親に先立たれた小娘は、誰からも守られず孤立して、お情けで置いてもらっている芸者置屋で、一見して華やかなお座敷舞いの表と、女同士のせめぎ合いが絶えない裏との落差に苦しんでいた。

母を失ったばかりの小娘が、やるせない思いを抱えた同輩たちの憤懣《ふんまん》のはけ口にされていたのだ。

置屋に暮らす女たちの憎しみや嫉みが、まだ幼さの抜けきらない小娘に向けられたのは、お菊がまだ自覚していなかった美貌と、母親の仕込みによる芸の冴えが、やがて自分たちを圧倒して、花柳界の花形になるかもしれない邪魔者を、芽のうちに摘み取ってしまおうと妬む同輩たちの、やっかみから始まったことに間違いはあるまい。

こんな小娘が、名妓と言われた母親の威光を借りて、勝手気ままに振る舞っていることが、少し年上の舞妓たちには、癪に障ってならなかったのだ。

お座敷芸者が足りないとき、姉さん芸妓に代わって、初めてお座敷に出たお菊は、母親から伝えられた京舞に、日頃から鬱積《うっせき》している内心の思いを唄い込んだ。

そのため足捌きは激しく、優雅な身のこなしもおのずから乱調となり、差す手引く手の投影は、剣舞のように鋭くなった。

しかし、母親から叩き込まれた京舞の所作を踏み外すことはなかったので、舞いの激しさを優美と見せ、思いの乱れは洗練された京舞に小娘らしからぬ色香を添えた。

たまたまお菊の舞いぶりを見た粋人が、

「これは面白い」

と言って褒めそやし、

「この舞妓は深川の花柳界に、新しい舞踏をもたらしたのだ。乱れていて乱れず、旧弊を守って旧弊から脱している。これからの花柳界を背負って立つ、若き逸材の誕生に、わしらはいま立ち合っているのだ」

粋人の惚れ込みようを危ぶんで、

「しかし、この舞妓はまだほんの小娘です。褒めすぎは本人のためになりませんよ」

と水を差す者がいても、粋人は前言を譲らず、むしろ浩然《こうぜん》として、

「舞いの品格を左右するのは、舞い手が持つ芸の力じゃ。舞妓の年齢など気にすることではない」

そう言い切ったのは誰だったのか、その口ぶりから察すれば、洒楽斎のようにも思われるが、残念ながら洒楽斎は、まだ諸国を漫遊中で、深川でお菊と出逢うのは、それから数年先のことになる。

かつて洒楽斎は、独り苦しむお菊に言ったことがある。

「孤立していては心が病む。おのれを保って生きるには、わが身を守る術《すべ》を身につけて、他に屈せぬようにすることじゃ。新たにそれを学ぼうと努めるより、おのずから備わっている天賦の才を磨くのだ。そなたが得意とする激しい舞踏を、武道に転じる工夫をしてみてはどうか。その武技もまた乱舞と名付けて、天然の一流を開くがよい」

深川の粋人が言うことも、舞と武の違いはあっても、洒楽斎の示唆《しさ》と同じだったのかもしれない。

その粋人は芸の目利きとして、深川の花柳界では顔が利いた。

まさに鶴の一声で、お菊の乱舞は新しい舞踏の創始と認められ、やがて深川花柳界の華と言われるようになったのだ。

しかしお菊の苦難は、このときから始まったと言ってよいだろう。

新しい舞踏と認められた乱舞は、お菊の内なる思いを舞いの型に転化したもので、いわば生命の叫び声にも似ている。

会心の乱舞をお座敷で披露すれば、お菊は身も心も消耗して、数日間は起き上がれなくなってしまう。

これが芸者置屋の女将や、同僚の舞妓たちの憎しみを誘因したことは前にも触れた。

この悪因から脱け出すには、おのれの身をおのれで守る武術を身に着けて、孤立を怖れない矜持を身につけることだ、と洒楽斎はお菊と会うたびに言い聞かせてきた。

洒楽斎はこの小娘が気になって、激しく鋭い動きのある、乱舞の芸を見守っていた。

「これは使える」

と洒楽斎は直感した。

お菊が頼るべきものは、先読みのお菊と言われ、鈍感な大人たちから嫌われてきた鋭敏な勘と、天井が低い置屋の二階で、なかなかお座敷が掛らない同僚たちの、嫉妬と羨望の的になり、理不尽な悪意に晒されて、身も心もすり減らされた、過敏な感性であろう、と洒楽斎は見抜いていた。

この娘の鋭い勘は、何が真実かを一瞬にして見抜き、相手の動きを先取りする、最大の能力と言えるのだ。

弱点を裏返せば長所になる。

いまはお菊を苦しめている、持って生まれたこの特技を、思うがままに飼い慣らすことが出来れば、この娘は苦しまずに生きてゆくことが出来るに違いない。

洒楽斎はやがてその時が来るのを、辛抱強く待つことにした。

この娘に強制は無理だ、その時期が来るまで、黙って見守っている他はあるまい、と洒楽斎は思っていたのだ。

数年ほど遡っていた蘭と菊の物語はこれで終わり、舞台はふたたび第四章『恩寵と怒り』の末尾、すなわち糸問屋嘉右エ門の奥座敷に戻る。

五

糸問屋の嘉右エ門は心外な顔をして、

「先生のお怒りは、いささか筋が違うと思いませんか。お琴はたしかにわたしどもの使用人ですが、時には難しい商談を助けてもらう、いわば仕事の相棒でもあるのです」

嘉右エ門の抗弁は、見え透いたマヤカシのように思われた。

「ならばこのあと、糸問屋さんの隠し芸はどのような展開になるのかな」

洒楽斎は詰問の手を弛めなかった。

嘉右エ門は口元にしたたかな笑みを浮かべた。

「それはお客さん次第というものです。たとえば先生、わたしが最後の酒盃を投げたとき、お琴はどうなるとお思いですかな」

　洒楽斎は言葉を継ぐのを躊躇した。

　この席にはお琴が残っている。

　お琴が一目惚れした市之丞もいる。

　ふたりの前で生々しいことを言うのは憚られた。

　嘉右ヱ門はしたり顔で、

「これで分かりました。先生は真面目なお方で、人情の機微にも富んでおられる。しかし商売の相手として、あまり相応しいお方とは思えませんな」

　すると市之丞が憤然として、横合いから口を挟んだ。

「天然流の先生は、商売とは縁もゆかりもない、生粋《きっすい》の武術家です。商売の相手、などという喩《たと》えは失礼でしょう」

　すると嘉右ヱ門の矛先《ほこさき》は、市之丞に向けられた。

「それでは市之丞さんならどうなさる」

　市之丞は得意げに、

「あっしの前身は旅役者だ。舞台でのケレンならお手の物です。嘉右ヱ門さんが投げた盃を、すばやく隠してその隙に、鳩か雀に取り替えて、観客が空中で消えた盃を、どこかどこかと眼で追っている、ほんのわずかな隙をとらえて、袖口に隠していた小鳥をパッと放し、不思議なことがあるもんだ、空っぽの盃が小鳥に化けて、西の空に飛んでいかあ、と大見得を切って、観客の視線をお琴さんから逸らします。カラスが西の空に帰ったからには、今日の舞台は跳ねました。さあみなさん、足元に気を付けてお帰りを、と口上を述べて隠し芸を締めれば、嘉右エ門さんのインチキも誤魔化せるし、お琴さんも乱れた裾を直して、身繕いをしてお座敷から離れられます。これで八方が丸く収まれば、たかがお座敷芸、どう転んだところで、白黒つけることなんぞ、ねえんじゃねえですかい」

嘉右エ門は思わず拍手して、

「さすがは猿川師匠。そんな見せ場があるのなら、無理しても見たかったですな。わたしの隠し芸、いやお琴の裏技を、最後の詰めまで進めるべきでした」

上機嫌になった嘉右エ門は、さらに座を取り持とうと思ったのか、先ほどから無言のまま、鮒《ふな》の煮付けを食べている仙太郎に眼をやって、

「たしか、津金さま、でしたっけね。あなたならどうなさいます」

仙太郎は箸を休めると、退屈そうに欠伸をして、

「わたしは面倒が嫌いです。そんなどうでもよいことに、関わりたいとは思いません。

是非にも、と言われるなら、剣でお答えする他はないでしょう」

不愛想に答えると、ふたたび箸を動かして、旨そうに鮒の煮付けを摘まんでいる。

「ブルブル。たかがお座敷の余興に、ならば剣で答えるとは、また物騒なことをおっしゃられる」

嘉右エ門は仙太郎の剣を知らない。

「それで、どんな剣を使われるのですかな」

愛想の悪い仙太郎を、つい揶揄いたくなったのか、

「出来たら見せていただきたいものですな」

と余計なことを言って挑発した。

仙太郎は煩《うるさ》いと思ったらしく、軽く舌打ちして、

「物事は一挙に片付けなければ埒が明きません。宙に投げられた盃は、一閃のもとに斬り払うのみ」

それを聞いた嘉右エ門は、ますます図に乗って、

「ならば見せてもらいましょう」

よせば良いのに焚きつけた。

仙太郎にはめずらしく、よほど虫の居所でも悪かったのか、

「いいでしょう。みなさんには、得意の隠し芸を見せていただいた。わたしは芸なしで、剣の他に使えるものはない。面倒だから五枚の盃を、一度に投げてくださらぬか。お琴さんの身体に触れる前に、ひとつ残らず斬り払って御覧に入れる。ただし、このケレン芸の見せ処は、すべての酒盃を一瞬で斬り払うことにあって、他には配慮が届きません。あるいは間違って、お琴さんの帯や着物を、切り裂いてしまうかもしれませんよ」

そうなれば、嘉右エ門の隠し芸よりも、酷い結果になりそうだった。

「やめておけ」

と酒楽斎は呟くような声で言った。

詰まらない争いで、事を荒立てたくはなかったのだ。

すると市之丞が異を唱えた。

「先生、止めることはありませんや。悔しいがあっしは、まだ塾頭の剣筋を見極めたことがねえんです。いつかは見せてもらいたいと思っていましたが、ちょうど今夜はいい機会だ。とっくりと拝ませてもらいましょう」

それを聞いたお琴が蒼ざめて、

「旦那さま」

縋《すが》るような眼を嘉右エ門に向けたが、糸問屋はお琴の哀訴を無視して、

「それはお琴次第でしょうな。津金さまの切っ先は、ひょっとして、お琴の肌に触れるかもしれません。しかしこの娘は、見かけによらず反応が素早い。間違って逸れた刃先から、逃れる術も心得ていると思います。あるいはこのお座敷芸、わたしと津金さまというよりも、お琴と津金さまの腕比べ、ということになりますな。お琴はどうするかね」

嘉右エ門が冷たい眼をお琴へ向けると、小娘はぐっと生唾を呑み込んで、

「やります。旦那様に見捨てられたら、あたしは生きてゆくことが出来ません。津金さまの剣が、帯や着物だけでなく、たとえ肌を切り裂いたとしても、命まで取られることはないでしょう」

色白の肌はさらに蒼ざめ、死人のような顔になったお琴が、掠《かす》れた声で言った。

「やめろっ」

いきなり洒楽斎が怒鳴りつけた。

「このような茶番を見るために、当家に立ち寄ったのではない。世話になっておきながら、恩知らずと思われるかもしれぬが、はっきり言って不愉快じゃ」

先生が怒りを剝き出しにしたのを初めて見た、と思って市之丞は恐ろしさに震えあ

がった。

市之丞には怒りの原因が分からない。

「帰らせてもらう。御当家の世話になるわけには参らぬ」

洒楽斎は刀掛けの佩刀《はかし》を素早く摑むと右手に提げ、後も振り返らずに廊下へ出た。

仙太郎も無言のまま、鮒を食べていた箸を膳箱へ戻して師の後に続く。

「お待ちください」

嘉右エ門は驚いて、洒楽斎の袴の裾に取りすがった。

「もう深夜でございますぞ。泊めてくれる宿などございませんよ」

洒楽斎は憤然として、

「わしは武芸者じゃ。野宿には慣れておる」

それはまだ若いころのことだ。

洒楽斎は御神渡りの噂は聞いても、湖面に氷結した厚い氷層に、一瞬にして鋭い亀裂が入り、耳をつんざく大音響と共に、氷片が山脈のように盛り上がるという深夜の冷え込みを知らない。

「ここは太古の昔から、森と湖の精霊が、竜神さまとして諏訪湖に住まわれ、恩恵と怒りによって氏子たちを導く、と伝えられている諏訪の地です。夜の闇は竜神さまが支配しておられる。陽が落ちた後の冷え込みは半端ではございませんぞ」

嘉右エ門はなおも粘った。

「悪いことは申しませぬ。お留《とど》まりください」

たとえ斬られようとも、後には退かぬ気構えを見せた。

さすがの洒楽斎も、ひとまず折れて、

「その手を離しなされ。この袴はわしの一張羅《いっちょうら》。しかも長旅で草臥《くたび》れておる。そのように引っ張られたら裂けてしまうわ」

嘉右エ門は見かけによらず強情だった。

「いいえ、離しません。お武家が合戦に命を賭けるように、商人は信用に命を張っておるのです。お怒りになった理由も分からないまま、世間さまの評判を落としたくはございません。先生の言い分に納得したら、どうすべきかを相談しましょう」

江戸の尾張屋吉右衛門と肌合いは違うが、諏訪の糸問屋もなかなかの遣り手らしい。

洒楽斎は一旦怒りを解くと、嘉右エ門の顔を立てて元の席に戻った。

一緒に出ようとしていた仙太郎も、黙って師匠に従っている。

おのれの意志を持たない腰巾着のようだが、いつも気ままに振る舞っているこの男が、それほど腑抜けなはずはない。

じつは内藤新宿を出るとき、途中まで見送ってきた乱菊から、

「先生から離れないでね。あなたは護衛として付いてゆくんですから」

と念を押されている。

乱菊の言うことには逆らえない。

仙太郎はむしろ喜んで、乱菊との約束を守っているのだ。

「お気持ちを鎮めていただいて、ありがとうございます。これで糸問屋嘉右ェ門の顔が立ちます」

糸問屋は酒楽斎に一献《いっこん》を勧め、お流れをいただいてから改めて言った。

「先生のお怒りがどのようなことか、見当が付かぬような糸問屋ではありませんが、わたしども商人には、やむを得ぬ事情もあるのです」

酒楽斎はまた苦々しい顔に戻って、

「それがわからぬとは言わぬ。だからこそ腹が立つのだ。わしは、お琴さんと似たような境遇に生きた、お座敷芸の女人を知っている。花柳界に新風を吹き込み、毅然として芸のみに生きた、短いが見事な生涯であったとも聞いている。しかしわしは、その人のお座敷を見たことはなかった。お座敷では、芸妓たちがどのように扱われているかも知らぬ。今夜は酒を過ごしたせいか、あの人とお琴さんの姿が重なって、お座

敷で求められるのは芸のみではない、あの人はこのような屈辱や惨めさを乗り越えて、凛とした生涯を送ったのかと思うと、つい感情が激してしまったのだ。許されよ」

「どうやらそのお方は、先生にとって、最愛の女人だったようですな」

嘉右エ門はずばりと言い当てた。

洒楽斎はそうだとも言わず、違うと打ち消しもせず、座敷の片隅で身を縮めているお琴に眼をやって、

「お琴さん、そなたは特殊な能力をもつがゆえに、表に立つことなく、後ろ暗い裏方として、阿漕《あこぎ》な商人から利用されてきたのだ。その裏を返して表を出すがよい。されば生き方までが変わってくるぞ。裏方のまま枯れてゆくのは、寂しいことだとは思わぬか」

お琴は俯いたまま肩を震わしている。

声を押し殺しているが、どうやら泣いているらしい。

「阿漕な商人などと、酷いことを平気でおっしゃる。わたしは人助けのつもりで、お琴の世話をしているのですよ」

嘉右エ門が抗弁した。

「聞かずとも知れておる。貧家に育った小娘の美貌に眼をつけて、年季奉公をさせて

いるうちに、お琴さんの俊敏さに気が付いて、これは使える、と思ったのであろう」

洒楽斎に断言された嘉右エ門は、

「そのとおりではございますが、お琴を引き取った事情は少し違います。わたしはこの娘の親に懇願されて、奥座敷で働かせているのです。娘を売れと女衒《ぜげん》に迫られていたところを、たまたま通り掛かったわたしが、阿漕な女衒から助け出したのです。そうだったよね、お琴」

弁解がましく言いながら、お琴の同意を求めた。

「はい、旦那さま。あのとき旦那さまに助けられなかったら、あたしは女郎屋に売られてしまうところでした」

嘉右エ門はお琴の言うことに嘘はないらしかった。

嘉右ヱ門はお琴の証言に力を得て、

「お琴は貧家に育ちながら、鄙《ひな》には稀な美貌と、山育ちで鍛えられた素早い体捌きを、身に備えている娘でした。及ばずながら、その美質を見抜いて、さらに磨きを掛けたのは、このわたし、糸問屋の手柄と言ってよいでしょう。青天の下で働く日々で陽に焼けて、黒光りしていたお琴の肌が、いまのようにしっとりとした、白い肌となりましたのは、この娘に外働きをさせず、座敷女中として働いてもらっているからです。

そのついでに商用のほうを、少し手伝ってもらうことに」

と言いかけると、洒楽斎は皆まで言わせず、

「お座敷芸を口実に、お琴の色気で商売相手を誑かし、利を稼ごういう魂胆があったのであろう。お琴の身にしてみれば、女郎屋に売られたのと大差あるまい」

すべてを見抜いているかのように、洒楽斎は一気に断罪した。

「違います」

と言う声が、お琴と嘉右エ門の双方から発せられた。

「あたしは女郎の真似など、させられたことはありません」

絶叫するようなお琴の声に重なって、

「先生が何を非難しておられるのか、わたしにはさっぱり分かりませんな」

嘉右エ門の声が、嘲笑うかのように低く響いた。

六

「世間の慣習というものを、先生は分かっておられませんな。商売がどのようにして成り立ち、女の色気が商用にどう役立っているのか。さらに行政や経済が、どのよう

な力によって、どう動かされているのか。そのいずれにも裏と表の繋がりがあり、相互が密接に絡まり合って、この世が動いていることを、考えてみたこともないようですな。いまの世相を見て御覧なさい。武芸者たる者は俗事には関わらぬと、取り澄ましておられるような、結構なご時世ではございませんよ」

洒楽斎の弱点をあからさまに指摘する、太々《ふてぶて》しいとしか言いようのない嘉右エ門の論法だった。

そのとおりかもしれぬ、と思いながらも、洒楽斎は不愉快になった。

流浪の旅をしていたころでさえ、面と向かって露骨になじられたことはない。

腰に帯びた刀剣への遠慮からだろうか。

斬り捨て御免、という物騒なことが、まだまかり通っていたころのことだ。

いまは武士だろうが強盗だろうが、人を斬れば厳しい処罰を免れない。

武士なら理由はどうであれ、切腹を覚悟しなければならず、無宿人は理非を問わず期限なしの島送り、百姓町人は厳しい裁きによって、斬首か遠島刑に処せられる。

切腹は武士に残された最後の特権で、みずから腹を切る訓練を幼少期から受けている。

武士と百姓町人との違いは、切腹出来るか出来ないかの差しかない。

逆に言えば、武士は切腹する覚悟さえあれば、何をやっても許されたのだ。それ故に武士は怖れられ、切腹の覚悟を持たない百姓町人は、面従腹背《めんじゅうふくはい》を余儀なくされてきたわけだ。

しかし嘉右エ門は、田舎者の糸問屋だから、武士への恐れを知らないらしい。

何故だろうか、と洒楽斎は考えてみた。

森と湖の精霊を、お諏訪さまとして祭る諏訪の民は、上は殿さまから下は水呑み百姓に至るまで、いずれもお諏訪さまの氏子だから、俗世の身分はそれぞれ異なっても、お諏訪さまの前に出れば、上下の違いはないと思っているらしい。

江戸の幕府が定めた「士農工商」という身分秩序は、古くからの習俗を守っているこの地にまで、行き渡っていないのではなかろうか。

最下位とされている商人までが、諏訪では変に理屈っぽくて自説を曲げず、事情を知らないよそ者から見れば、知らぬ異国にでも迷い込んだかのような、違和感を覚えるのかもしれなかった。

同じ商人でも、江戸の尾張屋吉右衛門と、諏訪の糸問屋嘉右エ門との、肌合いの違いはそのあたりにあるのかもしれない。

とんでもない異端の国へ迷い込んだのかもしれなかった。

めったに動じないこの男も、底知れない恐ろしさを、覚えざるを得なかったのだ。

しかし洒楽斎は、その思いを押し隠して、

「お琴さんの色香を、どのようにして商用に役立てたのか、わしにも教えてもらえぬかな」

商人の言い分を訊いてみようと下手《したて》に出た。

すると市之丞が、大慌てで止めに入った。

「そんな、滅相《めっそう》もねえ。道場の赤字なんぞ、いまに始まったことじゃねえでしょう。そんなことは師範代のあっしに任せてくだせえ。先生が心配なさるまでもありませんぜ」

道場の経営難を心配して、洒楽斎が儲け口を探していると勘違いしたらしい。

たしかに、内藤新宿の天然流道場は、看板を掲げても経営には無頓着だった。

道場主の洒楽斎は奥座敷に籠って、訳の分からない古文書を読み漁っているし、仙太郎の気まぐれは相変わらずで、居るも居ないも勝手次第だし、乱菊はお座敷が掛かれば、深川まで出稼ぎに行ったまま、いつ帰ってくるのか分からなくなる。

そのため甲賀の抜け忍で、旅役者あがりの猿川市之丞が、師範代となってすべてを取り仕切らなければならなかった。

天然流道場の奥座敷で、いつもの顔ぶれで酒を飲んでも、市之丞はつい愚痴っぽくなって、能天気な仲間たちから浮いてしまう。

師範代の取り越し苦労を、酒の肴にして揶揄う酒楽斎も、内心では道場の存続を気にしているに違いない、と市之丞は信じて疑わない。

だからと言って、世俗とは無縁に生きた酒楽斎に、いまさら商売っ気など出してもらいたくはなかった。

すると、今夜はどこか虫の居所が悪いのか、ほとんど口を開かなかった津金仙太郎が、

「待ってください、師範代。先生が言われるように、嘉右エ門さんの話を聞かせてもらいましょう。糸問屋さんのご指摘は、わたしにも耳に痛い。人の話は聞いてみるものだと、死んだ親爺《おやじ》からもよく言われました。わたしは親の意見など気にかけず、勝手気ままを押し通して来ましたが、いまになってみれば身に沁みます」

神妙な顔をして市之丞をなだめた。

すると嘉右エ門は意気軒昂《いきけんこう》として、

「わたしは一介の糸問屋とはいえ、先祖代々お諏訪さまの氏子です。有耶無耶《うやむや》に誤魔化したり、誤解されたまま引っ込むような、意気地なしではありませんよ」

しかし糸問屋の打ち明け話には、思っていたほどの意外性はなかった。

商談はまず密室で行われる。

そこで大要が決まると、関係する者たちを一堂に集めて、商談の内容を説明する。

表向きの商談は、そのとき正式に成立するのだが、密室での遣り取りが、その場で変更されることはないという。

「商談と言っても、ほとんど密室で決められます。双方の利害が嚙み合わなければ、途中で休憩を入れ、軽く一献傾けることでその場を和ませます。亭主役のわたしが、隠し芸を披露して、強気な相手を揉みほぐすことも致します」

「お琴さんの出番があるのだな」

「そうです。お琴は座敷女中として、客人に給仕をしていますから、いつでもその場にいるわけです。わたしの隠し芸が大受けしても、じつはお琴の早業であることに、気が付く者はありません」

「色仕掛けの芸を披露して、敵方を誑かそうというわけか」

「とんでもない。多少はお酒も入っています。わたしの隠し芸がお琴の早業に依ると、見抜く客人などいませんから、お座敷芸で気分をほぐせば、あとの商談も難なくまとまります。でも厄介なのはお城のお役人で、武術の心得があるおさむらいなら、お琴

「の早業を見抜いてしまいます」

「そこで奥の手を使うわけだ」

「人聞きの悪い言い方をしないでください。大事な商談を成り立たせるために、お琴は精一杯の協力をしてくれます。ですからわたしは、お琴をただの使用人ではなく、商談を成立させるための相棒、といつも思っておるのです」

このあたりから、糸問屋の打ち明け話は、藩士たちとの難しい交渉に及んだ。

城下の町人たちが、諏訪藩の派閥争いをどう思っているのか、洒楽斎は糸問屋の話題をそちらの方面に誘導した。

嘉右ヱ門の話を聞いているうちに、洒楽斎の見方も少し変わってきている。

江戸の吉右衛門と肌合いは違うが、嘉右ヱ門は本音を隠すことが出来ない正直者なのではないのか、と思うようになっていた。

小癪な言い方に腹は立つが、それは嘉右ヱ門という男の持って生まれた性癖で、腹の底に悪意や魂胆があるわけではなさそうだった。

この男の言うことは、下手に勘繰らずに、そのまま信じたほうがよさそうだ。

洒楽斎はさり気なく口火を切った。

「諏訪藩の派閥争いは、糸問屋さんの商売に影響しておるのかな」

「そりゃあもう。モロに売れ行きに響きますよ」

「ところで嘉右エ門さんは、どちらの派閥に肩入れしておられるのか」

「そりゃ、二之丸派に決まっています。なんせ御家老の大助さまは、諏訪大明神の生まれ変わりと騒がれたほど、わたしどもの暮らしに、潤いを与えて下さったお方ですから」

江戸で聞いた話とは、だいぶようすが違うようだった。

「いまは三之丸派が政権を握って、諏訪大助、渡邉助左衛門をはじめとする二之丸派の有力者たちは、いずれも藩牢に投獄されておると聞くが」

「ほんとうにお気の毒なことでございます。牢獄では満足に食も摂れないと聞き、せめて差し入れを、と恐る恐る申し出ましたが、藩庁では受け付けてくれません」

いまは藩の執政も入れ替わって、三之丸派が要職に就き、十年近く藩政を専横してきた二之丸派の幹部たちは、ほとんどが牢に繋がれているという。

「大助さまが統治されていたころが、わが家の春でございました」

嘉右エ門には先見の明があって、誰も細物（絹糸）に手を出さないころから、艶があって滑らかな細物を扱っていた。

当時はまだ太物《ふともの》（綿糸）が主流で、主席家老だった千野兵庫の肝煎《きもい》りで、「新役所」

による税制の改変が行われていた。

謹厳実直な千野兵庫は、領民と藩士を問わず、質素倹約を奨励し、祭りの際の物入りや、日々の贅沢を禁じていた。

それまで細物を扱っていた嘉右エ門も、店頭に太物を並べなければ、藩命によって商売は差し止めになる。

そこで表向きは、太物を扱う「糸問屋」として商売を続けたが、先物買いの嘉右エ門が、細物の取引を諦めてしまったわけではない。

税の収納法を米納から金納に変え、これまで無税だった商家から、運上金を差し出させる、という新役所の税法は、銭金とは縁がなかった貧農層や、多額の運上金を課せられる商家から評判が悪かった。

このままゆけば一揆が起こる、と察知した若き次席家老の諏訪大助は、領内の村々に触れを出し、不満があれば申し出よ、と難渋の条々を提出させて村騒動を未然に収めると、それらの陳述書を江戸の殿さま(忠厚)に提出して裁可を仰いだ。

税制改変の不評に驚いた殿さまは、ただちに新役所の廃止を命じ、それを主導してきた主席家老の千野兵庫を罷免した。

「大助さまが主席家老になられたとき、わたしどもは諏訪大明神の生まれ変わりと大喜び、どの家でも赤飯を炊いて祝いました。わたしどもの糸問屋が、いまのような店構えになったのは、すべて大助さまのお陰でございます」

先の家老千野兵庫は、質素倹約を奨励して、絹物の着用を禁止した。

「絹物を扱っていたわたしどもは、絹糸や絹布を没収され、散々な目に遭いました。大助さまが筆頭家老になられてからは、着る者の求めに応じて絹物は大流行り、世の中が急に明るくなったような気が致しましたよ」

糸問屋の嘉右エ門は、近在の百姓娘を集めて絹物を織らせ、きらびやかな絹布をお城に納めた。

城中には妙齢の奥女中たちもいたが、千野兵庫が推し進める質素倹約の煽りを受け、野暮な木綿物を強要されていた。

日頃の憤懣が鬱積していたところへ、絹物が献上されたのだから堪らない。

糸問屋嘉右エ門という店の名は、城中でも広く知られるようになった。

色あざやかで艶があり、肌ざわりのよい絹物を求め、わざわざ嘉右エ門の店頭まで押しかけて、好みの絹地や絵柄を選んでゆく跳ねっ返り娘まで居たという。

商売上手な嘉右エ門は、奥女中たちの好みを聴き取ると、裁縫上手と評判の、百姓娘を雇い入れ、御殿風の豪華な仕立てを先取りし、お城に勤める奥女中のお眼鏡にかなう美しい着物を売り出した。

　それを店頭に展示すると、御殿好みの仕立物と、寄ると触ると評判になって、裕福な町家の娘や嫁が、われもわれもと買いに来たという。

「あのころほど儲かったことは、後にも先にもございません」

「そこまで繁盛したのは、お琴さんの働きがあったからであろう」

「さようでございます。絹物を着たお琴を生き人形にして、店頭に出したのが大当たり。良家のお嬢さまや奥方さまだけでなく、物見高い野次馬どもまで押し寄せて、お店が壊れそうになるほど、ごった返したこともございました」

　さすがにそのときは、藩からお叱りを受け、生き人形（お琴）の展示は禁止されたが、糸問屋の評判はその後も続いたという。

「つまり諏訪大助の施政は、それほどゆるやかだったということか」

「わたしどもにとっては、有り難い御家老さまでございました」

「しかし糸問屋さんがそこまで許されたのは、時々は藩の要職たちを招いて、お琴さんの隠し芸を披露したからであろう」

「そのとおりでございますが、お琴が危難に遭わなかったのは、あの娘を人目に晒す外使いに出さず、好色な連中の目に触れないよう、奥座敷で保護していたからでございますよ」

それでお琴は日焼けすることもなく、白く滑らかな肌になったのか、と洒楽斎は妙なところで納得した。

糸問屋が語った諏訪大助の評判は、洒楽斎と仙太郎がこの数日、諏訪領内で見聞した大助評と、おおよそのところ一致している。

二之丸派は悪辣《あくらつ》で、陰謀をめぐらして藩政を壟断してきた、という江戸表の悪評とは対極にある。

領民の評判と、藩内の派閥、あるいは江戸在住の御親戚衆の見解が、なぜこれほどに開いてしまったのか。

洒楽斎は大きな課題を抱えたまま、精霊の地を離れることになる。

色鮮やかな朱の色や、黄色に染まった紅葉が、山里を彩っていた美しい季節も過ぎて、氷結した闇を竜神さまが支配する、厳しい冬が迫っていた

最終章　竜神《りゅうじん》の夢

一

「ずいぶん早いお帰りでしたのね」

酒楽斎を出迎えた乱菊は、いかにも嬉しそうな笑みを浮かべた。

「江戸のことも気にかかる、と先生が急《せ》かすので、のんびりと湯治も出来ず、こうして舞い戻って来たわけですよ」

酒楽斎の顔をチラチラと盗み見ながら、市之丞は恨みがましく愚痴をこぼした。

平八郎を戸板に乗せて運んだのに、信玄の隠し湯どころか、諏訪領に入る前に帰されてしまった門弟たちの不平不満と変わりがない。

「それはお気の毒さま。せっかく諏訪まで行ったのに、市之丞さんは今回も、温泉でのんびりとは出来なかったのね」

そう言いながらも、乱菊はなぜか嬉しそうだった。

「乱菊さんに勧められて、そのつもりで出掛けたんですがね」

市之丞が未練がましく言うと、

「ならばわしに遠慮などせず、温泉を楽しんでくればよかったではないか」

洒楽斎が煩そうに突き放すと、市之丞は憤然として、

「そうは参りませんよ。あっしは乱菊さんから頼まれて、先生のお役に立つために、
わざわざ諏訪まで出掛けたんですから」

と言い返したが、途中から勢いを失って、

「もっともあっしは、あんまり役には立ちませんでしたがね」

と照れ臭そうに頭を掻いた。

すると洒楽斎は真顔になって、

「そんなことはない。市之丞のお陰で、思いもよらぬ糸問屋嘉右ヱ門という伝手《つて》が出来て、八劔神社が秘蔵する『當社神幸記《とうしゃしんこうき》』も見せてもらえたし、城下の町人たちの言い分も聞くことが出来た。さらに糸問屋嘉右ヱ門の縁を辿って、二之丸派や三之丸派の藩士たちとも知り合えた。わしが単独で諏訪に赴いたのは、御老女の初島どのや龍

造寺主膳とは別な立場から、諏訪の騒動を見直してみたいと思ったからだ。わしの思惑は市之丞のお陰で、ほぼ果たされたと言ってよい」

取りなすように言い添えた。

「あまり役に立たなかったのは、むしろわたしのほうですね」

含み笑いを隠しながら、仙太郎は自嘲するように呟いた。

すると乱菊は嬉しそうに笑って、

「よかったわ。仙太郎さんの出番がなかったのは、先生が危険な目に遭わなかったからでしょ。それが何よりも嬉しいわ」

ホッとしたように、胸に当てた手を撫で下ろした。

酒楽斎の無事を喜んだ乱菊は、笑顔から一転して憂い顔になり、戸板に乗って旅をした怪我人の消息を訊いた。

「ところで、平八郎さんはどうでしたの」

酒楽斎は穏やかな顔に戻って、

「平八郎の刀傷は、見た目には酷かったが、斬られた瞬間に急所を外す呼吸を、仙太郎が徹底して叩き込んだお陰で、傷口は思っていたよりも浅く、体軀の働きには支障なさそうだ。山峡の秘湯まで、どうにか自力で歩けたのだから、このまま信玄の隠し湯で気長に湯治すれば、大事に至ることもないだろう」

これで二之丸派との縁は切れた、恢復した平八郎を道場に引き取り、市之丞の代稽古でも受け持ってもらおうか、と洒楽斎は先のことまで考えている。

仙太郎は旅の話に切り替えて、

「糸問屋さんの紹介で、八劔神社が秘蔵する『當社神幸記』や『御神渡り帳』の閲覧を許されたとき、先生は必要な箇所を懐紙に書き写され、その後も土地の人々から聞き取ったことなどを、書き加えておられたようですが、もう旅は終わったのですから、どんな成果を得られたのか、教えてくださってもよいではありませんか」

諏訪の騒動に対する、洒楽斎の見解を聞きたがった。

「あたしも知りたいわ」

乱菊も乗り気になっている。

諏訪藩邸の奥女中に化けて、迷宮入り寸前の「投げ込み寺門前の美女殺し一件」の下手人探しを手伝った乱菊が、諏訪騒動の真相を知りたがるのは当然だろう。

洒楽斎は鷹揚に構えて、

「そのつもりだ」

と頷いたが、

「それほど単純な話ではない。諏訪藩の機密に関わる秘事もある。同行した仙太郎と市之丞の見解もあろう。いつもの奥座敷でゆっくりと語り合おう」

いつになく慎重に構えている。

それを聞いて喜んだ乱菊は、

「結花ちゃんに頼んで、お酒の用意をしてもらうわ」

久しぶりの酒宴を楽しみにしているらしかった。

さらに乱菊は、

「その席に、結花ちゃんが加わってもいいでしょ。いまではあの娘も、師範代が務まるほどに腕を上げました。結花ちゃんは純真だけど気性も確かだし、奥座敷の仲間に加わる資格があると思うわ」

いきなり酒楽斎に談じ込んだ。

それを聞いた仙太郎は、巧妙に仕組まれた乱菊の企みを、すぐに見破った。

なるほど、先読みの乱菊さんが、師範代（市之丞）に先生（酒楽斎）の後を追わせたのは、女だけで道場をやってゆけることを、実証してみせるためだったのか。

仙太郎は仲間たちの顔を交互に見ながら自説を述べた。

「わたしもそう思います。剣に年齢や男女の隔てはない、とわたしも思っています。

考えてみれば今の結花ちゃんは、不敗の小天狗などと煽てられ、いい気になっていたころのわたしが、人生の岐路に立たされていた、危ない年齢にさしかかっているのです。わたしにとってあの時期は、先が読めないために、絶えざる傲慢《ごうまん》と不安に襲われていた、危うく微妙な季節だったのです。もしそのときに孤立していたら、延びるはずの才能も枯れてしまいます。わたしたちの仲間に加えてやることが、あの娘にとっては一番の救いになるでしょう」

これは奥座敷に集まっている者たちが、それぞれ身に覚えがあることだった。

乱菊や仙太郎はその難しい季節を、酒楽斎と出逢うことで乗り越えてきた。

抜け忍となった甲賀三郎は、旅役者に化けて諸国をまわり、さまざまな困苦の果てに、自力で乗り越えてきた稀有な男だった。

しかしそんな市之丞も、あのとき酒楽斎と遭遇しなければ、困苦の思いが体内に溜まり、やがてそれが猛毒となって、いつ自爆するかわからないという、あぶない瀬戸際に立たされていたのだ。

酒楽斎が唱える天然流とは、そんな迷いを乗り越える、呪文のようなものかもしれなかった。

武は闘うための技術ではなく、おのれを保つための護符《ごふ》なのだ。

中年に差し掛かってから、ようやく天然流を創始することが出来た洒楽斎は、おのれの流儀を悟達するまでには手間取ったが、身近に師匠がいた乱菊や仙太郎は、若年にして天然流を会得し、旅役者に化けて刺客から逃げまわっていた抜け忍も、たまたま洒楽斎と出会えたお陰で、忍びの術と剣術を融合した独自の流儀に工夫を加え、それを練ること数年にして、天然流の名乗りを許されることになったのだ。

たまたま剣にめざめた結花が、奥座敷の仲間に加わるのは、あの娘にとって悪いことではない。

そう思った乱菊は、結花の若さを懸念して、みずからの眼で、小娘の資質を見抜こうと思ったに違いない。

生来の苦労人のくせに、呆れるほど楽天家の市之丞は、巧妙に仕組まれた乱菊の企みとも知らず、誘われるままに旅へ出て、先生と一緒だと湯治もさせてもらえない、などと暢気な愚痴をこぼしている。

口は悪いが憎めない人だ、と仙太郎は思っている。

生粋の甲賀忍びとして、厳しく鍛えられた市之丞は、忍びや旅役者の芸だけでなく、さまざまな特技を身につけている。

瀕死の平八郎や逸馬に、応急処置を施して、その場で蘇生させた手腕など、藩医も及ばないほどに巧妙だった。

その他にも、市之丞が戯《たわむ》れに見せるケレン芸は、本場の歌舞伎役者より真に迫っている。

そのくせどこか間《ま》が抜けているのが、市之丞の好いところなのだ。

あの人がいると、何故か分からないけど、安心するの、と乱菊さんが言っていたことも、仙太郎には頷ける。

洒楽斎はしばらく考えていたが、

「よかろう。乱菊と仙太郎が言うからには確かだろう。今日から結花も、奥座敷への出入り勝手と認めよう」

すると評定から外されていた市之丞は、大慌てで賛成派の仲間に加わった。

「あっしも結花が、奥座敷に出入りするのは、あの娘のために必要だと思います」

そしてさらに続けた。

「あの娘がいつも遅くまで道場に残っていることを心配して、夜道を四谷の忍町まで送って行ったこともあります。どうやら結花には家に帰りたくない、あるいは帰りづらい事情があるようで、両親の仲が好ましくなく、家に帰っても居場所がないようでした。それほど性の合わない夫婦なら、さっさと別れたらよいのにと、あっしは思うんですが、男と女なら関わり方は単純だが、難しいのは夫婦の仲らしいですね。そうなれば犠牲になるのは子どもたち。聞けば結花には、ふたつ違いの妹がいて、幼いながらも可愛がっていましたが、三歳のとき死なせてしまったということです。それも餓死に近いような痩せ方で、もう泣き叫ぶ力もなく、消えるように息を引き取ったと聞いております。結花が生まれたのは、四谷の忍町で糸屋を営んでいる、裕福とは言えないまでも、決して貧しくはない家ですが、些細なことから両親の諍いが絶えず、幼い娘たちにまで親の目が行き届かなかったのか、可哀そうに幼い子は食事も与えられず、放置されていたようなのです。結花は可愛くて元気がよかったので、近所の年寄りたちに可愛がられ、路地を通ると、結花ちゃん、結花ちゃん、寄っておいで、と家の中に招き入れられ、お腹が空いていないかい、と甘い御菓子や果物を与えられ、いつも遅くまで引き留められて、贅沢な夕食を出されたようです。わしらは年寄りだから、こんなに沢山は食べられない。食べ物を残したら、お天道さまの罰が当たる。結花ちゃん、お願いだから手伝っておくれ、と天婦羅や寿司を、腹いっぱい食べさせられたようです。幼くても元気いっぱいだった結花は、愛嬌もあるので隣近所から呼び込まれ、これ食べてごらん、あれも食べてごらん、と無理強いされながら、空腹も知らずに育ちましたが、まだ幼かった妹は、病弱のためか家を出られず、いつもめそめそ泣くばかりで、食事も与えられていないようでした。幼かった結花はそのことに気づかず、妹も何か食べているものと思い込んで、近所の大人たちにチヤホヤと可愛がられながら、外遊びばかりしていたと聞きました」

結花のことを話しながら、市之丞は不意に涙ぐんだ。

「結花が育ったという境遇は、あっしがガキのころと同じなのです。あっしはガキ大将で、子分たちが持ってくる貢物《みつぎもの》を、腹いっぱい食べて生き延びました。少し大きくなると、あんた可愛いわね、と年上の女たちからチヤホヤされ、食う物や着る物を貰っても、あっしにはそれが当たり前で、お返しを、などという気遣いは微塵もありませんでした。ところが、甲賀流忍びの術を仕込まれるようになると、あっしの境遇は一変して、毎日毎日飽きもせず、苛酷な試練が課せられました。幸いなことにあっしは、ガキ大将になって暴れまわっていたお陰で、おのずから筋力が鍛えられていたらしく、忍びの技を競っても、誰にも負けたことはありません。しかし強制されることが嫌いなため、上忍《じょうにん》からは嫌われていたようです。忍びに必要な体術は、あっしの好みに合っていたのか、忍び仲間からは甲賀流忍びの名手と煽てられ、伝説の甲賀三郎などと囃されて、好い気になっていましたが、万能と思っていた忍びの術が、いまは使われないと知って阿呆らしくなり、抜け忍になって好き勝手に生きようと、安易な決断をしてしまったのです。甲賀三郎は旅役者に化け、抜け忍狩りの目を晦《くら》ますため、旅回りの猿川座をでっち上げ、しがない旅興行を続けて来ましたが、たまたま武者修行中の先生と出会い、道場を持たない師匠に弟子入りし、忍びの術を転用した武術の工夫を重ね、いまでは天然流道場の師範代として、一身に苦労を背負い込んでいる身の上です」

こう締めれば、暗い話に笑いを取れるかと期待したが、打ち沈んでしまった奥座敷に笑いはなく、それどころか、酒楽斎に詰問されてしまった。

「結花の話は初めて聞く。どうして黙っておったのか」

市之丞は狼狽えて、

「結花の幼少期と、あっしのガキのころが、切なくなるほど似ているので、酒の席で喋る気にはなれなかったのです」

「そのことはもうよい」

酒楽斎は遮った。

「わしの知る結花には、どこかしら暗い影が見られる。天真爛漫《てんしんらんまん》に生き抜いた、という幼女の逞しさは、どこを探しても見当たらないが」

酒楽斎が首を傾《かし》げると、すかさず乱菊が反論した。

「いいえ結花ちゃんは、いまでも天真爛漫で素直な娘よ。ほんの時たまですけど、あの娘に暗い影がよぎるのは、幼いころに死に別れた妹のことを思い出すからではないかしら。結花ちゃんはつい堪らなくなったのか、見殺しにしてしまった妹の話をしてくれました。よほど悔恨の情に責められるのか、そのたびにあたしの膝に突っ伏して、全身全霊で慟哭するのです。幼くて罪を知らず。まだ赤ん坊だった妹が、泣く力もなく息を引き取った情景が蘇るたびに、親から放置されていた妹が、声も出せないほど飢えていたことにも気が付かず、ひとり飽食していた愚かな姉を許せない、といまも結花ちゃんは思うのです」

乱菊の眼に涙が溢れた。

仙太郎も乱菊の思いに感応したらしく、

「酷い話ですね。そんな境遇を聞くと、なんの苦労もなく育ち、思う存分、食いかつ暴れて、すべてが許されていたわたしは、この世の者とは思えなくなってしまいます。なぜひとも結花ちゃんに、わたしたちの仲間に入ってもらいましょう。わたしに何が欠けているのか、いくら考えても分からなかったのですが、市之丞さんと結花さんの話を伺って、わたしに何が足りなかったのか、いまこそ思い知りました。あるいはそれこそがわたしの、決定的な欠如だったのかもしれません」

どうやら最近の仙太郎は、これまでと違ってきたようだ、と思いながら、洒楽斎は弟子たちの言い分を聞いていた。

あるいはそこには、仙太郎とは対極の境遇を生きてきた乱菊や市之丞の影響が、反映されているのかもしれなかった。

さらに結花のような小娘が加われば、仙太郎はもう一皮剝けることが出来るかもしれない。

しかし、そう思うようになった洒楽斎こそ、以前とは言うことが違ってきた、という自覚が本人にはないらしかった。

二

洒楽斎の奥座敷には、師範代の猿川市之丞、女師匠の乱菊、塾頭の津金仙太郎、それから新しく加わった四谷忍町の結花が、師匠を前にして膝を揃えている。

「この奥座敷も、年ごとに狭苦しくなってきたな」

洒楽斎が口を開くと、いつもなら、

「それは先生が蒐集する古文書が、年ごとに増えるからでしょう。その辺の出費をもう少し控えて、道場経営の赤字を埋めるために協力してもらえませんかね」

などと減らず口を叩くはずの市之丞が、

「ここへ集まる人数が、以前より増えたからでしょう。これに浅草蔵前の吉右衛門さんが加われば、廊下まではみ出してしまいますよ。さらに遠からず、湯治を終えて帰って来る牧野平八郎も加わるでしょう。さらに、平八郎と死闘した上村逸馬が、下級藩士の扱いに嫌気がさして、転がり込んで来るかもしれず、この先はもっと増えるかもしれません。今年中には軒を延ばして建て増し、もう少しお座敷を広げましょうか」

と極めて世俗的なことを言っている。

洒楽斎は苦笑して、

「そういうことではない」

と言いながら、細かな書き込みをした懐紙を取り出した。

「八劔神社で見せてもらった『御神渡り帳』は、興味ある古記録ではあったが、今回の騒動と直接の関係はない。ただ言えることは、氷結した諏訪湖を竜神が渡る道筋が、その年の吉凶を決めるという迷信が、御神渡りの記録を始めてから数百年を経たいまも、諏訪では生きているという事実だ。これをどう解釈すべきであろうか」

「諏訪湖には竜神さまが、いまも生きているってことですかい」

市之丞が混ぜ返そうとするのを、乱菊が咄嗟に抑えて、

「地底国を彷徨っていた甲賀三郎が、十三年という歳月を経て、蓼科山の人穴《ひとあな》から顕現したとき、巨大な竜神になっていたという伝説が残っているからといっても、いまの世を生きる市之丞さんが、伝説の甲賀三郎ってわけではないでしょう」

話を本筋に戻そうとすると、意外なことに仙太郎が、

「いえいえ、瀕死寸前だった逸馬と平八郎を、見事に蘇生させた市之丞さんは、竜神さまの顕現、伝説の甲賀三郎なのかもしれませんよ」

と言って混ぜ返した。

「さすがに塾頭だ。嬉しいことを言ってくれますね。初めて諏訪を訪れたとき、諏訪神社の拝殿に立派な竜の彫り物が刻まれ、これは諏訪大明神がこの世に顕現されたときのお姿で、神になられる前は甲賀三郎と言われた武士であった、と聞かされたとき、何を隠そう、甲賀三郎とはおれのことじゃあ、と歌舞伎の大舞台のような大見得を切りたいところでしたが、頭がおかしい奴と思われたくないのでやめました」

酒楽斎は笑い出したいのをこらえて、

「それでよかったのだ。もし市之丞の正体が、抜け忍の甲賀三郎と知れたら、抜け忍

狩りの刺客たちに狙われて、命がいくつあっても足りないところであった」

仙太郎も声を合わせて、

「師範代、お気持ちは分かります。その前身が神竜の甲賀三郎で、いまも諏訪大明神として祭られていると思えば、誰でも高揚感を覚えるでしょう。まして師範代は万能の術師で、死者（逸馬と平八郎）を蘇らせることまで出来たのだから、あれを神業と呼んでも不思議ではありません。でもひとまずそのことは置いて、諏訪騒動の決着を、われわれのあいだだけでも付けておきましょうよ」

乱舞も同調して、

「そうよ、市之丞さん。話題をあまり拡散しないで、ひとつひとつを納得するかたちで片付けてゆきましょうよ」

どちらが年長者が分からない口調で、説得されてしまった。

結花はこのやり取りを、眼を輝かしながら見ていた。

初めて大人たちの仲間に入れてもらったので、嬉しいような恥ずかしいような、そして誇らしい思いで参加している。

ほとんどは初めて聞く話題だったが、よく聞いていると、それぞれの脈絡《みゃくらく》が繋がって、結花にもよく理解出来た。

乱菊はそんな結花の姿を、優しい姉のように見つめている。

奥座敷に加わった結花が、初めに気が付いたことは、いつも拗ねたような言い方をしたり、愚痴ばかりこぼしている市之丞が、みんなの話題を牽引《けんいん》しているのではないか、ということだった。

乱菊と仙太郎は、どちらかと言えば洒楽斎に偏りがちだが、それを冷やかしたり、愚痴ったりすることによって、軌道修正しているのが市之丞だったのだ。

女師匠の乱菊が、あの人がいると何故か安心する、と言っていたのは、一見して拗ねたような言い方をすることによって、天然流の方向が偏らないように、修正している市之丞が居るからだった。

今回も洒楽斎と仙太郎の旅を危ぶんで、乱菊師匠が市之丞にお目付け役を頼んだのは、洒楽斎と仙太郎だけでは、危ない方向に突き進んでしまうのではないか、という危惧があったからだろう。

師匠の洒楽斎には、経験と知識を兼ね備えた自信がある。

こういう男は、理非に関わりなく、おのれの思うところを貫こうとするだろう。

仙太郎には、天性の武技が備わっているので、危険を危険とも思わず、そのまま突進してしまう危なさがある。

考えてみれば、あのふたりほど、危ない組み合わせはないのだ。

塾頭が「あまり役に立たなかった」と自嘲したのは誤りで、仙太郎が役に立つような突発事が起これば、ひとまず終息したかに思われた諏訪騒動も、収束が不可能なほど混乱するだろう。

そのようなこともなく、おふたりとも無事に帰ってきたのだから、乱菊先生のやり方はやはり正しかったのね、と小娘なりに結花は思っている。

さすがは先読みの乱菊。

結花のような可憐な小娘に、そこまで読み取る利発さがある、と見抜いていたので、曲者《くせもの》たちが集まる奥座敷の会同に、若い結花を迎えることを躊躇しなかったのだ。

三

「さて」

と言って、洒楽斎は文机《ふづくえ》の上に新しい懐紙を広げた。

「わしが諏訪で書き継いできた記録は、あまりにも煩瑣《はんさ》で、それを見ながら考えても、かえって本筋が見えなくなる恐れがある。もう一度すっきりと整理して、諏訪藩で起こった派閥争いの顚末を考えてみよう」

酒楽斎は八劔神社で『御神渡り帳』から写し取った、諏訪湖が満水になった年（竜神の怒り）と、千野兵庫と諏訪大助の執政と失脚（政権交代）を、関連付けようとしているらしい。

「わしの調べによると、藩の財政難と竜神の怒り（諏訪湖の氾濫）、千野兵庫と諏訪大助の主席家老就任と失脚には、深い関わりがあると見たほうが分かりやすい。この三点を年代を追って列挙してみよう」

酒楽斎は筆を執って、新しく広げられた白紙に書きつけた。

「まず諏訪騒動の前史から見てゆこう」

諏訪藩の財政難は、四代藩主忠虎の嫡男（忠尋《ただひろ》）が二十三歳で病没したので、三女（雲台院《うんたいいん》）の婿として、もっとも血縁が深い江戸の分家、諏訪肥後守《ひごのかみ》頼篤《よりあつ》の次男（忠林）を迎え、これを五代目藩主にしたときから顕著になった。

忠林は江戸に生まれたが、父の頼篤が京都町奉行になり、父親が赴任した京で育ったので、京風の文芸や学術を好む文人気質となって、国元の行政には関心が薄かった。

諏訪藩の財政が逼迫したのは、忠林が宝暦十三年（一七六三）に隠居してからのことだろう。

忠厚を六代藩主に立てて家督を譲り、忠林は渋谷の下屋敷に洒脱《しゃだつ》な隠居所を構えた。

「つまり江戸で二人の殿さまを養わねばならず、しかも忠厚も父親に似て病弱で、国元の政事は二之丸と三之丸の家老に任せたまま、領国には無関心で、参勤交代を辞退して諏訪に訪れることさえしなかった。金食い虫で趣味人の殿さまを二人も抱えた国元では、たちまち藩財政が逼迫して、江戸屋敷の要求に応じることが出来なくなったのだ」

話が長くなりそうになるのを嫌って、市之丞が合いの手を入れた。

「江戸屋敷の要求を果たすために、逼迫する藩の財政をめぐって、藩内で二派の対立が始まったわけですね」

話を中断された洒楽斎は渋い顔をして、

「まあ、手っ取り早く言えばそういうことだが、ことはそれほど単純ではない」

と言ってみたが、市之丞の受け止め方も分からぬではない。

しかし市之丞の心ない一言で、話の腰を折られてしまったことも否めない。

「お話はもう結構ですから、要点だけでも箇条書きにまとめてください」

市之丞が慌てて取りなした。

洒楽斎は筆を執って書き始めた。

宝暦十三年（一七六三）八月二十五日　諏訪忠林、隠居。

同二十六日　六代目藩主忠厚、封を継ぐ。

明和元年（一七六五）八月　三之丸家老千野兵庫による「新役所」創設。

この年、大不作。

明和五年　四月　大出水。宮田渡《みやたのわたし》村は三尺の流水で田畑は水没。

この年、大不作。

明和六年　五月　諏訪湖満水。

明和七年　五月二十七日　諏訪忠林没。享年六十八。

九月十二日　次席家老諏訪大助、困窮者の訴えは箇条書きにして提出せよ。大助が直に見ると公示。

大旱魃《だいかんばつ》。五月から九月まで、雨は一滴も降らなかった。

この年、不作。百姓は困窮。下士は窮乏。

十二月二十七日　諏訪大助、難渋の訳書き上げを村々に触れる。

明和八年（一七七一）　三之丸家老、千野兵庫、失脚。

安永元年　（一七七二）

諏訪大助、一五〇石の増禄を受け、席次は兵庫の上に登る。

安永二年　　　五月

小和田村で検地。上地、中地の区別を撤廃。これより検見《けみ》によって税額が決定される。この年、田作上作。畑方は上々作。

ここまで書いて、洒楽斎は筆を休めた。

「これが、五代藩主忠林の隠居から享年までの八年間と、千野兵庫の失脚。代わって諏訪大助が筆頭家老となって、政権を握るまでの出来事じゃ。その間に何があったかを探れば、二之丸派と三之丸派の政権交代とは、何であったのかが分かるはずだ」

市之丞が真っ先に手を挙げた。

「その八年は、国元の事情を知ろうともしない、我儘な殿さまが二人もいて、浪費の限りを尽していたわけですね。それじゃ、税の取り立てでも厳しくしなけりゃ、藩財政は破綻してしまいますよ」

「そうだ。江戸と諏訪では、かかる経費の額が違う。その差を縮めるのは容易なことではない」

洒楽斎の言葉に反応して、呟くように乱菊が言った。

「それで千野兵庫家老は、新役所を創設して、卒なく税を取れるように工夫したのね」

市之丞と仙太郎は洒楽斎と同行したが、留守番役の乱菊はまだ諏訪の地を知らない。

洒楽斎はざっと旅の説明をした。

「初めて諏訪の地を訪れたが、深い森に囲まれた盆地のほぼ中央に、山々の渓谷から流れ下った霊水が満々と湛えられた諏訪湖の外周を、わしは冷風に吹かれながらグルリと歩いてみた。ゆっくりと一周しても、半日足らずで元の場所へ戻ったが、枯れ葦の繁る水辺には、いまだに聖なる気配が残っているように思われた。竜神さまが住む聖なる湖、と言われても違和感はない。その後は地図を頼りに、山峡の地を順繰りに歩いてみたが、すべての村々を廻っても、数日とは要しない狭い盆地だ。あのような山峡の地に、太古の生き神さまが鎮座して、いまもその直系が藩主となっているということが、どう考えても不思議でならなかった」

洒楽斎の話は今回の騒動に及んだ。

「今回の諏訪騒動は、あの地を治める殿さまを、諏訪の地を離れて江戸に出た血族から迎えたことが、原因ではなかろうか。いまの殿さまは、森と湖の精霊が住まう聖域を離れてから幾星霜《いくせいそう》かを経た家系で、言ってみれば、すでによそ者にすぎない。古代から連綿《れんめん》と続いてきた諏訪信仰の系譜から、完全に外《はず》れてしまっているのだ。諏訪に百姓一揆が起こらないのは、殿さまが生き神さまの子孫で、藩士も百姓も同じ諏訪大明神の氏子だ、と互いに思っているからではないだろうか。八劔神社で見せてもらった竜神さまの『御神渡り帳』は、六百年にわたる気象や作物の記録が、すべて百姓たちの手で綴《つづ》られていた。わしから見れば、公卿たちが書き残した漢文（異文化の模倣）の文書より、曲がりくねった和文で記された『御神渡り帳』のほうが、よっぽど貴重に思われるのだ」

乱菊は多少の同情を込めて言った。

「でも『新役所』を設けて、税制改革を試みた千野家老は、失政を問われて失脚したわ」

諏訪藩邸に勤めたことのある乱菊には、御老女の初島から吹き込まれた、千野兵庫贔屓のところがある。

しかし洒楽斎の兵庫評は手厳しかった。

「それは竜神の怒りに触れたからじゃ。千野兵庫が江戸屋敷の出費を捻り出すために行った税制改革は、貧困に苦しむ領内の百姓や、運上金を課される商人たちには不評だった。それは竜神の忠告と思ったほうがいいし、兵庫もそのことに、もっと早く気づくべきだったかもしれない。竜神の怒りは激烈だった。三年連続して襲われた諏訪湖の氾濫、あるいは日照り続きの大旱魃に襲われて、税収が増すどころか、田や畑が流され、家屋までも水没して、領民の恨みは『新役所』に向けられたのだ。諏訪大助から報告を受けた殿さまが、ただちに新役所の廃止を命じたのも無理はない」

お気の毒に、と乱菊は小さな声で呟いた。

「江戸の殿さまのために、領内にない資金を、なんとか搾り出そうと苦心したことが、逆の結果を招くことになったのね」

乱菊はいつも優し過ぎる。

「まあそうだ」

洒楽斎は、諏訪で見聞したことを語った。

「わしは諏訪領内の村々を、出来るだけ歩き廻ってみたのだが、あの狭い盆地には、もはや開墾の余地がないほど、目いっぱいに田畑が広がっていた。あの限られた土地で、いま以上の収穫を上げるのは無理だろう」

百年後に花開く種を蒔くため、諸国の寒村を遍歴してきた洒楽斎は、土地の狭さに諏訪の限界を見ていた。

すると仙太郎は、諏訪大助の業績に話題を移した。

「千野兵庫に代わって筆頭家老になった諏訪大助は、古い田畑に新竿を入れて、検見法を復活させたようですね」

検見法とは、年ごとに作柄を調べて年貢の額を決める、手のかかるやり方だった。享保《きょうほう》の改革を推し進めた有徳院《ゆうとくいん》（徳川吉宗《よしむね》）が、検見法を廃して定免法《じょうめんほう》を採用してから、年貢の率は年ごとに変わることがなくなった。

定免法は凶作の年は苦しいが、豊作の年は百姓たちの取り分が多くなる。

そのためこのころから、余剰米を貯めて、その資金で貧農層の土地を買い集めて、地主化する富農層も出てきたが、年貢を取りたてる領主たちにとっても、定免法は豊作不作を問わず、安定した収入を確保することが出来る、という利点がある。

諏訪大助が検見法を復活させたことは、時の流れに逆行する、保守的な手法と言えるだろう。

「ところがそうではない。諏訪の地は武田信玄以来、侵略者の手に委ねられた。甲斐の武田家を滅ぼした織田信長の武将たちは、諏訪社上社《かみしゃ》の本宮《ほんぐう》や前宮《まえみや》一帯を焼き払った。諏訪の民（お諏訪さまの氏子たち）から見れば、最悪の簒奪者《さんだつしゃ》だったのだ。信長が本能寺の変で横死《おうし》すると、信長から甲斐信濃に配置されていた武将たちは、一斉に蜂起した国衆たちから、討ち取られたり追放されたりしたが、諏訪でも甲州の武田信玄に滅ぼされた諏訪頼重の叔父、諏訪大祝満隣《みつちか》は、諏訪社の最高神職ゆえに、信玄の誅戮《ちゅうりく》を免れて生き延びた。その子頼忠が大祝職を継ぎ、戦国武将となった諏訪頼重は滅びても、簒奪者の武田信玄も諏訪大祝を殺すことはなく、むしろ諏訪社への保護を厚くした。もともと甲斐は諏訪信仰圏の一翼を担っていた土地柄だったからだ」

「その話なら分かります」

と仙太郎は頷いた。

甲斐の津金村に生まれた仙太郎は、村にも諏訪社があったことを覚えている。

諏訪大明神は、氏子たちに恩恵を施すが、忠告を聞かなければ怒りもまた激しい。お明神様の神話や伝説も、子どものころから聞かされてきた。

あばれ天竜の話はよく覚えている。

洒楽斎が諏訪に行くと言ったとき、案内役（じつは用心棒）を買って出たのもそれ故だ。

洒楽斎はなおも蘊蓄を語った。

これは諏訪での見聞ではなく、洒楽斎が奥座敷で読みふけっていた古文書から得た知識だから、市之丞も我慢して聞くことにした。

「しかし、織田信長は初めから、神仏を目の敵にした男だから、平気で諏訪社の本宮や前宮を焼き払ったし、その後を襲った秀吉も、よそ者の侵略者として甲斐信濃に臨んだ。信長の横死後は、国衆の蜂起で侵略者は駆逐されたが、盆地ごとに小勢力が分散していた信州では、一国を制するほど強力な支配者はなく、甲斐信濃は不安定な空き国になった。北条と徳川がこれを争ったが、北条は関東管領ゆかりの上野《こうずけ》を盗り、信玄ゆかりの甲斐信濃は徳川が盗った。旧領の諏訪を奪還した諏訪頼忠も、家康から諏訪領を安堵されて、徳川家の譜代大名となった。小田原合戦の後、滅ぼした北条領二百五十石を秀吉から与えられた家康は、これまでコツコツと三河の周辺に侵食して得た旧領を秀吉に委ね、江戸に本拠を移して関八州《かんはっしゅう》二百五十万石の支配者となった。徳川家の譜代大名になった諏訪頼忠も、泣く泣く旧領の諏訪を手離して関東に移り、家康から武州の奈良梨《ならなし》、羽生《はにゅう》、蛭川《ひるかわ》を与えられた」

酒楽斎はここまで話して、しばらく言葉を休めた。

奥座敷の出入りを許されている高弟たちは、いずれも退屈そうに師匠の長話を聞いている。

まだ小娘の結花などは、話の脈絡が摑めないのか、ポカンと口を開けたまま、一生懸命に聞くふりをしているらしい。

洒楽斎は、エヘンと大きく咳払いをして、

「話は遠回りして、だいぶ回りくどくなったが、諏訪大助が定免法を改めて、より古い検見法を用いたのが、悪政だったのか善政だったのかを見極めるには、いまわしが語ったような前史を知っておかなければ判断に苦しむからじゃ。結花にはわしの言っていることがわかるかな」

いきなり大先生から、名指しで問われた結花は、キョトンとした顔で洒楽斎を見返している。

「分かろうとして、一生懸命に聞いていましたが、知らない名前や地名ばかりが並んでいるので、正直に言って、何をお話しになっているのか理解出来ませんでした」

あまりにも正直な返事に、妙にチンマリしていた奥座敷に、軽い笑いと安らぎが蘇った。

「先生、あまり虐《いじ》めないでください。結花ちゃんは剣の腕では師範代も務まりますが、まだ何も知らない子どもです。先生のヤヤコシイ蘊蓄にはついていけませんよ」

いつも優しい乱菊にしては、随分と酷い言い方をする。

僻みっぽくて愚痴の多い、市之丞の影響を受けているのだろうか。

最近は癖の強い高弟たちも、それぞれに影響され合って、相互に高め合っている、わしの役目も終わったか、とホッとしていたが、悪い影響を受けることもあるらしい、と思って洒楽斎は苦笑した。

「諏訪の殿さまが諏訪に戻って来たのは、関ケ原合戦（一六〇〇）の翌年、慶長《けいちょう》六年十月十五日のことであった。諏訪領に秀吉の武将、日根野織部正高吉が配属されてから十年、諏訪頼重が武田晴信（信玄）に滅ぼされてから六十年後に、本領に復帰したわけだ」

すると市之丞が痺れを切らしたように、

「まだそれを続けるんですか。結論から先に言ってくださいよ。何故そのような結論になるのか、途中の推論はそれぞれが、勝手にやればいいことでしょう」

まさに天然流、というような乱暴な論法だが、市之丞が言うことにも一理あるかもしれない。

「それでは、結論から話そう。諏訪大助の検見法は、是か非か。結論はどう出すのか」

洒楽斎の問いかけを待っていたかのように、市之丞がすぐに答えた。

「あっしは是と見ますね」

「その理由は」

「年貢の取り立て方に、是も非もねえ。あっしに言わせりゃ、年貢なんてものは取られなきゃそれに越したことはねえんだから、すべて非だが、それでも情状酌量《じょうじょうしゃくりょう》の余地あり、と言えるから是を選んだんです」

　すると乱菊が答えた。

「あたしは非ね。それだと公平には行かなくなるわ。お金がある人はお役人に賄賂《わいろ》を送って、年貢を安くしてもらうことが出来るけど、貧乏人には賄賂なんて出せないから、高い年貢を払わなきゃならない。貧富の差はますます広がるばかりだわ」

　仙太郎が煮え切らない顔をして、

「分からないですね。諏訪大助が検見法を用いたときは大歓迎を受け、諏訪明神の生まれ変わりと称えられ、赤飯を炊いて祝ったと言われています。どうしてでしょうか」

「そのとおりだ。わしも文出村《ふみでむら》の百姓からそう聞いた。諏訪大助は百姓たちからも人気があった。それが何故なのか、わしも初めのうちは分からなかった」

「何故ですかね」

「それはわしがクドクドと話してきた、先ほどの話に繋がるのだ」

「そうよね。先生が余計な長話を、クドクドと喋るはずはないわ。諏訪の殿さまが諏訪から追われた時期に、諏訪を支配していた武将のことが問題になるのね」

しばらく考えてから乱菊は続けた。

「初代藩主（頼水）が六十年ぶりに諏訪の旧領を回復したとき、領民たちは大喜びで迎えた。逃散した百姓たちも、噂を聞いて帰って来た。初代の殿さまは、百姓たちが逃散のあとは、荒れ放題になっていた荒れ地を再開墾したり、禁断の地となっていた神野《こうや》を開いた。生き神さまの後裔だから許された特権ね。諏訪藩三万石を、実録五万石までに開拓した。二之丸派の御家老（諏訪大助）が就任したときと、なんだか似ているわね」

「さすがは乱菊。先読みのお菊の頃に変わらぬ勘の良さじゃ」

洒楽斎は喜んで、

「初代藩主頼水は、秀吉の武将日根野織部正高吉の苛政に苦しんできた百姓たちから大歓迎を受けた。諏訪大助の場合はどうだろう。悪名高い『新役所』を設立した千野兵庫を嫌った百姓たちは、諏訪大助を諏訪明神の生まれ変わりと迎え入れ、赤飯を炊いてお祝いをした。ほとんど変わらない現象が繰り返されたのだ」

洒楽斎の書き上げを読みながら、仙太郎は言った。

「でも連年の洪水に苦しめられた千野兵庫が、藩の財政を立て直せずに失脚した運の悪さに比べたら、主席家老に就任した諏訪大助は、運がよかったとも言えますね。その年は田作は上、畑作は上々、久しぶりに藩蔵も潤ったと思いますよ」

「まあそれもあるが、諏訪大助が検見したのは、日根野織部正が検見した税率が、そのまま残されていた村々なのだ。いずれも上田と評価されていたが、検地をしてみれば、中田ほどの収穫しかなかった。それを新たに竿入れ（検地）し、税率を修正したので、大助の検地は『お助け竿』とも言われている」

「どうして日根野織部正の税法は苛酷だったのですか」

「それは日根野が秀吉の武将だったからじゃ」

全国一斉に検地を断行したのは豊臣秀吉だった。

秀吉は聚楽第、大坂城、伏見城《ふしみじょう》、肥前名護屋城《ひぜんなごやじょう》など、豪華絢爛な巨大建築を造成するのが趣味だったので、あぶくのような金銭を惜しまなかった。

戦国の世は終わったとはいえ、武備にかける財力は巨額だった。

そのため秀吉が百姓から取りたてる税率は、七公三民《しちこうさんみん》と苛酷だった。

諏訪の領主として入部した日根野織部正は、秀吉の武将だから、租税の取りたても七公三民で苛酷だった。

その上、諏訪湖に突出した「諏訪の浮き城」を築くために百姓を酷使し、四十年ぶりに故地《こち》を奪還した諏訪頼忠が築いた金子城を破壊して、その石垣を浮城の土台に埋め込んだり、足りなければ墓石を掘り崩して石垣にしたので、民の怨嗟《えんさ》する声と悲鳴で、諏訪領内はこの世の地獄となり、逃散する百姓が絶えなかったという。

しかしこのような苛政も、戦国の世ではめずらしくなかった。

侵略者は領民にとっては敵だから、両者が馴染むことはほとんどない。

善政を布《し》こうと志向するより、どれだけ収奪出来るかが目的となる。

特に主持ちの武将の場合には、住民の福利に向かわず、主人から功績を認められようとして躍起になる。

日根野織部正が民を酷使して、難攻不落の浮き城を建造したのも、秀吉が家康への押さえとして、手飼いの武将を配置したからだ。

お諏訪さまの氏子たちが、古くから諏訪の領主だった諏訪頼水の復帰を歓迎したのは当然のことだ。

だから国元の行政に関心のない殿さま（忠厚）が、江戸で贅沢に遊び暮らすための金など、びた一文も払いたくない、と思うのも無理はない。

「これはお家騒動でもなければ、派閥争いでもない。無為にして遊び暮らす上層部に対する、下級武士たちの叛乱なのだ」

これがわざわざ諏訪まで行って、みずからの足と耳と眼を使って調べ上げた、洒楽斎が下した結論だった。

四

「市之丞が取り持った糸問屋嘉右ェ門は、地元で商売をしている男なので、藩士たちの派閥などと関わりなく、多くの人脈を持っている。その中のひとりに山中志津馬《しづま》という上士がいて、三之丸派の黒幕として働いていた。志津馬は諏訪騒動の内幕について、詳しいことを知っていた。志津馬は千野兵庫と親しく、兵庫の動きは志津馬の示唆に助けられていることもあるが、同じように千野兵庫の黒幕となって働きながら、どうやら龍造寺主膳とはあまり接触がないらしい。だからわしは、主膳とは異なる見方をしている志津馬の視点から、諏訪騒動の実態を知ることが出来たのだ。これも市之丞が居なければ出来なかった繋がりだ。志津馬は主膳とは、まったく違う気質の男だった。どちらかと言えば、わしと一緒に京から脱出した、融通の利かない連中と似たようなところがある人物のようだ。わしはあの手の連中とは付き合い慣れているので、意気投合するところがあったのかもしれない。あの男の話を聞いているうちに、これまで訳の分からなかった諏訪騒動の実態が、かなりハッキリと見えてきたような気がする」

酒楽斎はこう言って、長い前置きをしてから、これまで芝金杉の諏訪藩江戸屋敷と、松平和泉守の上屋敷の鍛冶橋の視点でしか見えなかった騒動の実態が、やっと判明したと納得したようだった。

「さすがは先生です。あっしらは同じ場所で同じような動きをしていたのに、そこまで見抜くことは出来ませんでした」

そう言って市之丞が恐縮するのを、酒楽斎は心地よさげに見て、

「探索方はすべて市之丞に頼り、危ないところは仙太郎の剣に頼り、情実が絡むところでは乱菊を頼り、財力は尾張屋吉右衛門に頼ることで、わしは無責任な全能感に浸っていたが、わが力で解明することが、ひとつでもあると思えば、何も卑下する必要はないと知ったのだ。まさに、負うた子に道を教えられるような気分じゃ」

と言ってゲタゲタと大声で笑った。

余り品の良い笑い方ではないけど、先生の笑い声を聞いていると、何故か幸せな気分になるのはどうしてかしら、と乱菊は幸せそうな顔をして考えていた。

「ところで、志津馬との密談によると。そう、密談だ。志津馬はこの事を誰にも洩ら

さないで欲しいと言って、互いに金打までして固く約束したが、現に志津馬はわしに話しているし、わしもおぬしたちに話そうとしている。まあ、武士の約束などはそういったもので、噂がこれ以上広がることはあるまい、と思える相手まで警戒するのは馬鹿げている。先日わしは偶然、上村逸馬の姉実香瑠が殺された投げ込み寺で、内藤新宿をウロウロしている遊び人たちと一緒に、実香瑠の一周忌を供養してきたが、弟の上村逸馬は、詰まらない約束を守ったばかりに、姉の埋葬に立ち合いながら、弟と名乗ることが出来なかった。逸馬にとっても、刺客に殺された実香瑠にとっても、痛恨極まることであったに違いない」

洒楽斎がそこまで喋ると、ジレッタそうな顔をした市之丞が遮って、

「先生の話は長すぎるか、回りくどくて困ります。早く本論に入ってくださいよ」

と先を急がせた。

「市之丞さんはせっかちね。あたしだって、先生のお話を早く聞きたいと思っているけど、殺された実香瑠さんと逸馬さんのお話は、あたしたちにとっても大事なことよ。だってあのときから、すべてが始まったんですもの」

乱菊からやんわりと窘《たしな》められると、市之丞は急におとなしくなって、

「そうでした。先生どうぞ、その先を話してください」

と下手に出た。

それを見ていた洒楽斎は、笑い出したくなるのを我慢して、

「その件については、これ以上話すことはない」

わざと突き放すような言い方をして、山中志津馬の話に戻った。

「わしらはいつも江戸にいたので、諏訪藩江戸屋敷のようすは知っていたが、国元の藩士たちがどう動いているのか、知ることはなかった。それがこの一件を、ますます分からないものにしているが、国元の諏訪藩士の動きを知れば、まったく違った局面が見えてくる」

山中志津馬は、安永四年（一七七五）の暮れから御用人を務めていて、御用部屋では二之丸派の小喜多治右衛門や、小喜多治太夫と同室なので、二之丸派の動向はいつも間近から見ていたらしい。

二之丸派と三之丸派の派閥争いと言っても、城中では同僚として働いているので、露骨にいがみ合っているわけではない。

その代わり、上村逸馬や牧野平八郎のような下級藩士が、派閥の尖兵となって斬り合うことになる。

彼らは、物の数にも入らない下級武士なので、斬り合って殺されようが片輪になろ

うが、知ったことではないと思われているのだろう。

いわば消耗部品に過ぎないので、いつでも取り替えることが出来るし、邪魔になれば廃棄するという扱いを受けていた。

しかし当人はそれを知らず、上士から剣の腕を認められたことを誇りに思い、ひょっとしたら、出世の糸口になるかもしれないと錯覚して、必死に励もうと努めることになる。

下級藩士に生まれた平八郎と逸馬もそうで、命じられたら、死ぬまで斬り合うことも辞さなかった。

山中志津馬の話によれば、二之丸派の首魁と言われる渡邊助左衛門もその一人で、下賤《げせん》の身から異例な出世をして、当代一の出頭人（出世頭）と言われている男だった。

出世街道を駆け上った渡邊助左衛門は、先代の殿さま（忠林）の葬儀で帰郷したとき、高島城中で諏訪大助と知り合って、この男に食《く》らい付いていれば、権力の頂点まで登り詰めることが出来ると錯覚し、まだ若かった大助に取り入って、血縁を頼りに派閥を形成してきたという。

だから渡邊助左衛門、上田宇治馬、近藤主馬という、殿さまを取り囲む佞臣たちは、複雑な婚姻関係で結ばれているという。

五

山中志津馬の話では、二之丸派、三之丸派と言っても、常に徒党を組んで争っているのではなく、ただ藩財政をめぐる方法論の相違であって、あえて和して同ぜず、旗幟鮮明を避けている者も多かったという。

「じつは拙者も、そのひとりです。御家老の諏訪大助どのとは違って、渡邊助左衛門は人品《じんぴん》が卑しい。それゆえに、切羽詰まったら何をしでかすか分からない、予測不能な怖さがある。庶子ながらご長子の軍次郎君を毒殺しようと謀ったときには、わが藩の存続もこれまでか、と思って胸がふさがり申した。渡邊助左衛門の陰謀を暴き、千野兵庫どのに蹶起を促そうと、奥方さまが遣わされた女密使は、まだ内藤新宿を出ないうちに、渡邊助左衛門が雇った刺客から、暗殺されたと聞きました。良識が通用するような相手ではない。それゆえ拙者は用人部屋に詰めて、敵と味方の動きを、見極めていたのです」

事態が急変したのは、天明元年（一七八一）の九月二十五日、御家中並びに総奉公人が総登城して、二之丸派に対する弾劾《だんがい》が行われたからだ。

このとき二之丸派の専横に、手をこまねいていた藩の行政執行部、御用人たちを三之丸御殿に呼び出して、平藩士たちが吊るし上げたという。

いわば下級藩士たちによる、執政たちへの大衆団交が行われたのだ。

この動きはすぐに江戸表へも伝えられた。

千野兵庫の命令で、優柔不断だった留守居役が蹶起して、藩邸内の近藤主馬、上田宇治馬を捕縛し、江戸の藩邸から、二之丸派の勢力を一掃出来たのは、国元の動きが鮮明になったからだった。

高島藩の御用人たちも、すべて入れ替わったという。

帰国した諏訪大助と渡邊助左衛門は、江戸屋敷からの命令書が届いて捕縛された。

諏訪の浮き城を見物に行った洒楽斎が、捕縛されている諏訪大助に会おうとしたのは、半ば本気だったのだ、と仙太郎はいまになって思った。

あのとき乱菊が諏訪へ送り込んだ市之丞が、どこから見ても平凡な男に化けて迎えに来なかったら、危ないことになっていたところだった、と仙太郎はいまになって冷や汗をかいた。

仙太郎の自在剣は、刀剣の襲撃には対応出来ても、鉄砲隊に包囲されたら役に立たない。

こんなこともあるかもしれないと予感して、甲賀忍びの市之丞に後を追わせたのは、乱菊さんの鋭く働いた勘だったのだ。

内藤新宿の天然流道場へ無事に帰った洒楽斎の顔を見て、乱菊さんがあれほど喜んだのもむべなるかな、と仙太郎は改めて思って、あれは乱菊さんの巧妙に仕組まれた企みではないか、などと邪推したことを恥ずかしく思った。

いわゆる「新役所」を、殿さまの一喝で、廃業しなければならなかったことを、当の千野兵庫がどう思っているかを問い質したとき、山中志津馬は一瞬だけ眉を曇らせて、

「御家老は藩庫の貯蓄が尽きていることを、ご存じだったのだ。ない袖は振れぬ。しかし江戸藩邸からは、仕送りが滞っていると矢のような催促。思い余った御家老は、日頃から考えてきた税制改革を、この機に行ってみようと決意されたのだ。しかし準備が足りなかった。『新役所』の設置には非難囂々《ごうごう》。千野家老は孤立無援になられた。そもそも藩財政が困窮したのは、ふたつに増えた江戸屋敷の出費が重なったからで、あと数年を持ちこたえれば、江戸の出費は半分に抑えられるだろう、と御家老は不埒な考えさえ抱かれたようだ。しかしあのころ、諏訪湖が満水になって、溢れ出た泥水が田畑を押し流し、人家に浸水するという災害が三年も続いた。これでは打つ手がな

い。家老職を解かれた御家老は、内心ではホッとしていたかもしれない」

「山中どのは千野家老と親しかったようですな」

　と洒楽斎は訊いた。

「特に目立っていたわけではない。用人が詰める御用部屋は、家老の控え部屋と隣り合わせていたし、月に一度の執政会議は、常に御用部屋で開かれる。用人と御家老が、顔を合わせるのはめずらしくもないし、特に千野家老は気さくな方で、身分の上下を気にすることもなく、暇なときはブラリと用人部屋に立ち寄って、気軽な話を交わすのもめずらしいことではなかった。しかし御家老が本音を洩らすのは、わしがひとりで執務しているときに限られていた。わしが頻繁に家老控え所に出入りすれば、他の用人たちから変な目で見られはしないかと気を遣って、わざと暇そうな顔をして、ポロリポロリと本音を洩らされることがある。わしはそれを、やはり暇そうな顔をして受け止める。わしのほうから進言することもある。御家老はよく聞こえなかったような顔をしているが、その月の執政会議でわしの進言をそのまま取り上げて、悪戯《いたずら》そうな眼でチラリとわしを盗み見ることがある。そういう眼でわしを見るときは、決まって感謝している場合に限られている。まあ、わしと御家老との関係は、濃くもなく、淡くもなく、ほどほどのお付き合いであったと言ってよいだろう」

「まさに、君子の交わりは、淡きこと水の如しですな」

酒楽斎にはめずらしく、お世辞を言った。

「ところで、諏訪家老の行政を、山中どのはどう見ておられたのか」

酒楽斎の問いかけは本題に入っていった。

「どうということはない。あのお方は邪悪《じゃあく》な行政官ですな」

「これはしたり。山中どのは公平で冷静なお方とお聞きしている。そのような言葉で一蹴《いっしゅう》されるとは、思ってもみないことでしたな」

すると山中志津馬は、笑みを含んだ顔をして、

「私的な好みを言っておるのではござらぬ。大助どのには人としての魅力があって、わしも個人としてみれば嫌いではない。しかし行政官としては、邪悪そのものであると言ってよい。それゆえに、出世しか考えない渡邊助左衛門に付け入られ、さらに低級な、近藤主馬や上田宇治馬などという、佞臣どもに利用されるのです」

山中志津馬は何を思ってか、しばらく言葉を切ってから、

「来年は、七年に一度の御柱年に当たります。諏訪に住むお諏訪さまの氏子たちにとって、すべての凶事や慶事は、この御柱祭に収斂《しゅうれん》されるのです。佳《よ》きことも悪しきことも、御柱祭がある年には、すべてが翌年まで繰り延ばされるのが、大昔からの仕

来りです。人を見るなら御柱祭、と昔から言われているように、御柱祭の運営は、すべてのことに優先されるのです。今年もすでに暮れますが、来年は葬式を出す家はおろか、婚礼も行われないでしょう。お諏訪さまの氏子たちは、すべての蓄えを、このときに使い尽くし、道行く見知らぬ人を呼び込んで、御馳走を振る舞い、おいしい酒を浴びるほど飲ませます、旅人やご近所から、ケチだと思われたら一生の屈辱。この女が気に入ったと言われれば、女房や娘までも、見知らぬ男に貸し出します。まして禍々《まがまが》しい二之丸騒動の、裁判や処刑など、来年は行われるはずがありません」

それを聞いた洒楽斎は驚いて、

「まるで狂気としか思われない風習ですな」

志津馬はわが意を得たとばかり、

「そうです。諏訪大明神の氏子たちは、財産でも労力でも、持てるすべてを費《つい》やして、七年に一度やってくる、狂気の中に身を投じるのです。お陰でこの地方では、日常の中で狂気はありません。七年に一度の狂気に身を投じれば、そのあとは七年後の御柱年が来るまで、正気のままで生き抜くことが出来るのです。だからこの国には、平素は狂人がいないのです。これこそ諏訪の神々の願い。すなわち竜神の夢なのです」

洒楽斎は最後にひとつだけ訊いてみた。

「それでは志津馬どのは、千野家老と諏訪大助の行政が、どう違うと思われているのかな」

志津馬は軽く目を瞑って、

「同じことです。それに対処しようとしたやり方が、異なっていただけのことであって、おふたりが立ち向かっていた困難は、同じことだったのです」

洒楽斎はなおも訊いた。

「どちらのやり方が間違っていたのですかな」

志津馬は眼を見開いて喝破した。

「どちらが正しいか、間違っていたかを問うよりも、立ち向かった困難が続く限り、すべてが間違っていたと言われても、返す言葉はないでしょう」

立ち向かう困難とは、藩の財政難を指すなら、志津馬が言うように、対応をどう変えてみても、結果は同じことかもしれなかった。

藩庫には蓄えがない、と知った千野家老は、出費の無駄を省いて、足りない分を補おうとした。

質素倹約の奨励や、「新役所」で行おうとしていた税制改革がそのやり方だ。

しかし住民には不評だった。

ないものをこれ以上に切り詰めて、何を楽しみに生きればよいのか。

千野兵庫の失脚後、代わって主席家老になった諏訪大助も藩庫が空っぽなことは知っていた。

大助のしたことは、いまを憂い、明日を心配することではなく、いまをどう楽しんで生きればよいのだろうかということだった。

かつて侵略者の強奪に苦しめられてきた百姓たちは、生き神さまの末裔が、諏訪の領主として故地へ戻ってきたことを喜んだが、七公三民という簒奪者の税率が、そのまま残されている田畑がまだ残っていた。

初代藩主の行政は意欲的で、逃散した百姓たちを呼び戻し、さらにいにしえからの神域として、平時には立ち入りさえ禁じられていた神野に、鍬《くわ》を入れることを許し、八ヶ岳や蓼科山の、広大な裾野一帯に新田村を開発した。

これは生き神さまの末裔だからこそ下せた英断で、三万石の領内から、実質は五万石の収穫を得ることが出来た。

しかし初代藩主頼水と二代藩主忠恒《ただつね》が、開墾出来る土地をほとんど田畑に変え、三代藩主忠晴《ただはる》も、父祖の遺志を継いで新田開発に熱心で、可能な限りの開墾を遣りつくしてしまったので、諏訪領内に田畑を増やすことは、江戸の早い時期から不可能になっていた。

首席家老となった諏訪大助は、侵略者の定めた苛酷な税率を改め、貧困者には藩庫を開いて金を貸した。

窮屈な質素倹約令を撤廃し、絹物や色物も自由に扱わせ、旅役者猿川市之丞の贔屓筋、糸問屋嘉右エ門を儲けさせ、広い二之丸の邸内に、稲荷神社を建てさせたり、稲荷神社に参拝する老若男女に、お城の奥まで解放した。

これでは敵に、城を明け渡したようなものだ、と憤懣する硬骨漢など相手にせず、例祭の日には、みずから売り子となって露店に立ち、参拝客の百姓町人を相手に、愛想顔をして串団子や餡子餅を売り、わずかな収益でも懐に入れた。

美女が参拝すれば、手を取って機嫌よく呼び込み、家老にあるまじき振る舞いをした、と悪評が立っても、気にする素振りさえ見せなかった。

豪放磊落な諏訪大助に近づき、昵懇となった渡邊助左衛門は、この手の男は隙だらけで、手玉に取りやすいことをよく知っていた。

ある意味では殿さま（忠厚）も、似たような性格の人だったのかもしれない。

細かなことにコセコセせず、どこをどう突かれても守りが甘いくせに、どこか意固地なところがあって、誇りと矜持を穿き違えた、どうしようもない甘ちゃんで、我儘なことは無類だが、そんなことが出来るのは、おのれの力ではないことも気が付かない。

この手の甘ちゃんを籠絡するのは、渡邊助左衛門にとって簡単なことだった。なにしろ渡邊助左衛門という男は、そのお陰で成りあがった出頭人だから、甘ちゃんの殿さまや、先祖代々、権威と家柄に守られてきた、極楽とんぼの御家老など、手もなく籠絡することが出来たのだ。

さきほど志津馬が、諏訪大助を指して、邪悪な行政官と断じたのは、そういう意味であったのだ。

権力と影響力を持つ者が、志の低い輩の手玉に取られたら、その権力と影響力を、低次元なことに利用され、とんでもない結果をも招きかねない。

殿さまの忠厚と、御家老の大助は、たとえ本人に悪意は無くとも、とんでもない結果を呼び起こさざるを得なくなる位置にいた人だ。

来年は狂気を解放し、次の御柱祭が訪れる七年後まで、正気で生き延びるための手立てだとしたら、諏訪信仰も捨てたものじゃない、と洒楽斎は思った。

六

「先生は諏訪まで出掛けて、そんな鬱陶しいお話ばかりして来たのね」

と乱菊は言った。

「こんどはあたしと二人だけで旅をしてみませんか」

乱菊は寂しそうに笑った。

「あたしと一緒なら、そんな堅苦しい話や、暗い話なんかしないわ。そんなことはめずらしくもなんともないんだから」

暗くなった奥座敷を出て、内藤新宿の街を歩くと、赤く染まった西の空が、どこまでも広がってゆくような、広々とした気持ちになってくる。

「久しぶりに見る江戸の夕焼けも、満更ではありませんね」

と仙太郎が両手を広げて伸びをした。

「あっしはいつも忙しくて、夕陽なんか見る暇はありませんですよ」

市之丞の愚痴が、また始まったようだった。

「ねえ、先生」

と少し遅れたところから、結花が甘ったれた声をかけた。

「先生と乱菊先生のお話、あたし、聞いちゃいました」

茶目っ気たっぷりに笑いかけた。

「悪い子ね。立ち聞きは下品なことよ」

乱菊は軽く嗜めた。

「でも、悪いことじゃないし、楽しそうなお話だったんですもの」

それを聞いた乱菊は、どうしたことか、ポッと頰を赤らめた。

「さっきのお話ですけど、乱菊先生と旅をなさるんなら、そのときはあたしも、一緒に連れて行ってくださいませんか」

「だめよ」

すかさず乱菊が、強い口調で拒んだ。

結花はその勢いに驚いて、大きな眼を見開いている。

「だめよ、結花ちゃん。父と娘のはじめての旅なのよ。すこしは遠慮してね」

乱菊は、口も利けない結花を慰めようと、冗談のつもりで言ったのかもしれない。

だが聞いた洒楽斎の胸は、早鐘のように脈打っていた。

乱菊はあのことを知っているのだろうか。

わが娘かもしれない、ということを、洒楽斎は誰にも話していない。

深川の料亭で一緒に乱舞を見た、尾張屋吉右衛門にも、気取られてはいないはずだ。

乱菊は洒楽斎が実の父であることを、どうして知ったのだろうか。

結花はまだ眼を見開いている。

大好きな女師匠から拒否されて、よほど驚いたからだろうか。

それとも父と娘だけの旅と聞いて、羨ましさのあまり悲しくなったのか。

両親の諍いの中で育った結花は、安らぎを知らない娘だという。

乱菊の言い訳めいた言葉を聞いて、不意に寂しさが募ったのだろうか。

洒楽斎はやがて道場を拡張して、傷が治った上村逸馬と牧野平八郎を引き取り、天然流を継がせたいと思っている。

親の愛に恵まれない結花も、早く引き取ってやるべきか、と洒楽斎はふと思ったりする。

考えてみれば、乱菊や市之丞は正真正銘の孤児だし、仙太郎も郷里を失った孤児みたいなものだ。

人のことばかりは言えない。

そういう洒楽斎自身が、故郷を喪失した孤児ではないか。

これでは剣術道場ではなく、孤児院を経営するようなものではないか。

「先生。今夜は久しぶりに、外で呑みませんか」

師範代の市之丞が、後方から声をかけてきた。

「市之丞から誘われるとはめずらしいな。いつも経営難で苦労していると聞いているが、どこかに金づるでも見つけたのか」

いつもの癖で、洒楽斎は苦労性の師範代を揶揄った。

「なあに、いつもあっしらにくっついてくる金づるの塾頭が、長い旅が終わったんだから、たまには外の飲み屋で奢ろう、って言ってくれたんですよ」

「弟子の奢りで飲むなんて、どうもわしの趣味に合わんな」

「いいじゃありませんか、先生。甲州街道の信濃旅、ってわけではなく。期せずして一年以上も関わってきた諏訪騒動も、これで一応の決着が付いた、というご苦労さん会と打ち上げ会です。これをやらなければ、いつまでたっても終わりませんぜ」

「そうだな。さすがにわしも歳かな。この一年でずいぶんと疲れた。わしもいつまでも娑婆をうろつくのをやめて、もう引退でもせねばなるまい。わしの引退記念会なら、まさか出ぬわけにはいかぬだろうな」

すると洒楽斎の耳元から、

「駄目よ」

という鋭い声がした。

「先生には引退なんて似合わない。死ぬときは走りながら死ぬものよ」

威勢のいいことを言って、可愛い乱菊が怖い目で睨みつけている。

二見時代小説文庫

女人《にょにん》の秘事《ひじ》 天然流指南《てんねんりゅうしなん》 4

二〇二四年 一 月 二十 日 初版発行

著者 大久保《おおくぼ》智弘《ともひろ》

発行所 株式会社 二見書房
〒一〇一-八四〇五
東京都千代田区神田三崎町二-一八-一一
電話 〇三-三五一五-二三一一 [営業]
〇三-三五一五-二三一三 [編集]
振替 〇〇一七〇-四-二六三九

印刷 株式会社 堀内印刷所
製本 株式会社 村上製本所

落丁・乱丁本はお取り替えいたします。定価は、カバーに表示してあります。

ISBN978-4-576-23149-5
https://www.futami.co.jp/

大久保智弘

天然流指南

シリーズ

以下続刊

① 竜神の髭《ひげ》
② 竜神の爪
③ あるがままに
④ 女人の秘事

内藤新宿天然流道場を開いている酔狂道人洒楽斎《しゃらくさい》は、五十年配の武芸者。高弟には旅役者の猿川市之丞、深川芸者の乱菊がいる。市之丞は抜忍《ぬけにん》の甲賀三郎で、七変化を得意とする忍びだった。乱菊は「先読みのお菊」と言われた勘のよい女で、舞を武に変じた乱舞《らんぶ》の名手。塾頭の津金仙太郎は甲州の山村地主の嫡男で江戸に遊学、負けを知らぬ天才剣士。そんな彼らが諏《す》訪《わ》大明神家子孫が治める藩の闘いに巻き込まれ……。